白薔薇の花嫁は王太子の執愛に堕ちる

プロローグ

どうして、こんなことに――

今、我が身に起きていることが、アニエスには悪夢としか思えなかった。

これが現実だと考えたくない。こんなこと、あってはならない。


大きな窓から月の光が差し込み、寝台を囲む天蓋に影が躍る。

アニエスの白い夜着は力ずくで剥ぎ取られ、両手首はレースのクラヴァットで縛(いまし)められている。

生まれたままの姿で自由を奪われ、押し広げられた両脚のつけ根で金髪の頭が蠢(うごめ)き、ぴちゃぴちゃと獣が水を飲むような音が寝室に響く。

「んっ、やっ、やめっ……ああっ、だめっ、いやあっ、あっ、あっ……」

口淫に耽(ふけ)る男の金色の髪が月光を弾き、青白く輝く。アニエスを力ずくで組み敷いている男は、妹の婚約者であり――この国の王太子だ。

アニエスはわずかに動く両手で、その髪を引っ張ったり掴んだりして必死に逃れようとするが、そんな抵抗などなんの意味もなかった。男はアニエスの秘所に顔を埋めたまま、花びらの内側に舌を這わせて蜜を舐め取り、赤く腫れて立ち上がった陰核を舌で転がし、強く吸った。

「ああっ……あああああっ……ぁあ――っ」

瞬間、アニエスは甲高い悲鳴をあげ、全身を仰け反らせて達する。

「またイッたか……やっと解れてきた……」

「や、ああっ、もう……だめ……あっ……」

溢れ出した蜜を男が吸い上げ、達したばかりのアニエスは全身を痙攣させて身悶える。すでに何度も絶頂に至っているのに男の責めは止まない。

朦朧とした意識の中で、アニエスは思う。これはきっと、悪魔が見せる淫夢に違いない。

淫魔が王太子殿下に化けて、わたしを堕落させようとしているのだ、と。

なんて、恥ずかしい。淫らないやらしい夢。

早く、この夢から醒めないと――

アニエスは必死に首を振り、意識を保とうとしたが、アニエスを苛(さいな)む舌も指も、あまりに巧みだった。敏感な尖りを弄(もてあそ)び、長い指が内部の感じる場所を的確に暴きだしていく。初めて知る感覚に、腰から溶けていきそう。堕落を誘う悪魔の技に、アニエスはいつしか抗うことを諦め、脚の間で蠢(うごめ)く金色の髪に指を絡め、自ら腰を揺らして泥沼のような快楽に溺れていた。

絶頂の波がアニエスを襲うごとに、脳裏で白い光が弾ける。

「あっ……ああっ……あっ……ああっ……あぁ――っ」

目くるめく快感に翻弄されたアニエスは、ぐったりと弛緩した身体をベッドの上に投げ出し、呆然と頭上の天蓋を眺める。知らぬ間に流した涙で視界が滲む。アニエスを散々嬲(なぶ)った男は、手の甲で口元を拭いながら真上からアニエスを見下ろした。

月の光に照らされた端整な顔立ち。金糸銀糸の凝った刺繍が煌(きら)めく、豪華なジュストコールに揃いのジレ。緩く波打つ金色の長い髪が肩から背中を覆う姿は、月の精のように美しく冷酷で、かすかな乱れも見せない。

この男の手で淫らによがって汗だくになった自分との違いに絶望する。

この拷問のような行為はいつまで続くのか。男の目的は何なのか。

――いっそ眠ってしまいたい。

そう思い、疲労に身を任せて目を閉じる。

だから、男が下穿きを下ろして昂ぶりを取り出したのを、アニエスは見ていなかった。

「……挿(い)れるぞ」

脚のつけ根に熱いものを押し当てられ、アニエスはハッとして、身じろいだ。

「何を……もう、やめて……」

その言葉に、男があからさまな嘲(あざけ)りを乗せて嗤(わら)った。

「ここまで来て、やめられるわけがない。今からそなたの純潔を奪う」

「純……潔……」

アニエスは息を呑んだ。修道女になるべく、生涯の純潔を誓っていた。だが運命のいたずらから還俗を強(し)いられ、そして今、月の精のように美しい男に弄(もてあそ)ばれ、さらには純潔まで奪われそうになっている。これはきっと、悪魔が見せる淫らな夢に違いない。

目が覚めたら聖堂で懺悔して――

だがその儚い希望を打ち砕くように、男が低く嗤いながら宣告した。

「今からそなたを汚す。私のコレで快楽を教えてやろう……存分に」

アニエスは、花弁に擦り付けられる熱いものを感じて、目を見開く。

怖い。だめ。いや――

次の瞬間、凶悪な楔がアニエスの中心を引き裂くように、強引に押し入ってくる。肉が引きちぎられる強烈な痛みに、アニエスが悲鳴をあげた。

「いやあっ、やめて！　痛いっ……あああああっ」

「く……アニエス……うう……」

容赦なく打ち込まれる剛直の圧迫感に、息もできない。

痛い、苦しい、どうして――

どうして、こんなことに――

アニエスの疑問はそこに返ってしまう。

涙で滲んだ視界には、何かを堪えるように眉を顰めた端麗な男の顔。

男は深いため息をつくと、クラヴァットで縛めたアニエスの両腕の間に金髪の頭を突っ込み、まるで抱き合うような体勢を取った。そしてアニエスに圧し掛かり、唇を奪う。ぬるついた舌に咥内を犯され、アニエスの思考がさらに溶ける。

わからない、わからない、どうして――

男は王太子で、アニエスの妹ロクサーヌの婚約者だ。

王太子妃にはやや身分の重みの足りない妹が十分な後見を得る代償に、アニエスは老侯爵に嫁がされるはずだったのに。

なのに――

なぜ今、自分は王宮で彼に犯されている？

妹の夫となるはずの、男に――？

男は力ずくでアニエスを押さえ込み、乱暴に腰を振ってアニエスの膣内を穿ち続ける。

奥を突かれ、征服され、汚され――

男の両手がアニエスの胸を鷲掴みにし、揉みしだき、先端を弄ぶ。男の熱い息が耳にかかり、時に押し殺したような呻き声が混じる。それよりも聞きたくないのは、自分の淫らな喘ぎ声だ。内臓の奥まで揺すぶられるたびに、声が唇から零れ落ちてしまう。

「ああっ、あっ、あっ……ああっ……」

「くっ……アニエス……もう、出そうだ」

男の豪華なジュストコールの刺繍や、飾りのボタンが素肌に擦れる。それすらも刺激となって、アニエスを襲う。男の楔が限界まで膨れ上がり、一気にはじけた。熱く滾る飛沫が、アニエスの膣内に叩きつけられる。

「ああっ……あああっ……あぁ――――っ」

呆然と男を見上げるアニエスの目は、さすがに汗ばんで髪をかきあげる男の首筋に、火傷の痕を捉える。

あの、傷は――

「どうして――あなたは、あの時の――」

だが次の瞬間、アニエスの口は男の唇で封じられる。

疑問の答えは得られないまま、アニエスの純潔は永久に失われた。

第一章　純潔の白薔薇

アニエスの母は隣国セレンティアの大貴族、ルエーヴル公爵の外孫にあたる。彼女は中位貴族のロサルバ家の娘だったが、孫娘を溺愛したルエーヴル公爵は、国境を跨いだ領地を持参金として与え、ヴェロワ王国のラングレー伯爵家に嫁がせた。だが、彼女は一人娘のアニエスを産むとまもなく亡くなった。

ラングレー伯爵にとっては、アニエスの母との結婚は単なる領地目当てに過ぎなかったので、前妻の喪も明けないうちに、以前から愛人関係にあったオリアーヌを後妻に迎えた。だから、アニエスと異母妹ロクサーヌの年の差は一歳も離れていない。後妻のオリアーヌは隣国から嫁いできた前妻に恋人を奪われた恨みもあり、その忘れ形見であるアニエスを疎み、露骨に冷遇した。

その後、跡取りとなる異母弟のアランが生まれると、アニエスは館の隅にある、日当たりのよくない部屋に追いやられた。わずかな使用人が最低限の世話をするだけの、見捨てられたような暮らし。

継母オリアーヌには疎まれ、父親も無関心。異母弟のアランがアニエスに暴力を振るっても、それを咎める者はいない。女主人や跡取りに媚びてアニエスにきつく当たる使用人も多く、アニエスはすっかり委縮していた。

ただ一人、異母妹ロクサーヌだけはアニエスを迫害することなく、姉妹の関係は良好に見えた。アニエスは、金茶色の髪に若草色の瞳の、けして醜くはない娘ではあったが、一方のロクサーヌは、母親譲りの艶やかな黒髪に神秘的な紫の瞳をした、誰もが振り返るほどの美少女だった。彼女は家族や使用人たちから崇拝に近い愛情を注がれ、ドレスも装飾品も、金に糸目をつけず望むままに買い与えられていた。姉妹が並ぶと、華やかに着飾ったロクサーヌの隣で、型遅れのドレスを着せられたアニエスは、異母妹にとっては恰好の引き立て役であった。

——実のところ、ロクサーヌの豪華なドレスは、ルエーヴル公爵家からアニエスに送られた援助金によって仕立てられており、要するにアニエスは貴重な金ヅルでもあったのだ。

アニエスへの虐待はルエーヴル公爵家も把握していた。彼女が十三の歳に、曾祖父の公爵は死に際してアニエスにかなりの財産を遺した。そのうえで、遺産が父親に搾取されないよう、王都の聖マルガリータ女子修道院に多額の寄進を行い、アニエスの養育と遺産の管理を託したのである。

それ以来、アニエスは修道院で手厚く保護され、以後、母親の家名であるロサルバを名乗ることになる。

聖マルガリータ修道院の院長ジョセフィーヌ大公女は、国王の姉にあたる。院長はアニエスの美質を見抜き、淑女たるにふさわしいさまざまな教育を施した。家族の愛を知らずに育ったアニエスにとって、修道院こそ真の家族、安住の地となり、アニエスはごく自然に、俗世を捨て、修道女として生涯を神に捧げることを志した。


――修道女として生涯純潔を守る。


しかしジョセフィーヌ院長はアニエスの決意に懐疑的であった。

幼児を献身者（オブレイト）として教会に差し出すことに、院長は反対していた。

「あなたはまだ幼い。気づいたら修道女だった、そんな人生は送ってほしくないのです。神の門は常に開かれている。焦らず、今は自らの修養に努めなさい」

修道の道は、自らの理性的な決意によって自律的に選ばれるべきであり、アニエスはあまりに世間を知らない、というのがその理由だ。

そこでアニエスは、最初は俗人のまま、院内の仕事を手伝いながら過ごすことになった。

といっても、貴族出身のアニエスに課されたのは刺繍の腕を磨くこと、そして薬草園を預かるシスター・リリーの補助。

シスター・リリーはいわゆる「緑の指を持つ」人で、彼女にかかればどんな植物も生き生きと育ち、殖（ふ）え、花を咲かせ、たわわな実を結んだ。ハーブとその効用の知識が豊富で、さまざまな薬を作り出した。

薄荷（ハッカ）と罌粟（ケシ）を使った咳止めシロップ。毒消しに効果のあるヤロウ。ラベンダーにカモミール。ごく少量ならば薬になるが、量を誤れば恐ろしい毒となるトリカブト……生と乾燥ハーブの効果の違いなどなど、さまざまな知識を持つ老女の傍らで、アニエスは水を汲んだり雑草を抜いたり、シロップを煮詰めたり。

美しい神の庭で、アニエスは蛹（さなぎ）が蝶に生まれ変わるように、清新な輝きを放つ娘に成長した。

◆

アニエスが修道院に入ったのは、十三歳の冬の初めであった。厳しい冬を乗り越え、初めて迎える春。シスター・リリーの薫陶のもと、薬草園の仕事にもだいぶ、慣れてきた。

「その花と、薬を届けに行っておくれ」

「はい、わかりました」

アニエスは修道院の隅の、石造りの塔に花束と薬を届けるよう頼まれた。以前はシスター・リリーが自ら運んでいたが、腰を痛めてしまい、アニエスがその役目を受け継いだのだ。

薄暗い螺旋階段を上って、木の扉を叩く。

「ああ、お薬ね。ありがとうございます」

中から顔を覗かせた中年のシスターに薬瓶と花束を渡し、代わりに空の瓶を受け取る。

室内からかすかな歌声が聞こえて、アニエスが何気なく扉の内を覗くと、逆光になって顔はよく見えなかったが、毛織のショールをまとい、長い髪を背中に垂らした女性が窓辺に立っていた。修道女の頭巾（ウィンプル）を被らず、髪も伸ばしたまま。服装も、地味だが貴族らしく、趣味はよい。

――俗人の貴族が病気療養か何かで、滞在しているのだろうか。

女性は窓辺のゆりかごを揺らし、優しい声で子守唄を歌っていた。

「あら、アンブロワーズ、目が覚めたのね、そんなに泣いて……よしよし」

――赤ちゃん？

アニエスは一瞬目を見開いた。

だが、赤子の泣き声など全く聞こえないし、むずかる様子もない。

訝しむアニエスの視線に気づいたシスターが、アニエスに首を振り、帰ってほしそうにするが、アニエスの足は縫い留められたように動かず、目を逸らすこともできない。やがて、女性はゆりかごから布にくるまれた人形を抱き上げ、いかにも愛おしそうに揺すって、子守唄を歌い続ける。

――赤ちゃんじゃない。お人形？

ハッと息を呑んだアニエスの視線からその女性を庇うように、シスターが立ちふさがった。

「このお花はシスター・リリーが？」

内部を隠すように扉を閉めながらシスターに尋ねられ、アニエスは我に返って頷く。

「は、はい」

「ありがとう、いい香りだわ。シスター・リリーによろしくね」

シスターが微笑んで、扉は完全に閉まった。

アニエスがシスター・リリーの薬草小屋に戻って空の薬瓶を並べていると、シスターが腰をさすりながら尋ねる。

「病人は相変わらず、人形を抱えていたかい？」

「え、ええ……あの方は、お子様を亡くされたのですか？」

アニエスの問いにシスター・リリーは首を振った。

「いんや。息子は生きているよ。自分が一番幸せだった時——末の息子が赤子だった時で、自分の時を止めたのさ。——四年前からずっとあの通りだよ」

実の母を知らず、継母に虐待されて育ったアニエスには、母の愛はわからない。

ただ確かなのは、心を壊すほどの母の愛が、けして彼女の息子に届くことはないということだ。

そのせつなさに、胸が痛んだ。


やがて春の盛りとなり、修道院の庭には溢れるほどの花が咲き乱れた。真っ白なアーモンドの花が風に散り、黄金色の金雀枝（エニシダ）の枝が重たげに揺れる。むせかえるほどの新緑の香り。

院長の知り合いの修道士が滞在しているからと、アニエスは主棟への立ち入りを控えるように言われた。

だが、日々の暮らしに変わりはなく、その日も庭で水やりのために噴水の水を汲む。と、人の気配を感じて振り返れば、フードを被った修道士が立っていた。

修道士とはいえ、男性が庭にまでやってくるのは初めてで、アニエスは内心ドギマギした。

「こんにちは、修道士さま」

アニエスが挨拶すると、修道士は一瞬、困惑したように息を詰まらせる。

「あ、こ……こんにちは」

少し掠れた、声変わりして間もない風の、男性の声。

「その……花を、もらいに……病人の部屋に飾るのです。……どこに、行ったら……」

ボソボソと言われ、アニエスはハッとする。

――あの、塔の部屋の女性にだ。

「でしたら、シスター・リリーにお願いしたらいいわ。このハーブ園の管理をしていらっしゃるから」

そう言うと、修道士は戸惑ったようにアニエスを見つめた。

俗人の自分が修道院にいることに驚いているのだと思い、アニエスは自ら名乗った。

「自己紹介が遅くなりました。わたしはアニエスと言います。アニエス・ロサルバ。こちらの修道院でお世話になって、いずれ、修道誓願をしてシスターになる予定ですが……」

そう言っている間にもずっと視線を感じるのが恥ずかしくなり、アニエスはしゃべりながら噴水から水を汲もうとする。重たい木桶を持ち上げようとして、ふらついた。パシャッと水が零れて――その時、素早く駆け寄った修道士が背後から抱き留めるようにして、桶とアニエスを支えた。

間近に立つと、彼はアニエスより頭一つ分以上背が高く、ゆったりとしたローブの上からはわからなかったが細身な身体つきのようだった。見上げれば、フードの陰から整った顔が覗いている。

予想外の接近に、アニエスの心臓がドキンと跳ねた。

「僕が持とう」

彼は軽々と桶を抱え、アニエスに尋ねる。

「どこに？」

「えっと、あそこの、花壇の花にやるんです」

大股にローブを捌いて歩いていく修道士を追いかけていくと、彼が「ここ？」と言って、そのまま桶を傾けて水を撒こうとするので、アニエスが慌てて止めた。

「あの、如雨露があるので、それで少しずつ……」

どうも、その修道士は草花の世話などの仕事は、あまりしたことはないらしい。

水をやってしまうと、アニエスに尋ねる。

「次は？」

なぜ客であるこの人が仕事を手伝おうとするのか。そもそも花を取りに来たのではないのか。

疑問がアニエスの頭を駆け巡る。しかし断ることもできず、アニエスはなんとなくそのまま、彼と花壇の雑草を一緒に抜くことにした。

黙々と二人雑草を抜いて、彼が呟く。

「暑いな……」

修道士は天を仰いで、目深に被っていたフードを外した。

現れたのは予想よりも遥かに若い、見惚れるほど美しい顔立ちだった。

青空を映したような瞳、通った鼻筋に形の良い唇。凛々しい眉もウェーブのかかった髪も、金の糸のように輝いている。豪奢な金髪は耳の上で短く刈り込まれ、頭頂部には剃髪（トンスラ）があった。そして、耳の下からうなじにかけては、赤く爛（ただ）れた火傷の痕が広がっていた。

アニエスがハッと息を呑んだ気配に、修道士が顔を上げ、アニエスに尋ねる。

「……珍しい？」

とっさに、火傷のことは口にすべきでないと思い、アニエスは誤魔化した。

「いえ、お若い方の剃髪（トンスラ）は初めて見たので……」

「ああ、これ……」

修道士が照れくさそうに笑う。その儚く透明な笑顔にアニエスは目を奪われた。

そして同時に急に照れ臭くなって、アニエスは慌てて言った。

「あ、あの……そろそろ、シスター・リリーのところに行ってお花を受け取らないと！　わたしもハーブをもらいに行くから、ご案内します」

アニエスが立ち上がり、残った手桶の水で手を洗ってからリネンのエプロンで拭くと、修道士もそれに倣（なら）う。

青空では雲雀（ひばり）が鳴き、アーモンドの花びらが風に舞い、蝶が飛び交い、蜂がブンブンと唸り声をあげていた。

シスター・リリーが花を準備する間、二人で石のベンチに座って話をした。

照れ隠しもあって、つい、アニエスは冗舌になる。家族のこと、死んだ母のこと、妹のロクサーヌのこと。白い薔薇——ロサルバという母方の家名について説明したら、彼は綺麗な名だと褒めてくれた。

（——そういう、この人こそとても綺麗だわ——）

なんとなく自分の話ばかりするのが恥ずかしくなり、アニエスは尋ねた。

「修道士さまは、ご病人のお見舞いに？」

「うん……僕の母がこの修道院にお世話になっている。——でも、もう——」

やっぱり、あの塔の——アニエスが思った時に、修道士は両手で胸を押さえ、かがみ込むようにしてボロボロと涙を流した。

「修道士さま……！」

「あ、……これは……」

ああ、この人がやはりあの、〈アンブロワーズ〉なのだ。

——あの女性が過去に戻り、時を止めてしまった最愛の息子。

アニエスは反射的にドレスの隠しからハンカチを取り出し、彼に差し出していた。彼はそれを受け取ると、無言で顔を覆い、声もなく泣いた。

何があったのかはわからないが、あの女性は自分の時を止めてしまった。

息子が赤子だった頃の一番幸せな時に戻り、人形の〈アンブロワーズ〉を抱いて、生きている彼を拒絶した。アニエスが塔に届ける薬の中には、火傷につける軟膏がある。目の前の彼のうなじにも赤い火傷の痕が広がっている。多分、二人は火事か何かの事故に遭ったのだ。そして怪我をし、大きく傷ついて――

母を亡くしたアニエスは、母が生きていてくれれば、と何度も思った。死んでしまったことを、密かに恨んでもいた。でも。

生きていても、母に拒絶される人もいる。それもきっと愛されないせいでなく、母が彼を愛しすぎたために――

青い空を白い雲が流れ、トンビが横切っていく。

風が巻き上げるアーモンドの白い花びら。青い草の匂い。レンギョウ、雪柳、コデマリ、金雀枝(エニシダ)、ライラック――

花に溢れた世界はこんなにも美しいのに、人は哀しみの中で生きていかねばならない。

かける言葉が見つからなくて、アニエスは彼の僧衣を握りしめ、ただ寄り添っていた。

しばらくして修道士は我に返り、ハンカチから顔を上げた。僧衣を握りしめて寄り添っていたアニエスもまた、ハッとして身体を起こす。

――いけないわ。聖籍にある方に、近づきすぎた。

「ごめんなさい……」

アニエスがそう言うと、修道士はまだ少年らしさの残る表情でアニエスを見つめ、戸惑ったように首を振った。

アニエスも戸惑っていた。修道士はアニエスがこれまで見たこともないほど美しい少年で、気づけば見惚れてしまっている。伏せた金色の睫毛は長く、唇も艶やかだった。

――彼はきっと、高貴な生まれの人なのだろう。

粗末な修道士の衣では隠しきれない、生まれの良さが滲み出ていた。

慌てて視線を逸らすと、アニエスは誤魔化すように言った。

「……四つ葉のクローバーを持っていると幸福になれるんですって」

「え?」

彼が青い瞳を見開いて、アニエスをじっと見る。その瞳が大きく揺れた。

「でも、今まで一度も見つけたことがないの」

アニエスはそれから、ハンカチを指差した。

「だから、刺繍にはいつも、四つ葉のクローバーと白い薔薇を入れるの。少しでも幸せな気持ちになれるように」

「あ……ああ?」

修道士の手にあるアニエスのリネンのハンカチには、白い薔薇と四つ葉のクローバーが刺繍されている。突然の言葉に戸惑った様子で修道士がアニエスを見つめる。

ちょうどその時、ハーブ小屋からシスター・リリーが呼びかけた。

「アニエース! ハーブの籠、ここに置いとくよ! それからそっちの修道士さま! 花はこっち！」

「あ、はーい！　今行きます！」

アニエスはシスター・リリーに声をかけると、修道士に言った。

「それ、あげます。幸せになるためのお守り」

それだけ言うと恥ずかしくなり、アニエスはスカートを摘まんで一礼し、踵を返してハーブ小屋へと駆けた。

「あ……君は……」

背後で、彼が呼び止める気配を感じたけれど、アニエスは振り返らなかった。


その数か月後、秋の初めに塔の女性が亡くなったとシスター・リリーが告げた。

「もう、花も薬もいらなくなったよ」

女性の亡骸は修道院の裏の墓地に埋められ、女性についていたシスターは、別の修道院に移ったと聞いた。

その後も、アニエスはハンカチに刺繍するときはいつも白薔薇と四つ葉のクローバーの図案を刺した。

針を運びながら、あの金髪の修道士のことを考える。

――幸せになるための、お守り。

まだ、持っていてくれるだろうか、それとも、もう捨ててしまったかしら。

アニエスの刺繍の腕は上がり、白薔薇は精緻に、四つ葉のクローバーは鮮やかに、白いリネンを彩っていく。

第二章　運命の急転

修道院に入って四年目、あの修道士との邂逅からも三年以上の月日が流れて、十七歳のアニエスは、ついに修道誓願を立てることを許された。

今までの俗人のドレスと違い、灰色の僧衣と白い頭巾（ウィンプル）をまとい、見かけはすっかり修道女になった。ただ、正式な修道女は顎のところで髪を切り揃えるけれど、アニエスは長いまま。

「神の家に入るというのは、それほど重い決断なのです。ですから二年間は見習いです。二年後、正式に修道女となる時に、髪を切りましょう」

そう修道院長が言ったからだ。

そんな見習い修道女として過ごす初めての冬、小雪のちらつく寒い日に、異母妹のロクサーヌが突然、修道院を訪ねてきた。

驚いて駆けつければ、面会室の暖炉の脇で、鮮やかな赤いフードつきマントをまとったロクサーヌが、不安そうに両手をすり合わせていた。かなり離れて、侍女が控えている。

「ロクサーヌ！」

「……お、お姉さま？」

アニエスが声をかけると、ロクサーヌはハッと顔を上げ、紫の瞳を見開いた。

ついでロクサーヌは手にした絹のハンカチを目にあて、はらはらと涙を零す。

「……そんな……もう、俗世を捨ててしまわれたなんて……」

「ロクサーヌ、泣かないで。わたしは俗世に未練もないし、この暮らしが性に合っているのだから」

「……もしかして、髪も切ってしまわれたの？」

「髪はまだ……二年間の猶予期間があって……つまり、見習いなのよ」

「そうなのですか……。修道女になってしまうなんて、わたしは思わなくて……いずれ家に戻ってくださるとばかり……」

ロクサーヌがアニエスの手に取り縋る。

アニエスはそれを意外に思った。

妹は家族の中で唯一、アニエスとの関係は悪くなかったけれど、そこまでアニエスを必要としている風でもなかったからだ。

「どうしたの、ロクサーヌ、何かあったの？」

王都から半日程度の郊外とはいえ、ロクサーヌがわざわざやってくる理由がとんとわからない。

「……お姉さま、わたし……」

だが、ロクサーヌはなかなか理由を言い出さない。アニエスがロクサーヌを宥めていると、年嵩の修道女が素朴な焼き菓子と、ハーブと生姜を入れて温めたワインを運んできてくれた。

「寒かったでしょう？　これを飲んで温まっていって」

外の雪はしだいに激しくなり、窓の外が真っ白に染まっていた。

熱いワインを飲んでホッと一息ついてから、アニエスは再び異母妹を促した。

「何かあったの、ロクサーヌ」

「それが――」

ロクサーヌはためらうそぶりを見せながら、ついに口を開いた。

「その……王太子妃の候補に入ったの。殿下直々のご指名で選ばれて――」

「……まあ！　王太子妃、って未来の王妃様？」

四年ぶりに会う異母妹は、すっかり女性らしさを加え、輝くばかりに美しくなっていた。背も伸び、十六歳という年齢より大人びて見える。確かにそろそろ結婚相手が決まってもいい頃合いだが、さすがに相手の名に驚いてしまう。

アニエスが目を丸くすれば、ロクサーヌはいささか得意そうに頷いた。

「まだ決まったわけではないわ。候補者が四人いて、王太子殿下を囲んで、月に何度か王宮で茶話会をするの。王太子殿下はあまり女性に興味がないらしくて、一、二度参加したものの、脈がないと見切って辞退する方もいらっしゃるから、候補者は頻繁に入れ替わるのよ」

王宮の事情に疎(うと)いアニエスに、ロクサーヌが詳しく説明する。王太子はもともと第三王子で、聖職者になるべく一度は修道院に入ったが、四年前に兄王子二人が相次いで亡くなったので、王都に呼び戻されて還俗したのだと。

「……修道士……」

なんとなく引っかかるものを感じて、アニエスは眉を顰める。

アニエスの様子には気が付かず、ロクサーヌは目を輝かせて言った。

「ただ、わたしには目をかけてくださって、王宮に上がるたびに、いろいろ話しかけてくださるの」

「……そうなの。よかった……わね？」

王宮も王太子も見たことがないアニエスは、そんな話を聞かされても困惑するばかりだ。ロクサーヌの意図がわからず首を傾げていると、ロクサーヌがアニエスを上目遣いで見上げた。

「王宮は大変なの。候補者同士、足の引っ張り合いもあって……ほら、わたしは身分も伯爵令嬢で低いから、いろいろ気苦労が絶えなくて……」

「そうなの。でもロクサーヌはとても綺麗だし、王太子様直々のご指名なら、気にしなくても――」

「だめよ！　ライバルが虎視眈々と、わたしを追い落とそうと狙っているのよ！　だから絶対に失敗できないの！」

いかにも大変そうではあるが、アニエスにはどうしようもない。だがロクサーヌがためらいがちに言うのは……

「その……刺繍がね、課題にあるのよ」

「刺繍？」

「そう、ハンカチに刺繍して、提出するの。……王太子妃は別に刺繍なんてできなくてもいいと思うのだけど、そうもいかないらしくて」

「へえ……」

「それで……その……わたし、刺繍だけは不得意で……つい……」

ロクサーヌが膝の上でスカートを摘まんでごそごそと気まずそうに引っ張った。

「ロクサーヌ、ドレスが皺になるわ。どうしたの?」

「この前お姉さまが手紙に同封してくださったハンカチを……つい……。……殿下が、それをとても褒めてくださって……紋章や、イニシャルも頼めないかって……」

アニエスは目を見開いた。

ロクサーヌとの手紙のやり取りのついでに、刺繍入りのハンカチやリボンなど、ちょっとしたものを添えることはあった。

しかしまさか……

「つまり、わたしの刺繍を提出して、褒められたってこと?」

ロクサーヌが頷き、そして半泣きでアニエスに言った。

「そう。次の登城の時までに、紋章とイニシャル入りのハンカチを持っていかないといけないの! だから……ね?」

本人の刺繍じゃないことがバレたら、罰せられたりはしないのだろうか?

一瞬疑念が過る(よぎ)が、上目遣いで瞳を潤ませるロクサーヌの姿に、慌ててアニエスは頷いた。

「刺繍くらい、わたしは別に構わないけれど——王太子殿下の紋章も名前も知らないわ」

アニエスが言えば、ロクサーヌはパッと表情を輝かせる。

「ほんと！　お姉さま！　ありがとう！　次の登城は半月後だから、それまでにお願い！　紋章の図案はこれで、殿下のお名前はアンブロワーズ様とおっしゃるの！」

「……アンブロワーズ……」

その名に聞き覚えはあった。だが——

（——修道士で、アンブロワーズ……でも、まさか——）

いつか、庭で出会った修道士を思い出すが、彼が王太子のはずがない。——だって、彼の母親は心を壊し、あの塔で亡くなった。あれが王妃様であるわけがない。

アニエスは疑いを振りほどき、ロクサーヌの持ってきた王太子の紋章を写し取る。

盾と一角獣(ユニコーン)。イニシャルは〈A〉。

アニエスが図案を写している様子を横から覗きこんで、ロクサーヌが媚びるように言った。

「殿下は白い薔薇もお好きなんですって。ほら、お姉さまはいつも、白い薔薇を刺してくださるから」

「あ……ええ……そう」

あの日、彼に渡したハンカチにも、白い薔薇と四つ葉のクローバーを刺繍していた。

（偶然よ、偶然——）

それでも、アニエスはハンカチの刺繍に白薔薇と、四つ葉のクローバーの刺繍を小さく加えないではいられなかった。

十日後、異母妹のロクサーヌは再びアニエスのもとを訪れ、ハンカチを受け取った。

「ありがとう、お姉さま！　よかった、どうしようかと思ったのよ！」

「刺繍くらいはどうってことはないけど……王族の方を騙すことにならないか、心配だわ」

だがアニエスの心配をよそに、ロクサーヌは自信満々で微笑む。

「大丈夫よ！　他の人だって侍女にやらせてるに決まってるわ。それに、殿下はわたしのことがお気に入りみたいだし！　四人の候補者の中で、わたしにだけ特にお声がけしてくださることが多いのよ！」

「お優しい方なのね」

「ええ！　とっても！」

鮮やかな青色のドレスを着たロクサーヌが、花がほころぶような笑顔を見せる。紫色の瞳にけぶるような長い睫毛、陶器のように白い肌。磨かれて輝くばかりのロクサーヌの美しさに、王太子も夢中になって当然だと、アニエスも思う。

「お姉さまのことも気にかけていらっしゃったわよ」

「ええ？」

アニエスがドキリとして胸を押さえると、ロクサーヌがころころと笑った。

「次女のわたしの肖像と釣り書きだけが来たから、姉はもう嫁いだのかって。修道女になると言ったら、納得していらっしゃったけれど」

「そう……」

アニエスの脳裏に、あの日の修道士の姿が過る。

――でも、そんなわけはない。わたしの名は名乗ったけれど、ロクサーヌの姉だと気づくはずはないし、なにより――

将来この国の王になり、ロクサーヌを王太子妃に選ぶ。

ロクサーヌの口から語られる貴公子然とした王太子の姿と、庭仕事を手伝ってくれたあの修道士は全く重ならない。きっと、あの人とは違う。

アニエスは疑問を振り切る。

たとえ万が一、王太子があの人だったからと言って、どうなるものでもない。

修道女になり、生涯の純潔を守るわたしとは、縁のない人。二度と会うこともないし、だから――

しかし、王太子の美しさ、宮廷の素晴らしさについて、得意げに話すロクサーヌの言葉を聞きながら、アニエスは騒ぐ胸を抑えられなかった。

十九歳になり、二年の見習い期間も終わりが見えてきたある日、アニエスは院長から呼び出しを受けた。

不思議に思いながら院長室に顔を出せば、やや青ざめた院長が言った。

「隣国のルエーヴル公爵一家が乗った船が沈んで、全員、亡くなられたそうです」

「……え？」

最初は意味がわからず、慌てて胸のところで聖印を切った。

「神よ……彼らの魂に平安を——」

「亡くなった公爵はあなたの母上のイトコに当たります」

「はあ……そ、そうなのですか……」

どうして院長が青ざめているのかわからず、アニエスは口ごもる。アニエスが修道院に入れたのも、すべて曾祖父のおかげとは聞いているが、親族に直接会ったこともなく、ルエーヴル公爵家がどれほどの資産と領地を持っているか、何も知らなかった。

「一家全滅となると、相続の件でアニエスにも問い合わせがくるかもしれません」

「母が公爵様のイトコ程度なら、もっと近い方がいらっしゃるでしょう」

「そうとは思いますが……」

だが、ジョセフィーヌ院長の不安は的中する。

修道請願の猶予期間もあとひと月というところで、突然、父のラングレー伯爵が修道院を訪れた。修道院に入ってから六年間、手紙一つ寄越さなかった父の来訪に嫌な予感しかしないが、アニエスは身支度を整え、主棟に向かう。

グレーの僧衣は地味だが、染みも皺もなく、白い頭巾（ウィンプル）は洗いたてで糊も利いている。アニエスは全身を点検し、深呼吸してから、貴賓室のドアをノックした。

「アニエスでございます」

「おはいり」

もう一度深呼吸してからドアを開け、腰を落として礼をする。

顔を上げると、奥の長椅子にラングレー伯爵が、手前の一人がけにジョセフィーヌ院長が座って、同時にアニエスを見た。すっかり修道女然としたアニエスの姿に、父が息を呑んだ。

「こちらに……ラングレー伯爵、見習い修道女のアニエスです」

ことさらに修道女として紹介されて、アニエスは院長の意図をはかりかねて、院長と父を見比べる。院長の余裕ありげな表情に比べ、父――ラングレー伯爵は苦々しげに顔を歪めていて、院長が父を牽制しているのだと気づく。ラングレー伯爵は不愉快そうにフンっと鼻を鳴らした。

「状況が変わりました、院長どの。アニエスを還俗させねばなりません」

「還俗――」

アニエスが目を瞠(みは)って、パチパチと瞬きする。

(……今さら、俗世に戻れということ?)

動転するアニエスとは異なり、院長はラングレー伯爵の言葉を半ば予想していたらしい。

「状況が変わったというのは、ルエーヴル公爵家のことで?」

院長が落ち着いた口調で言えば、ラングレー伯爵は頷いた。

「ええ、そうです。船の事故でルエーヴル公爵の家族がすべて亡くなり、アニエスは公爵の継承人となったのです」

その言葉に、アニエスは息を呑んだ。

公爵一家の乗った船が沈み、全員助からなかった。公爵の兄弟もすでに亡くなっており、もっとも近い親族はアニエスであると判明したのだという。

（……つまり、わたしがルエーヴル公爵の爵位と領地を継承するということ？　でも、そんな……）

ようやく状況を掴んだアニエスを横目で見て、ラングレー伯爵は淡々と続けた。

「事情が事情ですので、修道誓願を取り下げ、還俗の手続きを」

「公爵位を継ぐだけならば、聖職のままでも可能でしょう」

「そうは参りません。アニエスは女公爵となり、公爵家を継ぐ子供を儲けねばなりません。だいたい、あの広大な領地をアニエス一人では管理できない。支えとなる夫が必要です」

院長の反論に対し、還俗して結婚する以外に選択肢はないと、ラングレー伯爵は言い切った。

一方、アニエス本人は自身の運命の急転に呆然として、声も出ない。アニエスに代わり、院長が伯爵に問う。

「アニエスの曾祖父である、先代のルエーヴル公爵閣下は、直々に我が修道院に彼女の養育と後見を依頼なさった。我々としては、そのご遺志を尊重したいのですが。そこまで急いで結婚させる必要がありますかしら？」

ラングレー伯爵は、院長の反論に一瞬、眉間の皺を深くする。

「大領ルエーヴルの継承者を、いつまでも修道院に入れておくわけにまいりません。とにかく、修道請願を取り下げ、還俗して連れて帰らねばならないのです！」

苛立ちも露(あら)わに言い張るラングレー伯爵に、院長はコホンと咳払いして言った。

「まあ、お待ちなさいませ。修道誓願の取り下げは大ごとです。今日やってきてその日になんて、できません。まず、こちらから大司教猊下(げいか)にお話を通さなければ」

ジョセフィーヌ院長がラングレー伯爵を窘める。

「ところで……アニエスは六年も修道院で過ごしておりましたのよ。今、アニエスが家に戻るとして、伯爵家で暮らす準備はできておりますの？」

そんなことは考えたこともなかった、という風にラングレー伯爵が目を剥いた。

「それは――」

「普通の貴族令嬢に戻るのですもの。当然、ドレスや小間使いのメイドも、用意されているのですよね？」

痛いところを突かれ、眉間に皺を寄せたラングレー伯爵に、院長は噛んで含めるように言った。

「我々がお預かりしている、アニエスの遺産のこともございます。公証人の立ち会いのもと、財産の処理も必要ですわ。後々、こちらが掠め取ったなんて言われても迷惑ですものね」

それは全くその通りで、ラングレー伯爵はため息をついた。

「……わかりました。数日後にもう一度参ります。その折に正式な手続きを。……大司教猊下(げいか)の方には――」

「ええ、もちろんこちらで手続きいたします」

ジョセフィーヌ院長が請け合った。それから、ふと思いついたように尋ねる。

「……ところで、ラングレー伯爵のご令嬢は王太子殿下の婚約者に内定したと伺いました。そうなるとアニエスの縁談にも、王家の許可が必要になりますわね？」

院長の問いに、アニエスがハッとした。

——ロクサーヌが、王太子殿下の婚約者に内定？

「……大公女殿下はお耳が早い。ですが、アニエスの婚姻は我が家の個人的な事情で、王家の許可は特には——」

「そんな馬鹿な!?」

ジョセフィーヌ院長が食い気味に口を挟む。

「令嬢が王太子妃となるということは、ラングレー伯爵家は王家の姻戚になるということですわ。もはや一介の貴族家ではございません。その姉で、しかもルエーヴル公爵領の継承者の婚姻を、少なくとも、母は黙って見過ごしたりはしないでしょうね」

（そうか、院長さまのお母様は、王太后陛下なのね……）

院長の口から出た「母」という言葉に、アニエスが思い返す。ラングレー伯爵も院長の迫力に押されたのか、もごもごと言い訳した。

「たしかに王太后陛下は、ロクサーヌの王太子妃選定にご不満であらせられるが……」

「母は頑固でしてよ。一度機嫌を損ねると、テコでも動きませんのよ。言動にはご注意あそばせ」

「……ご忠告、ありがとうございます、ジョセフィーヌ大公女殿下」

その日、ラングレー伯爵はいったん引き下がり、帰っていった。

だが、伯爵を送りだした後、アニエスの還俗は避けられないだろうと、ジョセフィーヌ院長は結論づけた。

「ことは大領の継承にかかわります。猶予期間が過ぎていても、家族の方から申し出て正規の手続きを踏めば、認められる可能性が高いわ。まして猶予期間内では、我々にはどうしようもない」

アニエスは項垂れる。ラングレー伯爵家にはいい思い出がない。ずっといないも同然の扱いだったのに、ルエーヴル公爵の継承人になった途端、掌を返されるなんて。

「母上にあたくしから手紙を出し、アニエスの保護を求めるわ。このままだと、あなたは領地目当てのろくでもない男に売られてしまう。貴族の結婚に、普通、王家が口を出すことはないけれど、これは国際問題に発展しかねないから」

「国際……問題？」

アニエスが首を傾げる。

「ルエーヴル公爵家は隣国セレンティアの王家から、公爵位を授けられているのよ。継承する場合にはセレンティアへの臣従礼が必要になるわ。隣国は女性でも爵位を継承できるけれど、継いだからって、アニエスが今すぐ広大な領地を管理できるわけないわ。つまり、領地の実質的な支配権は、あなたの結婚相手が握ることになる」

ジョセフィーヌ院長の説明に、アニエスはパチパチと瞬きした。母が隣国貴族の出なのも、曾祖父が隣国の大貴族なのも知ってはいたけれど、まさか、自分がその大領を継承することになるなんて、想像もしなかった。困惑を隠せないアニエスに、ジョセフィーヌ院長がなおも言う。

「当然、隣国の王家は、あなたは自国の貴族と結婚させたいと思っているでしょう。それでなくても、広大な領地を持つ女公爵の結婚には、野心家が群がるものよ。どうやら、あなたの父親はあなたの結婚を高く売りつけるつもりのようね。迂闊(うかつ)な男がルエーヴルの婿になったら、我が王家の面目は丸つぶれよ」

隣国の広大な領地の継承者であるアニエスの結婚は、ヴェロワとセレンティアの二国を跨ぐ、国際的な懸案事項となってしまったのだ。このまま修道女として独身を貫くなんて、到底許されない。

不安に打ち震えるアニエスを、院長がそっと抱きしめた。

「アニエス、あなたはあたくしの娘も同じよ。大丈夫よ。神様が守ってくださるわ」

「院長さま……」

院長の温かい手に縋りつき、アニエスは自分の未来を思った。

伯爵来訪の二日後には、妹のロクサーヌが弟のアランと二人でやってきた。

三歳年下のアランは十六歳で、すっかり背も伸びて見違えるようだったが、生意気盛りの顔にニヤけた笑顔を浮かべ、アニエスを見ている。

「お姉さま！　還俗するんですってね！」

ロクサーヌが嬉しそうにアニエスの手を取るが、アニエスは力なく言った。

「……わたしは、この暮らしが気に入っているの。還俗は、できればしたくないわ……」

「どうして！」

「ルエーヴル公爵位が転がり込んできたんだぜ？　なんでそんなに辛気くさい面してんだよ！」

年若いアランに嘲笑されて、アニエスがさすがにムッとすると、ロクサーヌが弟に声を荒らげる。

「アラン！　あんた、無理矢理ついてきたくせに、何よその態度。余計なこと言うなら、とっとと帰って。わたしはお姉さまに大事なお話があるんだから！」

ロクサーヌに窘められ、アランは大げさに肩を竦めてみせる。アニエスがオロオロと二人を見比べ、話を変えようとロクサーヌに言った。

「そう言えば、ロクサーヌが王太子妃に内定したって聞いたわ。おめでとう」

「そうなのよ！　その報告も兼ねてやってきたの！」

アニエスからの祝いの言葉に、ロクサーヌはパッと華やかな表情を浮かべ、面会室の木の長椅子の上で、アニエスににじり寄った。

「それでね、お姉さまにお願いがあるのよ」

「お願い？　また刺繍？」

「もう刺繍はいいのよ、それよりも大事なこと。――結婚してほしいの！」

思いもよらぬロクサーヌの言葉に、アニエスは目を瞠る。

「結婚？　わたしが？　どうして？」

父のラングレー伯爵も、そして修道院のジョセフィーヌ院長も、アニエスの結婚は避けられないと言っていた。でも、それとロクサーヌが王太子妃になるのと、何の関係が？

なんとなく不安に駆られ、アニエスがロクサーヌとニヤニヤ笑うアランを見比べる。すると、ロクサーヌがアニエスの耳元に顔を寄せ、小声で言った。

「わたしと王太子殿下の婚約は、まだ内定段階なの——王太后陛下が反対なさっていて。王太后陛下が頷いてくださらないと、正式決定はできないの」

王太后は国王の母親で、王太子の祖母。反対するには、それなりの理由があるのだろうと、アニエスはおずおずと尋ねた。

「……どうして、反対なさっているの？」

ロクサーヌは少しばかり不満げに唇を尖らせた。

「わたしはほら、お父様が伯爵で、お母さまが男爵家の出身でしょ？　身分の重みが足らないんですって。王太子殿下がおっしゃるには、たとえば侯爵家あたりの後見があれば、王太后様も納得してくださるだろうって。だから、お父様はギュネ侯爵様に、わたしの後見役をお願いしているの」

「ギュネ侯爵……」

「ギュネ侯爵閣下は、国王陛下の愛妾ドロテ夫人の義兄で、陛下の一番の寵臣だ」

宮廷の事情に疎いアニエスが聞きなれぬ名前に首を傾げれば、アランが横から偉そうに説明した。

「国王陛下の……愛妾……」

困惑で眉尻を下げるアニエスに、ロクサーヌが丁寧に付け加える。

「国王陛下は十年前の大火傷が原因で寝たきりで、政も王太子殿下が王太后様や重臣たちの補佐を受けてなさっているの。ただ、王太子殿下も、仮にも国王陛下の意向を突っぱねることはできないから、ギュネ侯爵の権勢はすごいのよ」

ロクサーヌが王太子妃の候補に滑り込めたのも、ギュネ侯爵の口添えのおかげだという。だから、後見役も彼に頼む以外にない。ただ、ギュネ侯爵はあくまで国王の寵臣なので、王太子妃の選定には口は出さない方針だった。

「宮中では、ギュネ侯爵派と王太后派の対立があるからな。ギュネ派が国王側で、王太后派は王太子寄りなんだよ」

アランの得意げな補足説明を聞いてもよくわからないのだが、とりあえず大人しく頷く。

「それで？」

アニエスが先を促せば、ロクサーヌは少しばかり困ったよう表情を浮かべてみせた。

「ギュネ侯爵も、わたしの後見役についてもいいとおっしゃったの。――ただし、見返りを要求なさったのよ」

「見返り――」

ロクサーヌがアニエスを見て、紅く艶やかな唇の口角を上げた。

「お姉さまとの結婚よ」

アニエスはしばし呼吸を忘れ、ロクサーヌの顔をじっと見つめた。ロクサーヌを後見する見返りが、アニエスとの結婚――

それは、ロクサーヌが王太子妃になるために、アニエスがギュネ侯爵に嫁がされるということ？

「……ちょっと待って。ギュネ侯爵って、おいくつなの？」

国王の寵姫の義兄となれば、アニエスの父親と同じか、それ以上の年齢ではないのか。

アニエスの問いに、アランが弾けるように笑い出した。

「正確には知らないけど、父上より年上で、俺と同い年の孫がいるぜ？　笑っちゃうよな、友人の祖父が、姉貴と結婚するなんて！　でも夜の方はまだまだお盛んで、若い愛人が五、六人はいるって話だぜ？　だからあっちの方は大丈夫――」

「アラン！　修道院でする話じゃないでしょ！　声を落として！」

ロクサーヌが弟の軽口を窘め、アニエスに微笑みかける。

「ギュネ侯爵って、本当に、びっくりするほど情報通なのね。隣国のルエーヴル公爵が亡くなってすぐ、お姉さまが唯一の継承人になったって知ってらした。お父様なんて、言われるまで気づかなかったのに」

まさしく、院長の懸念が的中したのだ。すうっと血の気が引いて、アニエスは口元を押さえて俯く。それを横目に見ながら、ロクサーヌはことさらに陽気な声で続けた。

「確かにお歳は召していらっしゃるけど、貴族の結婚ですもの。年上の方の後妻に入るのは、別に珍しいことじゃないわ。なにしろ侯爵で、国王陛下の一番の寵臣なのよ！」

「ロクサーヌ、わたしは神に仕えて生きるつもりだったの。なのに、お父様より年上の方に嫁ぐなんて。なんとかお断りを――」

だが即座にアランが言った。

「断るなんてとんでもない！　ギュネ侯爵は父上の派閥のボスで、逆らったら我が家だってどうなるかわからないんだぞ！」

「そうよ。ギュネ侯爵に逆らって、王太子妃になれなくなったら困るわ。お姉さまには、絶対に、ギュネ侯爵と結婚してもらわないと！」

「絶対に……？」

政略のために年上の相手に嫁ぐのも、貴族の役割と言われれば反論はできない。でも、ロクサーヌが王太子妃になるのと引き換えに、生贄のように老人の妻にされるのはあまりに理不尽ではないか。

だが、アニエスの心情を知ってか知らずか、ロクサーヌは紫色の瞳を妖艶に煌(きら)めかせ、噛んで含めるようにアニエスに語る。

「ギュネ侯爵は、ルエーヴル女公爵の夫という立場が欲しいのよ。だから、お姉さまとの結婚を条件に、わたしを後押しすると約束してくださった。お姉さまさえ、ギュネ侯爵に嫁いでくだされば、わたしは王太子殿下と結婚できるの。ね、お姉さま、お願い。わたし、どうしてもアンブロワーズ殿下の花嫁になりたいの」

アニエスの犠牲を当然とするロクサーヌの本心を突きつけられ、アニエスは黙り込むしかなかった。

数日後、ラングレー伯爵は王都の公証人とお針子を引き連れ、修道院を訪れた。正規の手続きを経てアニエスを連れ帰るためだ。

見習い期間ということもあり、実の父親による還俗の嘆願は認められてしまった。

用意された真紅のドレスは装飾も凝った華やかなものだったが、アニエスには似合いそうもない。

急遽、ロクサーヌのお古を手直ししたのだろうと、アニエスには予想がついた。

別室で修道服からドレスに着替え、お針子がその場でサイズの手直しをする。薄く化粧を施され、金茶色の髪も結われて、すっかり貴族令嬢のように装った自分の姿を見下ろしても、アニエスの心は晴れない。足取りも重く貴賓室に戻れば、待っていたジョセフィーヌ院長は、花がほころぶように笑って、アニエスを迎えた。

「まあ、美しいこと、アニエス！　素敵だわ！　――あなたはルエーヴル公爵を継承するのよ。もっと派手なドレスでもいいくらいだわ。父親の伯爵よりも身分が上になるのだから」

たとえ気休めであっても、自らの意志に反して還俗を強いられるアニエスにとっては、院長の言葉はわずかな慰めに思えた。

だが、院長に当てこすられたと感じたのだろう、ラングレー伯爵が一瞬表情を歪める。

「とにかく、これでアニエスのサインさえあれば、還俗の手続きが終わるはずです」

そう言って、ラングレー伯爵はアニエスに書類とペンを突き付けた。

「院長さま……」

アニエスが不安げに院長を見るが、院長は微笑んで、しかし無言で首を振った。

――どうにもならない、逃れる道はないのだ。

アニエスは諦めて、震える手で書類にサインをした。

修道院の車寄せでは、ラングレー伯爵家の馬車が待っていた。先に父のラングレー伯爵が馬車に乗りこみ、アニエスも院長に別れを告げようとしたとき、院長がアニエスを抱擁し、周囲に聞こえないよう、耳元で囁く。

「あたくしはいつでも、あなたの味方よ。——ギュネ侯爵のこと、母の王太后には伝えてあるわ。安心なさい。ラングレー伯爵家には王宮から使者が向かう手筈になっているのよ」

アニエスがハッと目を見開けば、院長が安心させるようにアニエスの背中を撫でる。

「身体に気を付けて、元気でね」

院長の慈愛に満ちた笑顔に、アニエスは泣きそうになる。——希望の糸はまだ切れていないと、信じていいのかしら——

だが、アニエスが馬車に乗り、扉が閉まると、ラングレー伯爵は不愉快そうに言った。

「ぼやぼやするな。……ずいぶん、時間を食ってしまった。約束の時間に遅れそうだ」

「申し訳ありません」

約束とはなんだろうと疑問に思いながらも、アニエスが父に詫びれば、伯爵は馬車の座席に背中をあずけ、ホッとしたように息を吐いた。

「やれやれ、ようやく修道院から連れ戻せた。教会とは厄介なものだ」

教会は治外法権があり、世俗の権力が通用しない。今、アニエスは教会の保護下を離れたのだ。

アニエスは俯いて、膝の上で両手を握りしめる。父親が、アニエスに尋ねた。

「ロクサーヌから聞いているか？」

「王太子妃になると……」

アニエスの答えに、ラングレー伯爵は面倒くさそうに首を振る。

「それではなく、ギュネ侯爵との結婚についてだ」

アニエスはギクリと身を強張らせる。

「できる限り早く婚礼を、とギュネ侯爵がおっしゃっている。……王家から横槍が入らぬうちに」

「――っ」

ジョセフィーヌ院長が残した救済の細い糸。だが、父もギュネ侯爵も、王家の対応を予測していたらしい。

「王太后が隣国の要請を持ち出して、お前を王宮で保護すると言い出しおった。だからともかく実質的に夫婦になって、王家が口出しできぬようにしないと」

父の言葉に、アニエスは窓の外を見た。王都の地理に詳しくないアニエスだが、馬車が見慣れぬ方角に向かっているのに気付いた。

「どこに、向かっているのです？」

「――ギュネ侯爵邸だ」

院長は、王家からの助けがラングレー伯爵家に向かうよう、手を回してくれた。だが、父とギュネ侯爵はその裏をかくつもりなのだ。

アニエスの胸は絶望で塞がれる。

見たこともない、父親よりも年上の男に嫁ぐ。政略結婚も貴族なら致し方ないのかもしれない。

でも、妹の結婚のために売られるように嫁ぐのは、あまりにむごい。

この先の人生はきっと、闇が続く――

はるか遠くなった修道院の尖塔を見ながら、アニエスは涙を零した。

◆

王都の石畳の道をしばらく進み、大きな屋敷の前で馬車は停まった。

長く馬車に揺られただけで、アニエスはすっかり疲れ果てていた。いつもと違う、コルセットで締め上げたドレス、高い踵の靴も辛い。父に促されて馬車を降りると慇懃に礼をする使用人の向こうに、白髪交じりの灰色の髪を撫でつけた恰幅のいい壮年の男が見えた。

「おお、これが我が花嫁か！　いや、さすが美しい！　ようこそ、未来のルエーヴル女公爵！」

大仰な仕草で迎え入れられ、アニエスの足が竦む。

――これが、ギュネ侯爵。わたしの、夫――

父娘どころか、祖父と孫ぐらいの年齢差のある相手に対し、まごついて挨拶も返せないアニエスに代わって、父のラングレー伯爵が言い訳する。

「これは修道院育ちで、なかなか世慣れませず」

「いやいや、この世の濁りに染まず、清らかなままである！　――そういう女を我が色に染めるのも、また一興……」

下卑た笑みを浮かべるギュネ侯爵に、その場から逃げ出したくてたまらない。

しかし逃げる場所などどこにもなく、アニエスはギュネ侯爵にがっちりと手首を掴まれ、にやにやと笑いかけられながら、屋敷の奥へと導かれた。手首を握る掌の、じっとりと汗ばんだ感覚が不快極まりなく、払いのけたいのを懸命に堪える。

視線を感じてふと顔を上げれば、間近に顎のたるんだ老いた顔があって、アニエスは一瞬、息を呑んだ。男はすでに興奮しているのか、鼻息が荒い。

「部屋で休むがよい、また後ほど。――メイド長！　花嫁を部屋に。ラングレー伯はサロンでもてなすように。今宵は泊まられるからその支度もな！」

進み出たメイド長に託されて、思わず安堵のため息を零す。

今後のことを話し合うと言ってサロンに消えていった父とギュネ侯爵の背中を見送り、アニエスはメイド長に連れられて階段を上った。

「――ここがあなた様のお部屋です。結婚式が終わるまでは、勝手に出歩かないように」

案内されたのは、それほど広くない客室で、天蓋付きの大きくて立派なベッドがやけに目についた。

不安そうに周囲を見回すアニエスに値踏みするような視線を向けて、メイド長がため息をついた。

「……情けないこと、こんな小娘を奥様と仰ぐことになるなんて」

聞こえよがしな呟きに、アニエスは眉を顰(ひそ)める。アニエスだって結婚なんてしたくない。

何か言い返そうかと振り向くと、いかにも蔑むような口調で、機先を制される。

「お荷物がまだ届いておりませんので、着替えはまた後ほど」

「……ありがとうございます。しばらく休ませていただきます」

どうやら、父のラングレー伯爵は修道院からアニエスを連れ出すことしか考えていなかったらしい。

アニエスは肩をそびやかして去っていくメイド長の背中を見送り、ため息をつくと布張りのソファに腰を下ろした。

「疲れたわ……」

あまりにも怒涛の一日だった。まだ司祭の前で婚姻を誓っていないのが救いと言えば救いだが、ギュネ侯爵の顔を思い出すだけでゾッとする。

これからどうなるのか……せめて今は少しだけ休みたい……とソファにもたれて目を閉じて——

アニエスはそのまま眠ってしまったらしかった。

「ラングレー伯爵令嬢！　起きてくださいまし！」

乱暴に揺り起こされて、アニエスはハッと目を開ける。

見れば、呆れたようなメイド長の顔があった。

「お召し換えなさってください。この後、旦那様がいらっしゃいます」

「え……だ、旦那様？」

ぽかんとするアニエスを後目に、メイド長がメイドたちに指示を出す。強引にドレスを脱がされ、浴室に引きずり込まれて乱暴に洗われた。

着替えに準備されていたのは、薄いモスリンのシュミーズドレス。身体のラインがはっきり透けて見えて、アニエスは恥ずかしさに真っ青になる。

──こんなドレスでギュネ侯爵に会えと⁉

「待って、結婚式もまだなのに⁉」

「後々、大々的にお披露目はなさる予定のようですよ。ただ今夜は、旦那様はあなたを味見なさりたいんですって！」

メイド長の思いやりのかけらもない言葉に、アニエスは身震いした。

──実はメイド長も侯爵の愛人の一人で、故にアニエスに当たりがきついのだが、もちろんそんなことをアニエスが知るよしもない。

寝化粧を施され、グラスになみなみと注がれたピンク色の酒を勧められる。

「わたし、お酒は……」

「飲み干してください。旦那様のご命令です」

遠慮しようとしたが拒否することは許されず、仕方なく、その甘ったるい酒を飲み干す。

強い酒精にカッと身体が熱くなり、酩酊感に襲われて、アニエスはふらふらとソファに倒れ込んだ。同時に、身体に変化が起きるのを感じた。

（う……あ……？　なに、これ……）

天地が反転して視界がぐるぐると回り、身体が火照(ほて)る。じっとりと汗ばんで息遣いが荒くなる。

身動きも取れずに悶えるアニエスの耳に、メイドたちが下がる気配と、誰かが部屋に入ってくる音がした。

「ふむ、よく効いているな、さすがの効果だ……」

「う……だ、れ……」

「ワシじゃよ、お前の夫だ――ルエーヴル女公爵アニエス」

そう言って顎に手をかけられ、ぐいっと向きを変えられる。辛うじて薄く目を開ければ、ぼやけた視界に、ギュネ侯爵の下卑た笑顔が飛び込んでアニエスが息を呑んだ。

酒精と薬の効果で侯爵の顔がぐわんと歪み、周囲の音が消え、極彩色の渦に飲み込まれる。

いや、誰か――

手足も動かせず、呼吸すらままならない。必死に空気を取り込もうとするが、闇雲に呼吸だけが荒くなる。苦しい、誰か――助けて――身体が熱い。全身が疼いて、息が苦しい。

これは、悪い夢――？

浮かび上がろうとする努力もむなしく、アニエスの意識は混濁し、底なし沼のような闇に引きずりこまれていった。


突如、ふわりと身体が抱き上げられるような気配がした。なにか、温かいものに包み込まれて――ふわふわと浮き上がり、優しいぬくもりを感じる。

――ああ、これは夢だ。金色の――

黄金色に輝く光の中で、アニエスは修道院の、薬草園に続く庭にいた。噴水が夕暮れの陽光を弾き、木漏れ日が揺れる。風に白い花びらが舞い散り、目の前には金の巻き毛をキラキラと煌めかせた、まだ若い修道士。あの人は――

灰色の修道士のローブが金色の風になびく。少年が手を伸ばし、身動きの取れないアニエスを抱きしめた。

『アンブロワーズ……』

『アニエス』

いけない、これ以上近づいたら――でも、これは夢だから――

夢なのに、彼のぬくもりを感じる。

少年がアニエスの肩口に神々しくも美しい顔を寄せ、彼の熱い息が顔にかかる。アニエスの身体は相変わらず熱を帯びていたが、温かい何かが、壊れ物に触れるようにそっと這わされる。太ももから秘密の場所へ――煮え滾るほど熱い身体の奥から、疼くような感覚がせりあがってくる。

これは、夢。きっと、あの妙な薬が見せる、淫らな夢。だから――

金色の鮮やかな波に攫われて、アニエスの感覚は弾けて、粉々になっていった。

第三章　手折られた白薔薇

見慣れぬ寝台の上で目を覚ました。

すでに日は高く、大きな窓から燦燦と光が差し込んでいる。慌てて身を起こすと、着ているのは昨夜、ギュネ侯爵家で着せられたモスリンのシュミーズドレスだ。

（……ここは……？）

ギュネ侯爵家の客間ではなかった。昨夜、ギュネ侯爵がやってきて……

最後に見たギュネ侯爵の下卑た表情を思い出し、アニエスは無意識に自分を抱きしめる。

（あの後、わたしはどうなったの？　ここはどこ？）

アニエスが起きた気配を感じ取ったのか、ノックがあってメイドが部屋を覗く。まだ若いメイドはアニエスを安心させるようににこりと微笑んだ。

「お目覚めですか。すぐに人を呼んで参ります」

メイドの態度もお仕着せも、ギュネ侯爵家とは全然違う。メイドは一度部屋を出ると、二十代半ばくらいの、深緑色のシックなドレスを着た女性を連れて戻ってきた。

「わたくしは王太后陛下付きの女官長補佐、ジョアナ・ルグランです。アニエス・ロサルバですね？　気分はどうかしら？」

女官長補佐だと名乗る女性は、目元の泣きボクロが色っぽく、茶色い髪を綺麗に結っていた。しっとりとした声で優しく尋ねられ、アニエスはドギマギする。

「だ、大丈夫です。……ここは、どこですか？」

「ここは、王太后宮の一室です。昨夜、王太子殿下と王太后陛下のご命令で、あなたをギュネ侯爵邸からお連れしたのよ」

「王太后宮……」

全く予想もできない展開に、アニエスはあんぐりと口を開ける。

「えっと……あなたのことは、なんてお呼びすれば……」

「マダム・ルグランと呼ばれることが多いけど、ジョアナと呼んでくれてもいいわ。こちらはあなた付きのメイドになる、ゾエよ」

ジョアナはメイドのゾエに命じて枕元の水差しからグラスに水を注がせ、それをアニエスに手渡す。

「あなたはおかしな薬を飲まされて意識がなかったの。薬は抜けていると思いますが、水をたくさん飲むようにしてください」

アニエスは最後に飲まされた怪しげな薬酒のことを思い出し、グラスの水を両手で受け取り、慌ててごくごくと飲んだ。温い水が喉を通り、少しだけ頭がはっきりしてくる。

「王太后様が、わたしを？」

ジョアナは頷く。

「ええ、ラングレー邸で捕まえるつもりが、あなたが直接ギュネ侯爵の屋敷に連れていかれたものだから肝が冷えたわ。王太子殿下が教令を出して、間一髪で救い出せたの」

院長の依頼を受けて、王太后はアニエスを侍女に召し出すという命令を出してくれていた。

だがラングレー伯爵とギュネ侯爵は王太后の裏をかき、まっすぐアニエスをギュネ侯爵邸に連れ込んで囲い込もうとした。それを察知した王太子が、侍従官を派遣してギュネ侯爵邸に踏み込ませ、意識のないアニエスを救い出したという。

「王太子殿下が……」

（じゃあ、夢の中のアンブロワーズは、もしかして――）

昨夜の夢の中のアンブロワーズの姿を思い出し、アニエスはぎゅっと自分の身体を抱きしめた。


王太后宮の侍医の診察を受け、異常がないことが確認されると、アニエスは王太后に拝謁することになった。ジョアナの指示で、拝謁のための身支度を整える。クローゼットには、ラングレー伯爵邸から運び込まれたというドレスが数着並んでいた。ジョアナがクローゼットを覗き込み、顎に手を当てて考え、紫色の一着を選ぶ。

「……少し、あなたには袖が長いのではなくて？」

「あ……たぶん、妹のお古だから……」

ゾエにドレスを着付けられながらアニエスが言えば、ジョアナが眉を顰める。

「ああ、ロクサーヌ嬢の……なるほどね。王太后陛下に申し上げて、あなたのためのドレスを仕立てていただきましょう。似合うドレスを見立てるのも、淑女の心得ですからね」

暗にドレスが似合っていないと言われて、アニエスは恥ずかしさで俯いた。

ドレスを着付ける間、ジョアナはゾエの手際に目を光らせつつ、アニエスのこれからについて話してくれた。

「あなたは行儀見習いのため、王太后陛下付の侍女としてお仕えすることになります」

その言葉にアニエスはハッと目を見開いた。

「侍女……そんな大役が務まるでしょうか。わたしはずっと修道院暮らしで、貴族の常識にも疎くて……」

不安そうに告げるアニエスに、ジョアナが微笑む。

「だからこその、行儀見習いの侍女よ。陛下はあなたを身近に置いて、自ら教育なさるおつもりよ。ルエーヴル公爵の継承人のあなたが、あまりに世慣れないのも不安ですからね」

ジョアナによれば、ルエーヴル公爵領は隣国のセレンティア王家に忠誠を誓う大貴族で、領地もそこらの小国をしのぐほど広大であるという。隣国の王家が、ルエーヴルの継承に神経を尖らせるのも当然なのだと。

にもかかわらず、ラングレー伯爵はアニエスの結婚を、ギュネ侯爵に売ったのだ。これは大変な国際問題になりかねない。

「セレンティアは、我が王家にあなたの保護を要請していました。ジョセフィーヌ大公女殿下が院長を務める聖マルガリータ修道院にいたから、ひとまずは大丈夫だと思っていたのに――」

そう言いながら、ジョアナはアニエスの周囲を点検するように回り、フリルを直した。

「あなたが還俗して教会を出たら、ラングレー伯爵家に命令を下し、侍女として召し出すつもりだったのに、直接ギュネ侯爵邸に連れていかれてしまって。気が気じゃなかったわ」

「マダム・ルグラン、ご迷惑をおかけしてしまい、申し訳ありません」

裏でいろいろな暗躍があったと知り、申し訳ない気持ちでアニエスが詫びれば、ジョアナが笑った。

「お礼は王太后陛下と、王太子殿下に言うべきね。さ、支度ができたわ。王太后陛下はお優しい方よ、ここならあなたも安心して暮らせるわ！」

結局、午後の日が陰る頃の時刻になっていた。

初めて目にする王宮は、アニエスの想像を超えた豪華さだった。

毛足の長い絨毯が敷き詰められた廊下は、それだけで一部屋分ありそうな広さ。高い天井には華麗な天井画が描かれ、ついつい首が痛くなるまで見上げてしまう。壁にも豪華な装飾が施され、キラキラしいお仕着せの衛兵が立ち並んで、眩(まばゆ)いほど。国王の住まう本宮と王太子宮は回廊でつながっているが、王太后宮は庭を隔てた離宮になっているという。

先導するジョアナがアニエスを振り返って微笑む。

「王太后陛下は贅沢を好まず、こぢんまりとした暮らしを望んで、こちらに引っ込まれたのですがね。……十年前の火事で、そうもいかなくなりました」

これがこぢんまりなら、本宮はどんな豪華さなのか。

あんぐりと口を開けて、しばらく高い天井のアーチに見惚れていたアニエスは、ハッと我に返り、ジョアナに必死についていく。真紅の絨毯の上をずんずん歩いて、ようやく奥の扉の前に来た。

「女官長補佐、ジョアナ・ルグランでございます。ご命令の通り、ラングレー伯爵令嬢をお連れいたしました」

ジョアナが扉の前の小姓に告げると、小姓の合図とともに、扉が重々しく開かれる。

扉の内部は広い居間だった。午後の光が金銀の装飾を反射してキラキラ輝く。高い天井から床まで届く大きなガラス窓。色ガラスをはめ込んだ装飾窓の光が、大理石の床に華麗な花模様を映し出す。ざわざわと人込みが揺れ、中年の女性が滑るように現れ、二人に告げた。

「奥に」

導かれるまま、毛足の長い絨毯の上を歩いて窓辺に近づけば、長椅子に足を伸ばし、脚台(オットマン)に片足を乗せた老齢の女性が、逆光の中で身動きした。

真っ白な髪を結い上げ、豪華な黒い衣装をまとった威厳溢れる女性。

——どことなくジョセフィーヌ院長に似ている。

アニエスはそう思いながら、ジョアナに倣(なら)ってドレスを摘まみ、片足を引いて腰を落とし、軽く頭を下げた。礼儀作法そのものは、修道院で院長直々に仕込まれている。実践する機会があると思わなかったけれど。

「ラングレー伯爵令嬢のアニエスでございます」

ジョアナがアニエスを紹介すれば、王太后陛下は威厳ある声で言った。

「よい、顔を上げよ。正しくは、ルエーヴル女公爵となるべき、アニエス・ロサルバ……そうであるな？」

ずっと頭を下げたままだったアニエスは、王太后陛下の「楽にせよ」という声でようやく、姿勢を戻す。

「ジョセフィーヌから手紙をもらっておる。そなたがまるで娘のようだと。……ジョセフィーヌの娘であれば、妾には孫も同じ。ギュネの狒々爺のもとに嫁にやるなど、到底、許せぬこと。行儀見習いを名目に侍女として召し出す故、気楽に仕えるがよい」

「……ありがたき、幸せにございます」

それだけを口にするのがやっとだった。

緊張で固くなっているアニエスの、世慣れぬ風を好ましく思ったのか、王太后陛下は微笑んだ。

「そなたは修道院にて修道教育を受けておった。《聖典》の読みは心得ておるであろう？　一つ、妾に読み上げてたも。近頃、目が悪うなって、細かい文字が読めぬ故」

「は、はい……」

戸惑うアニエスの元に、革張りの表紙に金文字の装飾が散りばめられた、見事な《聖典》が手渡される。鮮やかな挿絵に精緻な飾り文字がふんだんに使われて、金文字がキラキラと輝き、息を呑むほど美しい。アニエスがうっとりと見つめていると、王太后が面白そうに言った。

「そなた、書物は好きか？」

問いかけられ、アニエスは慌てて我に返り、頷く。

「は、は、はい！」

「それは重畳。この宮は朗読に慣れた者が少なくてのう。早速、読んでたもれ。そうさな、詩篇の――」

アニエスは指定されたページをめくり、深呼吸すると、静かな声で読み上げ始めた。

王太后陛下はアニエスの朗読が気に入ったのか、じっと目を閉じて聞き入っている。

広間に、神々しい聖典の言葉が流れる。

集中して読んでいると、パチンと扇を鳴らされ、アニエスはハッとして顔を上げた。

気が付くと、周囲の者たちが皆立ち上がり、スカートを摘まんで頭を下げている。そして、絨毯の上を長い金髪をなびかせた若い男が、ゆっくりと近づいてきた。

金糸刺繍の入った豪華なジュストコールとジレ、膝までの脚衣(ブリーチズ)に白い靴下、バックルのついた、先の尖った黒い靴。繊細なレースのクラヴァットに、同じく豪奢なレースの袖。

ゆるくウエーブのかかった金髪は肩を過ぎて背中に至り、整った美貌はどこか愁いを帯び、しかし青い瞳は冷たく、まっすぐにアニエスを見つめている。

――この人は――

アニエスの記憶の中にある人と、重なる部分と異なる部分が交錯する。

アニエスは聖典を閉じて片手で胸に抱え、立ち上がって片手でドレスを持ち上げ、頭を下げた。――王太后宮に出入りする、若く美しい男。高貴な身分であるのは間違いがなかった。無礼があってはいけない。

「よい、直れ」

低く艶のある声が頭上から降ってきて、周囲で衣擦れが起こる。アニエスはそっと周りを見回してから、ゆっくりと頭を上げた。

「ロクサーヌの姉を侍女に招いたとか」

その言葉に、アニエスの予感が正しかったと悟る。

……やはりこの方が王太子殿下。妹ロクサーヌの、婚約者。

こうして面と向かって対峙すれば、かつて修道院で言葉を交わしたあの修道士とは、声も態度も、何より醸し出す雰囲気が違いすぎた。

繊細で消えそうに儚かったあの人と違い、目の前の王太子は自信と威厳に溢れて、美貌と富と権力に恵まれて、驕慢にすら見える。

「そうじゃ、アンブロワーズ。ジョセフィーヌの弟子でもある」

アニエスは顔を上げたものの、失礼のないよう視線は足元に落としたままだ。

するとバックルのついた黒い靴がすぐ目の前まで近づき、突然、長い指に顎を掴まれた。そのまま、ぐいっと強引に上を向けさせられる。

至近距離から覗き込む完璧な美貌に、つい、あの日一度だけ出会った彼の面影を探してしまう。

同時に、その力の強さと、ギュネ侯爵の時と同じ体勢に恐れを感じ、アニエスの身体に震えが走る。

――だめ、落ち着かないと、この人は違う――

「名は、何と申す」

「……あ、……その、……お、お初にお目にかかります、ラングレー伯爵が娘、アニエスと申します」

アニエスが辛うじて声を絞り出すと、正面の男がふっと微笑んだ。

「王太子のアンブロワーズだ。……おばあ様によく、お仕えするように」

「承知いたしました。……王太子殿下」

顎の手が離されて、アニエスはホッとして頭を下げる。

「今宵は久しぶりに夕食を共に。アンブロワーズ」

「ええ、お言葉に甘えてそういたします、おばあ様」

頭上で交わされる会話に、アニエスの心臓だけが、バクバクと跳ね続けていた。

王太子の意向で、アニエスは食前酒（アペリティフ）のテーブルに侍（はべ）ることを許された。

これはかなりの栄誉であるらしく、背後でヒソヒソと囁く声が聞こえる。

――王太子妃に内定しているラングレー伯爵令嬢ロクサーヌの、異母姉。王太后はその選定に反対の立場を表明していた。にもかかわらず、その姉を侍女に召し出すとは。

――どうやら大領を継承するらしいが、それにしては態度は物慣れず、ドレスも似合っているとは言い難い。

『まあ、あの方だけ……』

『ロクサーヌ嬢の異母姉……ということだけど、それにしては……』

『しいっ……王太后陛下がずいぶん、目をかけていらっしゃるから、滅多なことは――』

味方のいない王宮で、刺すような視線に取り囲まれ、アニエスは不安でたまらない。

震えるアニエスにマダム・ルグランが近づき、肩を抱き寄せて耳元で囁いた。

「大丈夫、自信を持って。王太子殿下はあなたの現状をお知りになりたいだけ。聞かれたことに正直にお答えすればよいのです」

アニエスは頷き、テーブルに導かれる。すでに王太后と王太子はそれぞれ一人がけのソファに寛いで、グラスに注がれた白ワインを嗜んでいた。テーブルには前菜のカナッペと、一口大のパイ。アニエスが席に着くと、グラスに白ワインが注がれる。王太子が軽く手を振って、給仕を遠ざけると言った。

「ギュネ侯爵との婚礼の件、ギリギリになってすまなかった。教会は治外法権で、修道院にいる間は手が出せなかった」

「……いえ、とんでもございません……」

アニエスはワインに手を付けず、小さくなって頭を下げる。そんなアニエスに目を細めた王太子が続けた。

「ルエーヴル公爵位の相続の件だが、近々隣国から正式な使者が参り、手続きをする。それまで、こちらの宮で過ごすがよい。ここなら、あの狒々爺(ひひじじい)も手出しはできぬ」

王太子の言葉に、王太后が眉を顰(ひそ)める。

「そなたがあの、ラングレーの小娘を妃になど望むからじゃ」

「……その通りですが、まさか、妹の後見の代償に姉を差し出すなどと、あまりに醜悪で想像もできず――」

「権力に目がくらんだ人間は、浅ましいことも厭いはせぬ。そちはまだまだ甘いの」

「……申し訳ありません、おばあ様」

孫と祖母の会話を、アニエスはただ、緊張して聞いていた。

「昨夜、ギュネ侯爵の邸に侍従官と女官を差し向け、そなたを邸から連れてきたが、何やら一服盛られていたようであった。体調に問題はないか？」

突然、王太子に尋ねられ、アニエスはびっくりして顔を上げた。

王太后が初耳だという風に扇を鳴らす。

「ルグラン、どういうことか」

ジョアナが一歩踏み出し、恭しく答えた。

「どうやら媚薬の類を酒類に混ぜて飲まされたようでございます」

「なんと……！　若い娘を無理に娶るのだけでも呆れるのに、その上、媚薬をとな！　おお、浅ましいこと！」

扇で顔を隠す王太后を、王太子が宥める。それから王太子の視線がアニエスを射貫いた。

「幸い、大事には至りませんでしたから。……そなた、あちらでどうやって薬を飲まされた」

アニエスはおどおどと頷く。

「は、はい……その、これから侯爵が来ると言って……その、お酒のようなものを。わたし、お酒は飲めないと断ったのですが、すべて飲み干すようにときつく言われて……その……」

「それを飲んで、具合が悪くなったか？」

「え、ええ……頭がぼうっとして、周囲がぐるぐる回ったような感じで……とても、まっすぐ座っていられなくて、そのまま……」

そのまま、奇妙で淫らな夢を見たことまでは口にできず、アニエスは俯く。アニエスの答えに、王太子が凛々しい眉を顰めた。

「この件に関しては調査する。しばらく他言せぬように」

「は、はい……」

他言も何も、王宮内に親しい人など誰もいない。

それだけを確認すると、王太子はアニエスに下がっていいと言い、アニエスは一礼して解放された。

退出するアニエスの背中をじっと見つめる王太子の視線に気づいたのは、ジョアナただ一人だった。

「疲れたでしょう。慣れるまで、食事はこちらに運ばせます」

ジョアナに案内され、割り当てられた部屋に戻ると、アニエスは疲れ切って長椅子にもたれかかった。

この部屋には大きな天蓋付きのベッドが置かれている。ただの行儀見習いの侍女には豪華すぎるそれを、王宮の華麗さに圧倒されていたアニエスは不自然だとは思わなかった。

「お気遣いありがとうございます……」

メイドのゾエに世話をされ、簡単な食事を済ませ、温かな湯を浴びる。初めての王宮で高貴な方に目通りし、自分が思うよりもずっと緊張していたらしい。

生き返ったような気分で、アニエスが薄い夜着に着替えて浴室を出ると、部屋には女官長がいて、ジョアナに何やら指示を出しているようだった。

「しかし、それはあまりに――」

「王太后陛下のご命令です。あなたはわたくしの指示通りに」

「……承知いたしました」

取り付く島もない女官長の言葉にジョアナが渋々頭を下げている。

(……どうかしたのかしら)

何か自分に関わることで、ジョアナが叱責されたのではと、申し訳ない気分でアニエスがおろおろと立ち尽くしていると、女官長がアニエスに目を向ける。

「何事も、王宮の作法に従い、和を乱さぬように」

「和……でございますか？」

重々しく言われたが、何のことかさっぱりわからない。

女官長はジョアナとゾエを促し、困惑するアニエスを残して部屋を出ていってしまった。去り際に、ジョアナが心配そうにアニエスを振り返るが、無情に扉が閉まる。

「あ――」

一人部屋に残されて、アニエスは諦めてベッドに横たわる。修道院の硬いベッドと違う、ふかふかの柔らかな寝心地にかえって落ち着かない。

「……これから、どうなっちゃうのかしら」

転々と寝返りを繰り返していたアニエスだが、疲れのせいか、やがて深い眠りに落ちていった。

◆

女官長に追い出されるように自室に戻ったジョアナ・ルグランは、奥から声をかけられ、顔を上げる。

「もう上がりか、ジョアナ？」

「ジル！　来ていたの！」

「殿下が今夜、こちらで過ごすからな」

恋人であるジルベールは王太子の侍従官だ。彼の発言に、ジョアナは胸元に巻いたフィシューを外しながら眉を顰める。

「ねえ、殿下は本気で、あの子に夜這いをかけるおつもりなの？　正気の沙汰とも思えないわ！」

「……さっき、食事の席で口説いたんじゃないのか」

ジルベールがジュストコールを脱ぎながら言えば、ジョアナが頬を膨らます。

先ほど、食事をしているところを見ていたが、甘い雰囲気など一つもなかったからだ。

「そんな甘い話は何ひとつ出なかったわよ！　だから手は出さないのかと思ったのに！　後で殿下

が部屋を訪れるって——あの子には何も知らせずによ！　……これじゃあ、あの狒々爺(ひひじじい)のやり口と、何も変わらないじゃないの！」

「まあそう言うな……何か、殿下なりのお考えがあるんだろう……」

ジルベールがジョアナを抱き寄せ、そっと口づけして、唇を首筋に這わせる。

「でも、自分の婚約者の姉なのよ？　いくらなんでも……」

なおも不満を零すジョアナをいなしつつ、ジルベールも暑苦しそうに胸元のクラヴァットを外す。

「殿下がロクサーヌ嬢を婚約者に選んだのは、ギュネ侯爵派をあぶり出すための囮(おとり)だろうとは思っていた。ロクサーヌ嬢のことは何とも思ってないと思うぞ？　だからと言って、その姉に手をつけるのはどうかと思うが」

首を傾げるジルベールに、ジョアナが探るように尋ねた。

「殿下、もしかして、あの子を以前から知っているの？」

女官長から、王太子がアニエスの寝室を訪れると聞いた時、ジョアナは「まさか」と思うと同時に、「やはり」と思わないでもなかった。夕食時の王太子はそっけなかったが、自室に下がっていくアニエスの背中を、やけに熱の籠った視線で追っていたからだ。王太子がアニエスのことを、以前から知っていたのならば、その執着にも理由があるのかもしれないが——

ジョアナの疑問に、ジルベールも同意した。

「……殿下は六年前、修道院から王宮に戻って還俗している。アニエス嬢も修道院にいた。あるいはもしかしたら——」

ジルベールはジョアナを抱き上げるとベッドに運びながら呟く。

「だとしたら——相当、拗らせてるぞ、あの人」

◆

アニエスが眠りに落ちてしばらくして。

キイと扉が開かれ、女官長が燭台を手に一人の男を導き入れる。

「……よく眠っています。緊張して、疲れたのでしょう」

その声に含まれる同情の響きに、男は喉の奥で嗤った。

「可哀想だが、今宵を逃すわけにいかぬ。……下がれ。用が済めば一人で戻る」

「かしこまりました」

カーテンは開け放しになっていて、月の光がベッドにも差し込んでいた。蝋燭などなくとも問題ないと男は女官長を追い出すと、音を立てないように扉を閉める。

柔らかな絨毯を踏んで静かにベッドに歩み寄ると、睫毛を伏せて眠るアニエスに男の影が差す。

「……アニエス・ロサルバ……私の、純潔の白い薔薇」

男は呟くと、長い指でまるで壊れ物か何かに触れるように、そっとアニエスの頬を撫でる。

「可哀想に。こんなことになるなんて。……私を、恨むだろうな」

男がベッドに腰を下ろすと、重みでベッドが軋む。男はアニエスから目を離さず、羽毛の上掛けをそっと剥ぎ取った。胸の上で組まれた細い指、薄い夜着をまとった儚い身体。

男は枕に片手をつき、体重をかけぬようアニエスに覆いかぶさり、閉じた瞼にキスをした。肩を越える長い金髪がさらりと流れて月光を弾き、煌めくカーテンのようにアニエスの顔を覆う。

「アニエス……そなたは私のことなど憶えていないだろう。でも、私は何度も夢に見た。そなたを、汚す悪夢を。……アニエス」

かすかな声でそれだけ囁くと、男はアニエスの両手を掴んで乱暴に頭上に押し上げると片手で押さえつけ、残る片手で夜着を荒々しく引き裂いた。

◆

――いったい、何が起きているの。

目を覚ましたアニエスの正面には、窓からの青白い月の光に照らされた、端麗な男の顔があった。白金に近い金髪は月光を弾き、明るい中では青かった瞳は、闇の中では獣のような危険な輝きに満ちている。

「な……これは……」

「ようやく起きたか」

深く艶のある声。美しい顔を取り巻く、うねる長い髪。さきほど目にしたから、間違いはない。

「……王、……太子、……殿下？」

「そうだ」

「な、なぜ……ここに……」

「なぜ？」

アニエスの問いに、男が残忍な笑みを浮かべる。

「修道院育ちとはいえ、あまりにも愚かな問いだ。……男が、女を組み敷いていたら、することは一つだ」

「え……でも、なんで……どうして……」

アニエスの混乱をよそに、王太子はさきほど引き裂いた夜着を掻き分けるように、さらに横に裂いた。

月光の下、アニエスの白い身体が浮かび上がり、男が恍惚とした表情で、ごくりと唾を飲み込む。零れ出た白い二つのふくらみを両手でそれぞれ掴み、深いため息をつきながら胸に顔を埋(うず)めた。

「や、いやあああ！」

アニエスは悲鳴をあげ、自由になった両手を闇雲に振り回すが、しかし王太子は細身ながらも鍛えているのだろう、アニエスの抵抗にもびくともしない。

「いや、離して！　……離してくださいっ、こんな……」

男はアニエスの胸に顔を埋めたまま、両手で力強く胸を揉み込む。体重をかけて押さえ込まれたアニエスは、身動きも取れない。男の金色の頭がアニエスの胸を貪るように這いまわり、唇で片方の先端を咥えて吸った。

「ひっ……いや！」

生まれて初めて胸を異性に触れられて、アニエスは動揺する。

何が起きているの？　なぜ、この人は自分を組み敷いているの？

「やめてっ！　どうして！　殿下、お願いです、やめて！」

「今さら、やめられると思うのか」

アニエスの懇願を無視し、男――アンブロワーズは柔らかな肉を唇で食み、緊張と混乱で尖った乳首を舌でべろりと舐めしゃぶる。アニエスの背筋を未知の感覚が走り抜けるが、男性経験のないアニエスはそれを快感とは認識できず、困惑するのみだ。

「あ、あなたはロクサーヌの婚約者なのでしょう？　なのにどうして！　こんなの、神様がお許しになるはずが――」

王太子アンブロワーズは、アニエスの異母妹ロクサーヌを、自ら婚約者に選んだはず。

だが、アニエスが妹の名を出しても動じることなく、アンブロワーズはアニエスの両手首をもう一度捕まえ、大きな片手でひとまとめにした。それから、胸元のレースのクラヴァットをするりと解いて、アニエスの両手を縛め、頭上に押さえつけて自由を奪う。

こうなってしまうと、アニエスが必死に身を捩っても、アンブロワーズから逃れるすべなどなかった。

正面から見下ろしてくる、ギラギラした青い瞳。月光を浴びて煌めく金の髪。

昔見た姿とはあまりにも違う。けれど、アニエスは確信した。

間違いない。この人は、あの時の——あの『アンブロワーズ』だ。

記憶の中の、修道院の美しい庭の光景がアニエスの脳裏によみがえる。噴水の水音、葉擦れの音、木漏れ日を浴びて輝く、修道士の短い金髪。哀しみに満ちた青い瞳。

——どうして、こんな——

再会の喜びも何もかもを押し流す絶望に、アニエスの両目に涙が滲み、目じりから溢れる。

「いや、やめて……誰か、助けて！」

男の頬に、冷酷な笑みが浮かぶ。

「私を誰だと思っている。皆、知っていて知らぬふりをしているのだ。助けなど来るわけがない」

「そんな、どうして——」

アンブロワーズはアニエスの片方の乳首を指で弄び（もてあそ）ながら、言った。

「私がそなたを犯したところで、誰も文句など言わぬ。……ああ、一人だけ、煩いかもしれんな。そなたの、妹が」

それだけ言うと、男は強引に圧（の）し掛かり、アニエスの唇を唇で塞いだ。

唇を割って侵入した熱い舌がアニエスの咥内を弄び（もてあそ）、すべてを征服するかのように荒々しく貪る。

アニエスの尊厳も純潔も何もかも、力ずくで奪い、凌辱するために。

——あの庭での、美しい思い出までも。

なぜ、なぜ、なぜ——

唇を塞いだまま、男の大きな掌がアニエスの肌を這いまわる。胸を揉みしだき、乳首を弄ば（もてあそ）れるとアニエスの身体にじくじくとした熱が灯る。恐怖と屈辱の中で、ぞわぞわとした感覚がせりあがってくる。

男の掌が腹をなで、臍を辿り、太ももを撫で上げる。やがて、その指がアニエスに両脚の間の、秘められた場所にも至った。

「い、いやあ、やめっ……だめえ……！」

アニエスが泣きながら叫んでも、男の指はゆっくりと秘裂をなぞり、花びらを割って侵入してきた。同時に男の唇が片方の乳首を吸い上げ、舌で転がし、圧し潰すように弄ぶ。

いやだ、怖い。恥ずかしい。

秘密の場所を暴かれる羞恥と恐怖――そしてじわじわと下腹部に宿る熱に、アニエスは、ただただ混乱して泣き叫んだ。

「お願い、やめて！　なんでッ……いやあっ……」

秘所を嬲る指が敏感な花芯に触れ、アンブロワーズがアニエスの耳元で囁く。

「ここ……そなたの一番感じる場所だ」

「いや、そこ、触らないで……そんな、きたない……」

「力を抜け。……ここが女の、快楽の源泉だ」

執拗にその場所を愛撫しつつ、アンブロワーズの指先が花びらを割って奥の蜜口に触れる。やがて生理的な反応としてその場所が潤い、水音を奏で始める。

――何が起きているの、いや、怖い――

「アニエス……濡れてきた……」

男の熱い息が耳朶にかかり、羞恥と混乱に煮えた脳をさらに炙る。花芯を強く押されて、強い刺激にアニエスの腰が無意識に揺れる。

「あッ……ああっ……？」

背筋を走る感覚に、アニエスは悲鳴をあげた。

男が、喉の奥でかすかに嗤う。

「やはりここが、一番感じるか。もっと弄って、気持ちよくしてやる」

「あっ……いやっ……やめっ……」

「濡れてきた……この水音、そなたが感じている証だ。無垢で清らかだったそなたが、堕落の淵に堕ちていく音だ。聞こえるだろう？」

蜂蜜を練るような音と、男の、揶揄するような言葉。恥ずかしさと屈辱でアニエスの目じりから涙が溢れる。気持ちいい？　これが？　わからない、こんなの、知らない――

「う……うう……く……やめて……いやあ……あっあっ……」

ぐちゅぐちゅと水音を響かせながら、アンブロワーズが長い指をアニエスの蜜口に差し入れ、ゆっくりと抜き差しする。隘路を拓かれる強烈な異物感。

秘芽を執拗に嬲られて、アニエスは無意識に両脚を突っ張って、下半身から湧き上がる感覚に耐える。男の指が蜜口をかき回して立つ水音がただ恥ずかしい。

もう、男を押しのける余裕などなかった。両手で男の衣服を握りしめ、無意識に身体を反らし、荒い息を吐く。男は薄く笑うと、再び乳首を口に含み、強く吸い上げた。

「はうっ！　ああっ……やあっ……」

突然の刺激に耐えきれず、アニエスが甲高い悲鳴をあげる。男は反対側の乳首も吸い上げ、舌でレロレロと嬲る。残った手でもう一つの乳首も摘まれて、アニエスは声を抑えることを諦め、ひっきりなしに喘ぎ続ける。

「もう、やめてっ……ああっ、あっ……あっ……」

「神の花嫁を淫らに堕とすのは、やはり興奮する」

アニエスが抵抗を諦めたと見ると、男はアニエスの両脚を開いてその間に顔を埋めた。

「やめて！　そんなところッ……」

アニエスはとっさに男の長い金髪を引っ張るが、男は意にも介さず、すっかり濡れそぼった秘所に舌を這わせた。ねっとりとした熱い舌の感触に、アニエスは悲鳴をあげる。

「いやあああ！　それ、だめえええ！　……あ、あああああっ」

すでに尖った陰核を舐め上げられ、アニエスは白い身体を仰け反らせる。

初めての経験のはずだが、アニエスにはかすかな記憶があった。

あの夜。ギュネ侯爵の屋敷で奇妙な薬を飲まされて意識を失った時の、淫らで妖しい夢。

ああ、これもきっと夢なのだ。王太子の皮を被った淫魔が見せる、淫らで汚らわしい淫夢に違いない。だから——

男の唇が溢れる蜜を吸い上げ、舌が花びらの内側から蜜口の中まで蹂躙する。腫れて立ち上がった陰核を軽く甘噛みされ、ついに真っ白な空間に投げ出されるように、アニエスは絶頂した。

「……あっ……あぁっ……」

手足の先まで硬直させ、大きく背中を反らせて達したアニエスはガクリとベッドの上で弛緩して、茫然と天蓋を見上げる。

「ようやく達したか。どうだ、快楽を極めた気分は……」

「もう、ゆるして……」

アニエスの懇願は無視されて、アンブロワーズはアニエスの脚をさらに広げ、口淫に没頭する。

一度達して敏感になった秘芯を巧みに責められて、耐えがたい快感が容赦なくアニエスを襲う。

「あっ、ああっ……あっ……やっ、ああっ、いや、……ああぁっ……」

もはや抵抗を諦めたアニエスに加えられる、果てのない拷問のような凌辱。部屋には獣が水を飲むような水音と、アニエスの唇から絶えず零れ出る、淫らな喘ぎ声が響く。

ぐずぐずにぬかるんだ蜜口からしとどに蜜を滴らせ、幾度も絶頂させられて、アニエスの脳が快楽に溶け堕ちる。

これが悪夢なら、いっそ眠りに逃げれば、この地獄のような時間が終わるのかも——

そう思って目を閉じたその時、何か熱く硬いものが秘所に押し当てられ、アニエスは目を開く。

「何を……もう、やめて……」

「ここまで来て、やめられるわけがない。今からそなたの純潔を奪う」

その言葉に、アニエスは本能的な恐怖で身を捩るが、がっちりと掴まれた腰はもう、逃げられなかった。

「アニエス……そなたを汚す。私のコレで――」

耳元で囁く男の声が、焦がれるような熱を帯びていた。冷酷な宣告にもかかわらず、耳朶にかかる熱い息はアニエスの脳まで蕩かすように甘く響く。同時に、何か熱く固いものがアニエスの花弁に擦り付けられ、次の瞬間、凄まじい異物感と同時に、肉が裂けるような痛みが訪れてアニエスは悲鳴をあげた。

さっきまでの快感も吹き飛ぶほどの、激痛。

「いやあ、やめて！　……痛いっ……」

「く……アニエス……」

男は容赦なくアニエスの最奥まで征服すると、アニエスを真上から見下ろした。端麗な美貌には恍惚とした笑みが浮かぶ。

「ああ、アニエス……今、そなたを、汚した……」

みちみちと男の楔（くさび）を受け入れさせられた痛みと圧迫感で、アニエスははくはくと必死に息を吐く。

涙で滲んだ視界の先で、アニエスは自分を見下ろす男の顔を見上げた。

男の眉が、何かをこらえるようにせつなげに顰められて、大きな掌が労わるようにアニエスの頬を撫でる。月の精のように美しい顔がアニエスの顔のそばに降りてきて、唇を頬に寄せ、流れる涙を唇で舐めとると、耳元で囁く。

「アニエス……もう、私のものだ……」

その宣告に、アニエスは理解する。自分は今、汚され、純潔を奪われた――王太子であり、妹ロクサーヌの婚約者である、この男の手によって。

アニエスの絶望をよそに、男は荒々しく身体を揺すり始める。男の腰が突き上げられるたびにベッドが軋み、肌と肌がぶつかる音がする。拓かれたばかりの隘路がきつく、擦られるたびに痛い。――もう、いっそ殺してほしい。

肩口にかかる男の息が激しく荒くなり、男がうわごとのように呟いた。

「ふっ……はっ……アニエス……アニエス、アニエス……」

なぜ、この人はわたしの名を呼ぶのだろう？　どうして、なぜ――わたしを、力ずくで犯しているのに？　どうして――だって、これではまるで――

激しい律動の合間に、男は汗ばんだ長い髪を邪魔そうにかきあげる。露わになった首筋に、うっすらと火傷の痕を見て、アニエスは目を瞠った。

あれは、あの時の……修道院の庭で、フードを下ろした少年と、同じ。

今、自分を犯している男の正体を確信して、アニエスの絶望は一層、深くなる。

「アニエス……」

「……どうして、あなたはあの時の――」

だが、アニエスの問いは男の唇によって塞がれ、封じ込められる。

蹂躙は果てしなく続き、男はついにアニエスの中に吐精した。熱い飛沫がアニエスの内部を満たし、灼いていく。

アーモンド、レンギョウ、金雀枝（エニシダ）……思い出の庭の風景がアニエスの脳裏に浮かんで——それが、絶頂とともに砕け散った。

第四章　囚われの薔薇

アニエスが目覚めた時、すでに日は高かった。

燦燦と差し込む日差しに慌てて身を起こせば身体中が軋んで、思わず顔を歪める。

節々が痛み、特に脚の付け根はヒリヒリして、まだ何かが入っているかのような違和感がある。

昨夜のあれは——

悪い夢であってほしい、というアニエスの希望は、見下ろした胸元に散るいくつもの赤い痣によって打ち砕かれた。裸の肌の上に薄い上掛けだけが辛うじてかけられた自分の姿に、アニエスが呆然とベッドの上に座り込む。

純潔を失った。それも、ロクサーヌの婚約者である、王太子殿下に犯されて。

あまりの衝撃と不可解さに、アニエスはぎゅっと自分の身体を抱いた。

その時、ノックの音がしてメイドのゾエが覗いた。

「お目覚めですか。朝のお茶と、お湯の支度ができています」

「……あ……」

慌てて上掛けをかき寄せるが、ゾエは表情も変えず、ベッドのサイドテーブルに湯気の立つ熱いお茶のカップを置く。礼を言おうとしたが、喉が嗄(か)れていて声が出ない。

――アニエスは昨夜の自分の醜態を思い出し、顔を赤らめた。

ゾエはそんなアニエスに構わずにてきぱきと仕事をこなし、浴室の支度を済ませ、お茶を飲んでいるアニエスの細い肩にバスローブを着せかける。

……昨夜のこと、このメイドはすべて知っているのかしら……

おどおどするアニエスを、ゾエは何事もないように待ち、お茶を飲み終えると言った。

「では湯あみをお手伝いいたします」

「……わたし……」

「女官長様より、すべて申し付かっておりますので」

女官長と言われて、アニエスは昨夜の王太子の言葉を思い出す。

――皆知っていて、知らぬふりをしているのだ。

ああ、とアニエスはようやく、理解する。王太后も、女官長も、マダム・ルグランも皆知っていて、アニエスを生贄に差し出したのだ。

それからは魂が抜け落ちたような気分で湯あみを済ませ、人形のように従順にゾエに世話を焼かれる。家からの荷物にあったクリーム色のドレスを着せられ、髪をハーフアップにされる。大きく開いた白い胸元には、昨夜の痕を隠すためのフィシューをあしらった。

簡単な、スープとパンだけの朝食をなんとか流し込んでいると、マダム・ルグラン——ジョアナ——がアニエスの部屋にやってきた。

「支度ができたら王太后陛下がお呼びです」

「は、……はい」

慌てて立ち上がろうとして、身体が軋んでふらつく。

その姿を見て、ジョアナが同情を込めて言った。

「ゆっくりでいいわ、陛下も事情はわかっていらっしゃるから」

「……はい……」

その言葉は想いやりに満ちていたが、同時に、何もかも仕組まれていたと知り、胸が痛む。

重い身体に鞭打って、昨日と同じサロンに顔を出すと侍女たちがアニエスの顔を見て、ざわざわと何やら耳打ちしあっている。

(——みんな知っているんだわ……昨夜の、出来事を——)

アニエスは羞恥と屈辱で下を向き、唇を噛む。

王太子妃に内定しているロクサーヌの姉、アニエスのもとに昨夜、他でもない王太子が訪れ、彼女を抱いたことを——

アニエスは蒼白な顔色のまま、ジョアナの後について王太后の前に伺候した。

「おや、アニエス。体調はどうか？」

「は、はい……おかげ様で……」

実はまだ、身体中がギシギシするし、声も上手く出せない。

それでも、せめて礼儀を守ろうと微笑みを作ると、王太后は扇で自らの隣のスツールを指した。

「こちらにお座り」

「は、い。失礼いたします……、っ」

アニエスが恐縮しながら腰を下ろそうとして、ぐっと眉を寄せる。その様子に、王太后が少しばかり目を見開き、それから扇で口元を隠して笑った。

「なんと、あれがのう！」

「陛下、笑いごとではございません」

背後に控えていた、女官長が王太后を窘める。

「わかっておるが、少々、意外であった」

王太后がくすぐったいような表情で言い、それから肩をすくめる。

「あれは女には淡白な質という、ふれこみではなかったか」

「陛下それ以上は――」

女官長に注意され、王太后はくつくつと喉で笑っている。

アニエスにしてみれば、笑いごとではないのだが、抗議するわけにもいかず、ただ唇を噛んで俯く。その目尻に浮かぶ涙を見て、王太后は表情を改めた。

「アニエス、今日はこの奥の部屋で過ごすがよい。そなた刺繍が得意と聞いておる」

王太后は象牙の扇で、サロンの奥の扉を指す。

「大司教猊下(げいか)に寄進する聖衣の肩衣を刺繍させておる。そなたも一針でも刺し、神のご加護を祈るがよい」

王太后がアニエスの手を取り、その甲を優しく撫でる。王太后のまなざしには慈愛が溢れていて、アニエスは泣きそうになるのをこらえ、頷いた。

「かしこまりました」

掠れた声でアニエスは頭を下げると、ジョアナの先導で奥の小部屋に向かった。

◆

ジョアナとアニエスが隣室に消えると、王太后は扇を広げ、視線だけで女官長を間近に呼び寄せた。女官長が、王太后の耳元で尋ねる。

「……この後は如何に」

「そのまま匿え。……この後もあれが通うようならよしなに。妹と挿げ替えるにも、周りのゴミどもを片付けてからじゃ」

「すぐに噂が回りましょう」

「この宮の内では耳に入らぬように、静かに過ごさせてやれ。ただし、宮の外はそのままに。騒ぎになればなるほど、あちらに隙ができる」

「心得ました」

王太后の言葉に、女官長が深く頭を下げた。

◆

サロンの奥の小部屋はもとは侍女や御付きの者の控室であったが、窓が大きく日当たりがよいため、最近では刺繍や手仕事の作業部屋として使われているという。

ジョアナの説明を聞きながら、アニエスは明るい室内を見回す。

作業部屋にいた四人の女たちが手を止め、入って来たアニエスとジョアナを見た。

二人がかりで大きなタペストリーを織っている女と、ドレスの刺繍を直している女。窓辺でボビンを操って繊細なレースを編んでいた中年の侍女が、巨大なマッシュルーム型の土台を膝からおろし、立ち上がってスカートの裾を持ち上げて挨拶をする。この部屋の責任者であるらしい。

ジョアナがアニエスを紹介した。

「メルバ夫人、しばらくこちらで仕事をさせますから、よろしく。アニエス・ロサルバ嬢です」

「よろしくお願いします」

紹介を受けて、アニエスがぎこちなく礼をすると、メルバ夫人と呼ばれた女性がふくよかな頬にえくぼを浮かべ、それに応じた。

「こちらこそ、よろしく。マダム・メルバと申します。ジョアナ、彼女はここで刺繍を？」

「ええ、大司教猊下（げいか）に寄進する肩衣の、仕上がりを早くと陛下がおっしゃいますので」

「でしたらそちらで」

ジョアナの返答に、メルバ夫人が出窓を指した。

アニエスがベンチのようにしつらえられた出窓に腰を下ろすと、メルバ夫人から王家の紋章である百合の花と一角獣（ユニコーン）の図案と、刺しかけの刺繍枠を手渡される。色番号が細かく指定された精緻な図案で、刺繍糸が番号ごとに綺麗に整理されていた。アニエスは図案の番号を確かめ、色糸を手に取った。女たちが作業を再開するのを確かめて、ジョアナも自分の仕事に戻るべく、部屋を後にする。

作業の傍ら、おしゃべりに興じる女たちの横で、アニエスは一人、黙々と刺繍にのめり込んだ。無心に針を運ぶ間は、昨夜の出来事を忘れられると気づいたからだ。

（だからこの仕事を割り当てられたのね……）

それからの数日、アニエスは刺繍に没頭し、作業部屋の侍女たちとも、おしゃべりをする程度には打ち解けた。

メルバ夫人は王宮勤めも長く、王女時代のジョセフィーヌのことを覚えていた。タペストリーを織るジャンヌとモリーは姉妹で、ドレスの補修係はコゼットという侍女。メルバ夫人からボビン・レースの編み方を習ったり、タペストリーの糸を切る手伝いなどもして、毎日、ジョアナが迎えに来るまで一切、小部屋から出ずに過ごした。

そのおかげで、王太后のサロンで起きた騒ぎにも、まったく気づかずに済んだ。

花嫁を掠め取られたギュネ侯爵が、連日、王太后宮に詰め掛けて、押し問答になっていたなんて。

午前中に起きて身支度を済ませ、王太后に挨拶をしてから、作業部屋に籠って刺繍に精を出す。――それがアニエスの日課となった。

昼食は王太后の食卓の横で『聖典』を読み上げた後、陛下の残献をいただく。残り物、と言っても、余裕を持って作った分を、女官長ら上級管理職とともに食べるのだ。

――実のところそれは、アニエスを余計な噂から遠ざけるためでもあった。王太后宮の外では、王太子が新たに寵愛した侍女の噂がすさまじい勢いで広がっていた。侍女用の食堂などに行けば、いやでも噂が耳に入ってしまう。だが、王太后が宮内には緘口令を敷いたため、アニエスは噂から守られていたのである。

一見穏やかな日々に、アンブロワーズに犯された衝撃と恐怖が少しずつ和らいでいく。

（あれはきっと、一夜限りの殿下の気まぐれ。もう忘れてしまっていい夢なのかも――）

そんな風にアニエスが思い始めた夜、アンブロワーズが王太后宮を訪れた。

金糸刺繍も眩い青のジュストコールに、長い金髪をなびかせ、傲岸不遜な雰囲気さえ漂わせる美貌の王太子の姿に、アニエスの恐怖は再燃する。

本当は部屋に逃げ帰りたいくらいだったが、許しもなく下がるわけにもいかず、極力目立たぬよう、侍女たちの背後に小さく身を縮める。

（どうか見つかりませんように――）

サロンを横切る、シャンデリアの光に照らされる金の髪。夜には似つかわしくない、青空と同じ色の瞳。怜悧で整った横顔。月光の下、間近で見上げたあの顔を思い出し、アニエスは部屋の隅で俯き、ぎゅっと目を瞑った。

（あれは、一夜の戯れ。ただの夢――）

王太后のサロンを優雅な足取りで横切りながら、アンブロワーズは素早く視線を巡らせ、部屋の隅で縮こまるアニエスを視界の内に捉えた。一瞬、青い瞳が妖艶に煌（きら）めいたが、祈るように目を閉じて俯いていたアニエスは気づかなかった。

アンブロワーズは優雅に祖母の前に跪き、その手の甲にキスを落とす。

「おばあ様、ごきげんよう。先日の食事がとても素晴らしくて、また来てしまいましたよ」

「そなたの口に合ったようで何よりじゃ。今宵も寛いで過ごすがよい」

「ええ、今夜も楽しみです。――食事も、デザートも」

「そなたが甘いモノを好むとは意外であった」

「ええ、食わず嫌いでしたが――とても、気に入りました」

意味深に交わされる会話の裏の意図を理解し、女官長もジョアナも素早く準備に動き始める。肝心のアニエスだけが会話を字義通りに捉えて、アンブロワーズはただ、食事に来ただけだと思い、ホッと胸を撫でおろす。今夜は食前酒（アペリティフ）に呼ばれることもなかったので、アニエスは自室に下がろうと一歩を踏み出す。その時、アニエスの背後から、ジョアナが声をかけた。

「アニエス嬢」

その硬い声色の醸し出す、なんとも言えない悪い予感にアニエスの表情が引き攣る。

ジョアナはアニエスの腕に自分の腕を絡め、耳元で囁いた。

「支度をして部屋で待っていなさい。——何事も思し召しのままに」

「そん、な——」

アニエスの喉がひりつき、唇が恐怖でわななく。

いや。もう、あんなのは——

でも、拒否することなど許されないのだ。


ゾエに介助されて身体の隅々まで磨き上げられ、透けるほど薄い、絹のナイトドレスを着せられる。悪夢の再現に怯えるアニエスは、月明かりの差し込むベッドの上で縮こまっていた。

今夜は、月が半ば欠けていることもあり、部屋の中は前よりも薄暗い。

なぜ、王太子が自分を抱きに来るのか。アニエスにはその理由がさっぱりわからない。彼はアニエスの妹・ロクサーヌの婚約者だ。王太后の反対を押し切ってまで、身分の劣るロクサーヌを選んだと聞いている。

——それほど、ロクサーヌを愛しているはずなのに。

ベッドの上で自分の身体を抱きしめながら、アニエスは考える。

(わたしが継ぐことになった、隣国の公爵位が目的なのかしら……)

曾祖父の公爵の継承人となったことで、アニエスの価値はにわかに上がった。

（ギュネ侯爵が、爵位目当てにわたしと結婚しようとするのは、わからなくもないわ。……若い後妻に領地のオマケがついてくるなら、魅力的だもの。……でも）

仮にも一国の王太子にとって、アニエスの爵位がそこまでの価値を持つだろうか。そんなもののために、婚約者の姉を抱くだろうか？

それとも、やはりただの気まぐれなのか――

アニエスはため息をつく。

気まぐれの戯れで純潔を奪われてしまったなら。いったい、この先どうなるのだろう。

何より、妹のロクサーヌを裏切っている罪悪感が、アニエスに重く圧し掛かっていた。

たとえ、姉を老侯爵の生贄に差し出そうとした妹であっても――アニエスを顧みなかった家族の中で、唯一、アニエスと家族らしい関わりのあった、たった一人の妹なのだ。一夜だけなら、何かの間違いだと忘れることもできたが、今夜も来るのというなら、なんとか逃れなければ――

アニエスはそう心を決め、素早くベッドを下りた。枕と毛布を丸めて上掛けの下に入れ、一見、人が眠っているように装い、身を隠す場所を探す。

ちょうどクローゼットの中を思いついたその時、ドアの向こうから足音と話し声が聞こえた。

「よい、下がれ」

その声に、アニエスは反射的に窓辺に走り、天井から床まで届く分厚いカーテンの裏に身を潜める。

キイと静かにドアが開き、燭台を手にした男が入ってきた。

アンブロワーズは静かにベッドに近づくと、ふっと蝋燭を吹き消して、燭台をサイドテーブルに置く。

その様子を、アニエスはカーテンの陰から息を殺して見つめていた。

◆

以前よりも暗い室内で、アンブロワーズはアニエスが横たわるはずの寝台を眺める。

(一晩で許してやるはずなどないのに)

サロンの隅で縮こまる様子を思いだし、薄く形のよい唇が弧を描く。美貌と相まって、やや酷薄にも見えるその笑みは、しかし、次の瞬間、凍りついた。

明らかに動かないベッドの塊。人にしては小さすぎる。

(――愚かな。だが――)

無意味な抵抗が、むしろ清々しい。

アンブロワーズは上掛けをめくり、丸められた毛布と枕を目にして、クスリと笑った。

――ならば、どこへ？

彼は顔を上げ、室内を見回す。窓辺のカーテンが不自然に揺れていた。

場所を把握したアンブロワーズは、悠々とジュストコールを脱ぎ、それをベッドの脇の椅子の背にかける。それからジレも脱ぎ捨てて、絹のシャツと脚衣(ブリーチズ)だけの姿で、ゆっくりと窓辺に近づいた。

◆

窓にぴったり張り付いて息を殺していたアニエスは、王太子が諦めて去ってくれることをずっと、神に祈っていた。

（お願いです、神様――殿下が、目を覚ましてくださいますように。わたしがこれ以上、罪を重ねずに済むように、お守りください。神様――）

だがアニエスの祈りも虚しく、音もなく近づいてきたアンブロワーズは迷いなくカーテンをめくりあげた。

「かくれんぼにしては稚拙だな、アニエス。……子供でも、もっとマシなところに隠れるぞ？」

ちょうど、雲が晴れて明るい月の光が差し込み、王太子の美しい顔を照らす。間近で見下ろされて、アニエスは息を呑んだ。

「ひっ……」

王太子の青い瞳が、月光を弾いて金色に煌めく。――血に飢えた肉食獣のように、狂暴に。

「逃がさない。……アニエス」

長い指がアニエスの細い顎を捉え、そのまま唇を奪われる。舌が差し込まれて蹂躙され、そして――大きな手が今夜もアニエスの薄い夜着を引き裂いた。

腰高の窓のきわに追い詰められたアニエスの顔のすぐ横に大きな手が置かれる。絹のシャツを着た腕で檻のように閉じ込められ、征服するようなキスが続く。

「……っ、ふっ」

ガラス窓に押し付けられた背中から、夜の冷気が伝わる一方で、アンブロワーズが触れるところは燃えるように熱い。必死に押しのけようとアニエスは手を伸ばしたが、アンブロワーズはそのかすかな抵抗など意にも介さず、アニエスの咥内を貪った。

舌が口蓋の裏を舐めあげ、歯列の裏をなぞる。背筋を這い上るゾクゾクとした感触を振り切りたくて、必死に顔を背けようにも、細い顎をがっちりと掴まれて身動きもできない。

「ん……んっ……」

アニエスはアンブロワーズのシャツを掴み、渾身の力で押しやろうとするが、覆いかぶさる身体はびくとも動かない。

その間にもアニエスの夜着はすっかり剥ぎ取られてしまった。むき出しになった両胸を、両手でそれぞれ握り込まれる。

「んん……ん……」

ガラスに押し付けられる背中が冷たいのに、胸を揉まれるうちに身体の奥に熱が灯り、じわじわと広がっていく。息苦しさに耐えられなくなった時、ようやく唇を解放され、アニエスが大きく息を吸う。同時に淫らな喘ぎ声が唇から零れ落ちた。

「はっ……はあっ、あっ……あーっ……ああっ、あっ」

その啼き声に男は喉の奥で笑って、耳元に唇を寄せて囁いた。

「かくれんぼは私の勝ちだ、アニエス。私を拒むことなど許さないと、その身体にたっぷりと教え込んでやろう」

「やあ、許し、許して……いやあっ……」

耳朶にかかる息の熱さに、アニエスの脳が溶けそうになる。

耳を甘噛みされ、同時に両の乳首を摘まんでくりくりと弄ばれて、アニエスは身体の疼きに身を捩った。窓枠が背骨にあたって痛い。片方の乳首を口に含まれ吸い上げられ、強烈な刺激に悲鳴をあげた。

「ひああっ……やめ、やめて……いや……」

ピンと立ち上がった乳首を転がされ、舌で圧し潰すよう舐めしゃぶられる。そのたびに走り抜ける快感にアニエスが長い髪を乱して首を振る。

アンブロワーズはアニエスの白い胸に顔を埋めて、舌と片手で弄びつつ、もう片方の手をアニエスの脚の付け根へ伸ばし、長い指で秘裂を割って、すぐに蜜口を探し当てた。

「もう、濡れているぞ」

くちゅりと水音を立てて秘裂の内側をなぞられて、恥ずかしさに顔が熱くなった。

アニエスは、必死に両手で男を押しやろうと暴れる。

「い、いや、やめ、やめてください！　お願い、いや！　神様――」

神に助けを求めた瞬間、長い指がずぶりとアニエスの中を抉り、アニエスは男のシャツを掴んで身を仰け反らせる。

「ああっ！」

その様子を見て、アンブロワーズが嗤う。

「そなたは私に汚された身。神を口にする資格があると思うのか」

「そん……だって、わたしは……」

アニエスの両目から涙が溢れ、頬を伝う。それを正面から見つめ、男は冷酷に言い放った。

「諦めろ。純潔を失ったそなたに神の奇跡など起きない。後は堕落の淵に堕ちるだけだ」

男はもう一度アニエスの唇を塞ぎ、舌を絡め、唾液を吸い上げる。同時に長い指でアニエスの内部を激しく掻き回し、上と下と、二か所で水音を響かせる。

「ん、んんっ……んん――っ」

アンブロワーズの中指が蜜壷を掻き回し、すぐ上の突起を親指で刺激する。それだけで、溢れ出た愛液がぐちゅぐちゅといやらしい水音を立て、アニエスの腰が一人でに揺れた。指を二本に増やされ、なおも荒々しく犯される。初めての夜は恐怖が勝ったが、男を知った身体はアニエスの心と裏腹に、望まない快楽を拾い始める。溢れ出る蜜が太ももを伝い、床に染みをつくる。唇を塞がれて出口のない愉悦の声が、鼻から抜けて水音と絡みあう。

「んん、んんっ……ン――っ」

男の指が引っ掻くように内部の敏感な場所を刺激する。同時に陰核を強く押されて、アニエスは瞬く間に達した。自身の身体の反応に、アニエスは戸惑う。

「はあっ、はあっ……はあっ……」

解放された唇と唇の間に唾液の橋がかかり、月の光に煌めく。恥ずかしさに目を背けたいのに、男は追い打ちをかけるように、アニエスの目のまえにべっとりと濡れた二本の指を差し出した。

まとわりつく粘液が月光を弾く。

「見ろ、そなたが感じた証だ。そなたは上の口では神を求めながら、下の口はこんなに淫らに濡れて……」

「！　……やめて、いやっ……」

「神に仕える修道女だったのに、たった一晩、男に抱かれただけでこれだ。口ではイヤだと言いながら、気持ちよかったのだろう？」

「ちっ……違います！　気持ちよくなんかっ！　あなたが、無理矢理っ……」

だが、アンブロワーズは指をアニエスの口に突っ込み、強引に反論を封じる。

「そなたの感じて零した蜜の味だ。さぞ甘かろう」

喉の奥で嗤いながら咥内を指で掻き回され、アニエスは屈辱の涙で頬を濡らす。男は抜き取った指をアニエスの唾液ごとねっとりと舐め上げた。あまりの淫靡な仕草にアニエスが息を呑む。

「甘い……」

「もうやめて、お願いです！　わたしは神様を裏切りたくない！　あなたはロクサーヌを愛していらっしゃるのでしょう？」

その瞬間、指を舐めていたアンブロワーズの美貌が、月光に照らされて冷酷に歪んだ。

「神だのロクサーヌだの……聞きたくもない。……そなたは私に弄ばれ、感じて淫らに喘げばいいのだ」

「でん、か……なにを……あああっ」

アンブロワーズは窓際に押し付けられたアニエスの正面に跪いた。

何をするのかとアニエスが戸惑ううちに、両脚の付け根に顔を埋め、すでにぐずぐずに濡れそぼった秘所に舌を這わせ、溢れる蜜を舐め始める。

ぴちゃ、ぴちゃ、ずる……花弁の内側を舌でまさぐり、長い指で包皮をむいて敏感な尖りを探り出すと、しつこいほど舌で転がされる。アニエスはあまりの快感に脳が真っ白に灼き切れて、甲高い悲鳴をあげた。快感と羞恥で身体は火で炙られたように熱く、汗が噴き出す。

だが背中からは、ガラス越しに夜の冷たさが伝わってくる。

熱と冷気。情熱と冷酷。

――だめ、いや。感じたくないのに――

「ああっ、あっ、あっ、あああっ、だめぇ、ああっ、それっ……いやあっ、ああっ、あっ、あっ」

アニエスの白い指が、股間に埋もれるアンブロワーズの金色の頭を握りしめ、身を捩る。蜜口の浅い部分を舌で執拗に掻き回され、次いで陰核を舌でこね回されながら、長い指で内部を蹂躙する。

指は三本に増やされて、アニエスの秘部は水音を響かせ、唇からはひっきりなしに淫らな嬌声が零れ落ちる。

「ぁあっ……ぁああ――――っ……」

陰核に軽く歯を立てられ、その刺激にアニエスが絶頂すると、男は顔を離し、跪いたまま、アニエスの痴態を眺めた。月光を浴びて肌は青白く輝き、汗が煌めく。アニエスが快楽に身体をくねらせれば、白く豊かな乳房が揺れ、長い髪が乱れた。

「美しい、アニエス……月の光の下でよがり狂う姿、本当に淫らだ」

「やっ、ああっ、いやぁっ……」

すでに絶頂しているのに、アンブロワーズの責めは止まない。巧みな手技にアニエスは翻弄され、溢れた愛液が白い太ももに滴り落ち、それがまた月光に煌めく。アニエスの細い指が、快楽から逃れようと縋る場所を求め、空を彷徨う。

「ああっ、あっ……ゆるして、ゆるしてぇ……」

「誰に許しを求めているのか？　神に？　純潔の誓いを破って淫らに狂い悶える罪深い女を、神が救うとでも？」

「ちが、うの、ああっ、だめぇ、たすけ、たすけてええ……」

涙でぐずぐずになり、快感に蕩け切った表情が男の欲望を煽っているのに、アニエスは気づかない。

「なんて淫らな顔だ。神ですら欲情しそうだな」

「あ、ああっ、ちがう、ちがうのぉ！　いや、もう、やめて、たすけて、おねがい……」

アニエスはアンブロワーズのシャツを握りしめ、涙に濡れた顔を振り乱し懇願する。この地獄のような時間が終わるなら、なんでもする。これ以上続いたら、あまりの快感に身体が溶けてなくなってしまう。お願い――

しかし月明かりの下での責め苦は続く。アニエスが何度目かもわからない絶頂に白い身体を仰け反らせると、アンブロワーズがわずかに笑みを零した。

「綺麗だ、アニエス。神の花嫁になるはずだったのに、男に嬲られて乱れて……そろそろ、ナカも欲しいのではないか」

「ああ、あっ……ああっ……」

アンブロワーズは脚衣の前を寛げ、昂りきった剛直を取り出すと、アニエスの片足を持ち上げ大きく脚を開かせ、濡れそぼった花びらにそれを擦り付けた。

「はっ……ふっ……ゆる、ゆるして……もう……」

「いやらしいな、物欲しげにヒクついて、男を誘惑している」

先走りを零す先端がアニエスの花弁を行き来するたびに、ぐちゅぐちゅと水音が響き、アニエスは甘い悲鳴をあげて身を捩った。

「ああっ、だめ、許して……」

「欲しいのだろう？　奥の奥まで犯され、満たされたいのだろう？　私にねだれ、その口で」

「い、いや……やめ、て……神様……許して……」

「アニエス……まだ罪深くも神の名を口にするか？　神ではなく、私を求めろ。そうすれば、存分にイかせて、終わらせてやる。言え、奥の奥まで犯してくださいと」

ゆっくりと花弁を甚振るように刺激されて、アニエスはただもう、救いを求めるように、アンブロワーズの要求に屈した。

「おねがい……ゆるして……でんか、……お、おかして、ください……」

「犯して……それから、どうされたい？　感じさせて、汚してください、だ」

「ああ、ゆるして……犯して、汚して……もう、壊して、壊してください……」

すべてを終わりにしてほしくて、アニエスが涙ながらに囁けば、アンブロワーズは淫靡に微笑んだ。

「許しはせぬし、壊しもせぬ。罪深いそなたは私に犯され、汚されて、淫楽の淵に堕ちるのだ。……永遠に」

アンブロワーズは凶悪なほど漲った屹立を一気に突き立てた。

「きゃあああっ！」

「くっ……アニエス……なんて熱い……きつくて、腰が溶けそうだ……」

経験の浅いアニエスの膣は快楽に蕩かされてもまだ狭く、性急な挿入に悲鳴をあげた。

すべてをアニエスの中におさめ切ると、アンブロワーズは大きくため息をついて、月の光を浴びて煌めくアニエスの白い裸体を舐めるように観察した。窓ガラスに背中を押し付けられ、大きく脚を開くように片脚を持ち上げられ、男の凶悪な楔を受け入れさせられている。結合部のすぐ上に、充血して腫れあがった陰核を、アンブロワーズは指でピンと弾いた。

「あああああっ！」

刺激にアニエスの内部がうねって、男を締め付ける。

「ちゃんと見ろ、そなたは今、私に犯されている。男の楔を受け入れて、そして——」

アンブロワーズはゆっくりと楔を引き抜き、それから再び一気に最奥まで叩きつけた。

「あああ！　い、ああっ……」

奥を穿つように腰を回してやれば、アニエスの表情が快感に歪む。

「こうして犯されて、奥を突かれて快感に溺れる。——淫らな本性が目を覚まし、肉の悦びに身もだえ、私なしにはいられない身体になる」

「はっ……ふぅ……ううっ……い、いや……」

「いやなものか、気持ちいいんだろう？」

アンブロワーズはアニエスの片方の乳房を鷲掴みにして、さらに腰を奥までねじ込む。華奢な裸体を窓ガラスに押し付け、欲望のままに腰を叩きつける。激しい抽挿のたびにアニエスの愛液が掻き出され、泡立って太ももを流れ落ちていく。

ずくずくと水音を立てながら荒々しく中を穿てば、肌と肌のぶつかる音と窓枠の軋む音が響き、アニエスの甘く淫らな喘ぎ声とアンブロワーズの激しい息遣いが絡みあう。

「ああ、あっ、あああっ、あ、あ、……んんっ、ああっ……んあっ……」

「すごいな……こんなに、感じて……はあっ、はあっ、すごい、締めつけ……ううっ、アニエス……」

「いやっ、もうっ、ゆる、ゆるしてっ、いやあっ……ああっ」

「許さない、ああっ、悦い、アニエス、そなたは今、私に、犯されて、汚されているんだっ、ほら、イけ、何度でも……ああ、アニエス、アニエス……イけっ！」

「あっ、ああああっ！　あぁ――――っ」

アニエスが絶頂し、収縮する内部の締め付けに抗い切れず、アンブロワーズも最奥に射精する。

「はあっ……アニエス、出る、……ううっ……」

ゆっくりと腰を動かし、すべてをアニエスの中に出しきって、アンブロワーズが満足げにため息をつく。

「ああ……アニエス………」

荒い息を吐きながら、アンブロワーズがアニエスの腹を撫でる。そして、その薄い皮膚の向こうにまだ自身が入っているのを確認してから、喉の奥で嗤った。

「そなたの中に私の子種を放った。……早く、実を結べばいいな」

絶頂の余韻で呆然としていたアニエスは、子種、と言われて、ハッと我に返る。

「あ……？　こ、だね？　……」

「そうだ、ここに……たくさん注いだ」

愕然とするアニエスの目に、アンブロワーズの酷薄な笑みが映る。

子種――赤ん坊。

快楽で滾っていたアニエスの身体から急速に熱が奪われる。

子供ができたら、どうなるのか――？

だって、この男は妹の婚約者なのだ。それなのにアニエスの中に放って、子を待ち望むようなことを言う。

「どう……して……」

　アニエスの疑問に、男は月光に照らされて輝く青い瞳を眇(すが)める。

「そなたに子ができれば都合がよい。そなたと無理に結婚して、ルエーヴルを手に入れようという輩(やから)の野望は挫かれることになる」

「……野望……」

「ギュネ侯爵はまだ、諦めていないようだが——」

　アンブロワーズはアニエスの耳元に顔を寄せ、囁いた。

「そろそろ噂も耳に入るだろう。いっそ孕んでしまえば」

　まだ、アニエスの中に入っている楔(くさび)を、男がぐっと突き上げ、アニエスは悲鳴をあげた。

「ひあ！」

「ふふ……まだ、つながっている。そなたと、私と」

　つまりそれは、やはり領地目当ての——

　告げられた言葉にアニエスが絶望する。

（子が、産まれるまでは解放されないということなの？）

「そんな……だって、殿下はロクサーヌと……」

　ロクサーヌの名に、アンブロワーズは露骨に不愉快そうに顔を歪めた。

「他の女の名前など不愉快だ。私に抱かれている時に、余計なことを考えるな」

そう言って、アンブロワーズは再び漲(みなぎ)ってきた剛直をいっそう深く突き立てる。

「は、あう……もう……」

「余計なことを考えるのは、まだ、足りないからと見える。——私に抱かれている時は、何も考えられなくなるまで快楽に狂え、アニエス——」

男の唇にもう一度唇を塞がれる。一時、雲居に隠れた月が再び姿を現し、繋がり合う二人の姿を煌々と照らす。

月明かりの下の凌辱は、果てもなく続いた。

第五章　王家の思惑

翌朝、目覚めた時には以前と同様、アニエスは部屋に一人きりだった。

昨夜、アニエスは王太子に文字通り蹂躙(じゅうりん)された。

サロンで見せる表向きの、穏やかな王太子の仮面を剥ぎ取ったアンブロワーズは獰猛な獣そのもので——肉食獣が爪にかけた獲物を弄(もてあそ)ぶように、アニエスは嬲(なぶ)られ続けた。アニエスが泣いて懇願してもアンブロワーズの責めは止まず、彼は幾度もアニエスの中に精を放った。気を失いかけると揺り起こされ、肩を噛まれて、意識を手放すことも許されなかった。ぼろ雑巾のようになったアニエスが解放されたのは、明け方近くになってから。

それから泥のように眠り、目覚めた時にはすでに昼を回っていた。

窓から見える光の様子に、慌てて身体を起こそうとしたが、上手く身体が動かない。それどころか喉もカラカラに渇いて声すら出なかった。

重い身体を引きずるように、アニエスはサイドテーブルの上の水差しからぬるい水を飲んだ。喉の渇きに水が沁みとおって、やっと、人心地がつく。

――同時に、昨夜のアンブロワーズとのやりとりが、鮮やかによみがえってきた。

アンブロワーズの目的もまた、ルエーヴル領だった。

正確には、ルエーヴル領を狙う者たちの、野望を挫くこと。王家の意に染まない者とアニエスと婚姻を潰すために、アニエスの純潔を奪った。そしてアニエスに王太子の子を孕ませ、生まれた子をルエーヴルの継承人に据える――

アニエスは無意識に自分の腹を撫でる。

辿りついた結論は、あまりに絶望的なものだった。一夜の戯れの方が、まだましだった。

アンブロワーズはロクサーヌとの婚約をやめるつもりはなく、アニエスがルエーヴルを継承する子を産むまで、凌辱は続くのだ。

神への誓いを捨てさせられ、純潔を奪われた。

彼は妹の婚約者で、アニエスを愛しているわけでもない。

アニエスは両手で顔を覆い、ベッドに突っ伏した。

「いったい、わたしはどうしたら――？」

その問いに答える者は誰もいなかった。

ノックの音がしてアニエスが顔を上げると、ジョアナがメイドのゾエを従えて入ってきた。ゾエの手にはお茶と軽食の盆。

「目が覚めたのですね。まずは身支度を」

ジョアナの榛色の瞳には深い同情の色があった。アニエスの頬に残る、涙の痕に気づいたのかもしれない。

「体調が許すようなら、王太后陛下がお話をと」

「……へいか、が……」

ジョアナはベッドの脇に歩み寄ると、腰を下ろしてアニエスの髪を撫でた。

「陛下もお心を痛めていらっしゃいます。ただ、悪いようにはしないと」

アンブロワーズの暴挙を知りながら、見て見ぬふり——いや、むしろ協力——している王太后の思惑はどこにあるのか。アニエスはもう、誰を信じていいのかわからない。だが、王太后の保護を失えば、ギュネ侯爵の手に落ちるのは明らかだ。——少なくとも、ジョアナからは、アニエスの置かれた状況に対する深い同情を感じられて、アニエスはその手に縋るしかないのだと、思う。

重い身体に鞭打って起き上がり、ゾエの介助で入浴と着替えを済ませ、熱いお茶で朝食を流し込んでいると、一度王太后の指示を得るために外していたジョアナが迎えに来た。

「今日は暖かいので陛下は庭園に出ていらっしゃいます。ひざ掛けをお持ちするという名目で、あなただけをお側にお寄せくださるそうです」

「は、はい……」

アニエスが慌てて立ち上がる。

「慌てなくてもいいのよ」

ジョアナが言うけれど、アニエスは首を振った。

「でも、わたしが行かなければ、陛下にはひざ掛けもないのですよね。暖かいと言っても外は冷えるかもしれませんもの。お風邪を召されては大変です」

高齢の王太后を気遣うアニエスに、ジョアナが微笑んだ。

アニエスは毛織のひざ掛けを抱えて、ジョアナの指示に従い、庭園を目指す。

王太后は薔薇園の中にある四阿（ガゼボ）のベンチに、多くのクッションを並べて寄りかかるように座っていた。その背後には騎士と女官長が控えている。

「王太后陛下、ひざ掛けをお持ちしました」

アニエスは一礼して王太后の前に跪いてひざ掛けを差し出す。

「おや、ありがとう、アニエス。ちょうど風が冷たいと思っていたところ」

王太后はいつもと変わらない笑みを浮かべて、アニエスをそばに寄せる。

女官長を手伝ってアニエスが王太后の豪華なドレスをひざ掛けで覆うと、「そちらにお座り」と、王太后が扇で、陶製のスツールを指し示した。

アニエスは女官長が頷くのを確認してから、王太后の前のスツールに座る。王太后が扇を開閉すれば、それが合図なのか女官長が騎士を遠ざけた。

王太后は少しだけ身を乗り出すようにしてアニエスを上から下まで眺めると、扇でアニエスの胸元を覆うフィシューをついと除ける。

そこで、アニエスの胸元に散った赤い痣と肩口の紫色の歯型を見つけ、顔をしかめた。

「まったく！」

叱責されるのではと身を固くするアニエスに、王太后は苦笑する。

「そなたは悪うない。悪いのはあれじゃ。あれは少々、訳ありでの。本来ならば王太子などにならず、神に仕えて生きるはずであった」

その言葉にアニエスは息を呑んだ。やはり、あの時の——

確信はあった。だが改めて他からも語られて、アニエスはゴクリと唾を飲み込む。

あの時の彼が、なぜ——なぜ、今になってあんな——

顔を強張らせて俯いたアニエスを見て、王太后は、単に驚いたのだと思ったらしい。静かな声で、アンブロワーズの過去について語り始める。

「そなたは知るまいが、十年前、王宮で火事があった。国王と王妃が巻き込まれ、国王は重傷を負い、王妃は死んだ。アンブロワーズもかなりひどい火傷を負って、母を失い、精神的にも危ういように思えた故、修道院に入れたのじゃが。……兄二人が相次いで死んだ故、仕方なく、六年前に呼び戻した」

修道院の庭で、アニエスが修道士のアンブロワーズと出会った時期と一致する。ただ一つ、王太后の話と違うのは――

(でも、塔の上の〈アンブロワーズ〉の母親は、あの時まだ生きていた――)

塔の女性が王妃だとすれば、話が合わない。

アニエスは内心、首を傾げていたが、王太后は構わずに続けた。

「聖職を志していたせいか、妾の知る限りは、女にさほどの興味はないように見えておった。……そなたの純潔を奪わせても、手荒なことはすまいと思うたのじゃが――」

王太后はそう言って、アニエスの痣に再び眉を顰める。

「ルグランの申す通り、少々、度を越しておるようじゃな」

アニエスは耳朶から首筋までを真っ赤に染めて、俯いた。その初心な様子に、王太后は目を細める。

「いささか乱暴な手段になったのは、詫びねばなるまい。ルエーヴルの後継者となったそなたが、邪な者に奪われるよりは、と思うたのじゃが、まさかあんな――」

王太后が扇の陰でチッと行儀悪く舌打ちする。

「盛りのついたサルのようになろうとは。……ほんに妾としたことが、無駄に涼しげな見かけに騙されたわ。そなたが正式にルエーヴル女公爵となり、将来が確定した暁には、悪いようにはせぬ故、今は堪えてたもれ」

やはり、王太后はルエーヴルの継承問題を理由に、アンブロワーズにアニエスの純潔を奪うようにけしかけ、そして二人の関係を黙認しているのだ。

言い訳のような王太后の言葉に、アニエスはただ、唇を噛んで俯いた。

「陛下、風が冷たくなってまいりました。そろそろ――」

しばしの沈黙の後、女官長が言い、アニエスは慌てて立ち上がると、女官長と二人で王太后を扶助する。離れた場所に控えていたジョアナと騎士も合流して、ゆっくりと庭を後にする。

王太后宮に近づいたところで、先導していた騎士が手を挙げた。

「宮の入口に人が――」

女官長もまた、気づいて囁く。宮の入口付近に貴族の男たちがたむろっていた。

「ギュネ侯爵とラングレー伯爵です。約束もないのに、なんて無礼な」

王太后がチッと行儀悪く舌打ちした。

「……ルグラン、アニエスをあちらに」

「は」

ジョアナがアニエスを導き、王太后とは道を違え、別の小道に入る。

王太后たちを見送り、木立をめぐって王太后宮に近づいた、その時。

王太后宮の手前に、数人の若い女たちがいた。ジョアナがハッとして足を止める。

「あなたがた、ここで何を――」

「どうしても姉に会いたくて、ここで待っていたのでございます。マダム・ルグラン」

黒髪に薄紫のドレスを着たロクサーヌが、スカートを持ち上げ、礼を執る。姿勢を戻し、アニエスと目が合った。

（なぜ、ここに――？）

異母妹の紫色の瞳には明らかな嫉妬と憎しみの色が宿っていて、心に疚しさのあるアニエスはつい、目を逸らす。

「なぜ、こんなところに。ここは王太后宮の敷地内ですよ。許しのない者が入っていい場所ではありません。お下がりなさい」

ジョアナが凛とした声で女たちを窘めれば、ロクサーヌの隣にいた女が腰をかがめて言った。

「はいマダム・ルグラン、わたくしたちは本日、王太子宮に伺候いたしました。ロクサーヌ様が王太子妃になられるにあたって、交流を深めるようにとの、王太子殿下のお声掛けで」

「わたくしどもは、将来的にはロクサーヌ様の女官として、お取立ていただけるとのお話で、ロクサーヌ様の側につかせていただいておりますの」

アンブロワーズはロクサーヌが王宮内で孤立しないよう、中級・下級貴族の令嬢を王太子妃付きの女官候補として王宮に召し、ロクサーヌとの交流をはからせているのだという。――つまり、アンブロワーズが用意したロクサーヌの取り巻きである。王太后がロクサーヌの立妃に反対しているため、王太后宮の女官の協力が望みにくいという理由もある。現に、ジョアナ他の王太后宮の女官たちは、ロクサーヌとははっきり距離を置いている。

故にジョアナは、正規の手続きを踏まずに王太后宮周辺にやってきたロクサーヌたちを、容赦なく排除にかかる。

「あなたがたは王太后宮への出入りは許されておりません。早くお下がりなさい」

だが、ロクサーヌはいつもの庇護欲を煽るような可憐な仕草で、アニエスを見た。

「どうしても、姉が心配だったのです。何度面会を申し入れてもお許しいただけなくて、他に方法が……」

両手を胸の前で組んで、紫色の瞳を潤ませるロクサーヌを守るように、令嬢たちが口々に言う。

「ロクサーヌ様は本当に、姉上思いの方なのです」

「婚姻間際に強引に侍女に召し出されて……修道院育ちの世慣れぬ方と聞いて、わたくしたちも心配だったのですわ」

「なのに面会すらお許しいただけないだなんて、いくらなんでも――」

「ここ数日、王宮内はある噂でもちきりですわ。……王太子殿下が新参の侍女をご寵愛になっていて、それがロクサーヌ様のお姉さまだと……」

一人の令嬢の言葉に、アニエスはぎくりと硬直する。

（まさか、そんな……王宮でそんな噂が……⁉）

噂の存在を知って動揺するアニエスを、ロクサーヌが紫色の瞳でまっすぐに見つめる。

「お姉さま、まさかとは思うわ。でも、わたしだって不安なの。アンブロワーズ様はわたしの婚約者なの。お姉さまにとっても、こんな噂はよくはないわ。お姉さまが王宮を出れば、噂も消えていくと思うの。だから、家に帰りましょう？　ね？」

「あ……わたし……」

みるみる顔色を失い、挙動不審になるアニエスを、ジョアナがその背に庇う。

「ロクサーヌ嬢。アニエス嬢は王太后陛下が大変、目をかけていらっしゃる。心配はご無用です」

「でも！　姉は突然、王太后宮に連れ去られて！　あんまりですわ！　……ねえ、お姉さま、お父様も心配していらっしゃるの。ギュネ侯爵様だって……お姉さまにはけして悪い縁談じゃ――」

その言葉にアニエスの胸が一気に冷えた。

（父親より年上の、祖父くらいの男との結婚が、悪くない縁談ですって？　そうよ、ロクサーヌは結局わたしをギュネ侯爵に嫁がせたいだけ……。でも――）

幼い頃から、ロクサーヌの頼みごとを断れなかったアニエスである。それに、王宮に滞在すれば、この後もアンブロワーズとの関係を続けざるを得ない。それはロクサーヌへの裏切りで――

罪の意識に追い詰められて、アニエスは進退窮まり、その場に立ち尽くした。


芝生を踏みしめる音に振り返れば、黒髪の若い官吏が小走りにやってくるところだった。

王太子侍従官であるジルベール・バローが、睨み合う女たちに声をかける。

「いったい何事です！　……ロクサーヌ嬢？　あなた方は王太子宮周辺以外の立ち入りを認められていないはずです。なぜこんなところに……」

王太子の側近の登場に、ロクサーヌが焦った様子で言い訳した。

「ジルベール様！　わたし、どうしてもお姉さまとお話がしたくて――」

「ロクサーヌ嬢、アニエス嬢は王太后宮の侍女です。王太后宮に正規の手続きをお取りください。こんなところで待ち伏せなんて、未来の王妃のなさることではありません」

「だって！　何度申し込んでも、あれこれ理由をつけて、門前払いにされてしまうんですもの！」

ロクサーヌが叫べば、ジョアナが冷静に反論する。

「理由があるからお断りしているのです。王太后宮に押し掛けて待ち伏せするような方、やはり軽々しく宮の内にお入れすることなどできません！」

「だって！」

ロクサーヌの発言を制するように、ジルベールが手を挙げた。

「ロクサーヌ嬢、王太后陛下への謁見を望むなら、まずは王太子殿下にお話を通されるべきです」

王太子の名が出て、アニエスがビクっと身を震わせる。

ロクサーヌがジルベールとジョアナを見回して、言った。

「だって……アンブロワーズ様がご寵愛になっている新参の侍女は、わたしのお姉さまだっていうじゃない。――アンブロワーズ様にさりげなく尋ねたけど、はぐらかされてしまって……わたし……」

アニエスは心の疚しさに耐え切れず、ジョアナの背中に隠れるように縮こまる。

その様子を見て、ジルベールは内心、ため息をつきたくなった。そんな態度では、噂を肯定しているようなものだ。

――怯えた子猫じゃあるまいし、少しは誤魔化せよ――

たしかに、婚約者ロクサーヌとその姉アニエスを両天秤にかけるような、アンブロワーズのやり方はあまりにひどいと、ジルベールも思う。王太后宮で婚約者の姉と関係を持ち、今朝などは朝帰りだった。白皙の美貌を持つ王太子の寵を姉妹で争う今の状況に、王宮内で噂が沸騰するのは当たり前のことだ。だが、アンブロワーズは噂をもみ消すつもりがない。アニエスを横から掻っ攫われて、右往左往しているギュネ侯爵やラングレー伯爵を煽るため、わざとやっているのだ。

――とにかくここは、ロクサーヌ嬢を宥めてことを収めないと――

ジルベールは咳払いをしてから、静かにロクサーヌを見つめた。

「ロクサーヌ嬢、あなたはいずれ、この国の王妃になられるのでしょう？　もっと周りからどう見られるか気を配ってください。噂に振り回されるなんて、反対派からの攻撃の的になりますよ？」

ロクサーヌがぐっと唇を噛みしめる。

「でも……わたし、どうしたらいいか……」

「事の真偽に拘わらず、王太子殿下の周囲に女の噂はつきものです。噂が流れるたびそのように取り乱していては、身がもちませんよ？」

ジルベールに窘められ、ロクサーヌは眉を寄せて俯く。

「……表情が表に出過ぎだと、先日、王太后陛下からも苦言を呈されたばかりではありませんか？」

「それは――」

「噂に振り回されることなく、冷静に対処できる方でなければ、王太子妃は務まりません。――それは周囲に仕える者も同様です。誰一人、止める者はいなかったのですか？」

ジルベールがロクサーヌの取り巻きをジロリと眺めわたせば、皆、気まずそうに目を逸らす。

「騒ぎにならぬうちにお戻りください。早く！」

ロクサーヌはジョアナの背後で震えるアニエスをちらりと見て、それから不満そうな表情で、踵を返した。

令嬢たちが遠ざかったのを確認して、ジルベールはふうっとため息をついた。

◆

「……ということがありましたのですがね？」

王太子の執務室。書類にサインをしながら侍従官ジルベールの報告を受けて、アンブロワーズは肩をすくめる。

「意外と行動派だったのだな、ロクサーヌは」

「王太后陛下のもとにギュネ侯爵が押しかけている間、同時に姉を捕獲しようとしたようです。――もしかしたら、そのまま強引に連れ戻すつもりだったかもしれませんねぇ……」

ジルベールの言葉に、アンブロワーズの頬が一瞬だけ、ぴくりと引き攣った。

「……なるほど、それは考えつかなかった。だが、いかに家族でも、王太后陛下の侍女を勝手に連れ出すなど、許されまい」

「ギュネ侯爵はなんでもいいから、婚姻を成立させたいのでしょう」

この国の法では、貴族の子女の結婚は父親に絶対的な決定権がある。父親が許し、司祭が見届けて結婚が成立してしまえば、王家が介入しても覆すのは難しい。だからこそ、修道院を出たアニエスが、直接ギュネ侯爵邸に連れて行かれたと知ったアンブロワーズの行動は素早かった。

即座に自らギュネ邸に向かい、婚姻の不許可を叩きつけてアニエスを救い出した。

ギュネ侯爵にしてみれば、王太子に花嫁を強奪されたわけだ。

「アニエスに媚薬まで盛って、既成事実を作って婚姻を成立させるつもりだったのだろうが――孫のような年頃の小娘に、醜悪なことだ」

アンブロワーズが思い出すだに不快だと言わんばかりに、白皙の美貌を引きつらせると、ジルベールも同感だと頷いた。清らかな乙女を、狒々爺(ひひじじい)の魔の手から救い出せたのは幸いだった。

「彼女と結婚さえすれば、広大なルエーヴル領が手に入るのですから、なりふり構わなくもなりますよ。……しかし、近頃王都に出回る、例の媚薬が絡んできたのは驚きでしたが」

「おかげで、根っこで繋がっている確証が取れた。媚薬の線からやつらを一網打尽にできる目途がたった。だが、万一、媚薬を用いて、アニエスがあの狒々爺(ひひじじい)の妻にされていたら、我が王家の面子は丸潰れだったたな。色狂いの強欲ジジイめ」

顔に似合わぬ悪態をつくアンブロワーズを、ジルベールが宥める。

「それはその通りです。ルエーヴルの継承者を守れたのは幸いでした。ですが――」

間一髪でアニエスの貞操を守り、王太后宮に保護したのはよい。問題はその後だ。

「……言いたくはないのですが、殿下のなさりようも、ギュネ侯爵とそれほど変わらないのでは?」

ジルベールが声を低め、アンブロワーズを正面から見据えた。

部下からの非難を嗅ぎ取って、アンブロワーズは眉を寄せ、次の書類を手に取る。

「馬車の中でのことなら、あれは不可抗力だ。……あの薬は、性的に達する以外に薬効を抜く方法がない。初対面の相手にあんなことをされて気の毒とは思うが、幸い意識はなかったし……」

もごもごと決まり悪く言い訳するアンブロワーズに、ジルベールも眉を寄せ、頷く。

「あれは、まあ、仕方ないです。酒のせいで意識もなかったし。……殿下ご自身が手を下されるのはどうかとは思いましたが……」

ギュネ邸から救出した時、アニエスは酒に混ぜた媚薬を飲まされていて、意識がなかった。だが、媚薬の効果ははっきり表れて、アニエスはひどく苦しんでいた。だから、薬を抜くために、アンブロワーズが自ら手淫を施したのだ。

「……しょうがないだろう？　酔いが醒めて意識が戻ったら、さらに苦しい思いをする。それよりは、せめて意識のない間に――」

次の書類に視線を落としつつ、なおも言い訳するアンブロワーズに、ジルベールが言った。

「だから、それはいいんです！　あれは馬車の中のことで、俺もジョアナも見なかったことにしておきます！　でも！」

ダンッと王太子の執務机に手を突いて、ジルベールは額がくっつきそうなくらい、至近距離に顔を寄せてアンブロワーズを詰問した。

「……昨夜も、朝帰りでした。だいたい、その前の夜も！　ジョアナの話では何も知らない彼女の部屋に夜這いをかけたそうじゃないですか！　そっちのが問題でしょ！　何を考えているんです⁉」

アンブロワーズは「そのことか」と手にした羽ペンを置き、悪びれる風もなくジルベールを見た。

「しょうがないだろう。ひとまず、王太子権限でギュネ侯爵とアニエスの結婚を差し止めたが、あの狒々爺が強硬手段に出るかもしれない。アニエスと結婚さえすれば、無条件でルエーヴル領が手に入るのだから」

ルエーヴルは、そこらの小国を凌ぐほどの大領で、ギュネ侯爵以外にも、アニエスごと狙う野心家が出ないとも限らない。

「父親のラングレー伯は頼りにならない。王家で保護するとなると口実が――」

アンブロワーズの言葉に、ジルベールが精悍な眉を顰める。

「口実ってあんな！　殿下ご自身で無理に純潔を奪うなんて！　ひどすぎる！」

ジルベールの譴責に、アンブロワーズは軽く肩をすくめる。

「他の男に純潔を奪わせたら、その男と結婚させなければならなくなる。それじゃあ、意味がないじゃないか。だから、急遽の処置として、私が――」

「彼女はロクサーヌ嬢の姉ですよ？　あなたの婚約者の！　すでに王宮じゅうの噂になっています。いったいどうするつもりです！」

常識人のジルベールの弾劾に、しかし、アンブロワーズは涼しい顔でうそぶいた。

「必要悪だよ。王家にしてみれば、彼女が誰と結婚しても困るのだ。彼女の結婚の可能性を潰し、王家の保護下に置き続けるには、彼女の胎に私の子がいるかもしれないからと、囲い込む以外の方法を、思いつかなかった」

「極悪人すぎる」

ジルベールは絶句して額に手をあてる。

「あなたの婚約者は彼女の妹ですよ!? わかってます?」

「もちろん。わかっている」

無表情で頷くアンブロワーズにジルベールがなおも文句を言おうとした時、ドアの外で何か言い争う声が聞こえてきた。

『いけません、殿下は執務中です!』

『お会いしたいの！ お願い！』

その騒ぎに、アンブロワーズが一瞬だけ、不快そうに眉間に皺を寄せたのをジルベールは見逃さなかった。

「ロクサーヌ嬢ですが、追い返しますか？」

まるでアンブロワーズが婚約者のロクサーヌを愛していないと見抜いていると言いたげなジルベールに、アンブロワーズはすぐに穏やかな表情を取り戻し、首を振った。

「いや、こちらに通してくれ」

ジルベールはすぐに頷いてドアを出て、ロクサーヌを連れてきた。

「どうした、ロクサーヌ嬢」

「アンブロワーズ様！ わたし――」

媚をいっぱい含んだ表情で駆け寄ろうとするロクサーヌを手で制して、アンブロワーズは自ら歩み寄り、その手を取る。

するとロクサーヌがジルベールへ視線を一瞬送る。その意図を理解して、アンブロワーズは頷いた。

「少し下がってくれ、ドアは開けたままで」

「承知しました」

ジルベールは部屋を出て、開いたままのドアの脇に立つ。

会話は聞こえないが、二人の姿は丸見えだ。

アンブロワーズはロクサーヌを部屋の布張りのソファに導き、並んで腰を下ろした。

「それで？　ここは二人だけだ」

アンブロワーズの青い瞳は穏やかだが、冷たい。

ロクサーヌは少しためらいつつも、勇気を出して口を開いた。

「その……姉のことです。王太后陛下の侍女に召し出されて、何度も面会を申し入れているのに、お許しが出ないのです！　殿下の方からお口添えいただくことは――」

「おばあ様の宮の件は、おばあ様が決めることで、私は口を出せない」

ぴしゃりと言われて、ロクサーヌは鼻白む。

「でも――ギュネ侯爵様も、お会いできていないと……婚約者なのに」

その発言に、アンブロワーズが青い瞳を眇めた。

「そなた、姉とギュネ侯爵との婚姻に、何も思わないのか？」

地の底を這うような低く冷たい声に、ロクサーヌがハッとする。

「い、い、いえ……でも、父親の意向に従って嫁ぐのは、貴族の娘としては当然のことで――」

「父親よりも年上の、孫も、複数の愛人もいる男でも？」

「その……姉は修道院に入って生涯を神に捧げると言っておりました。特に好きな方もいませんし、でしたら、別に――」

ロクサーヌの言葉に、アンブロワーズは明らかな失望を滲ませてため息をついた。

「ギュネ侯爵は、そなたの後見役を引き受ける代わりに、そなたの姉との結婚を希望したと聞いた。妹の結婚のために姉を犠牲にするような真似、私は受け入れられぬ」

アンブロワーズに見つめられ、ロクサーヌはしどろもどろになる。

「いえ、そんなことは……わ、わたくしは何も知りません……」

「……どのみち、あんな年上の義兄ができるなんて、私は不愉快で我慢ならない。ギュネ侯爵とそなたの姉との結婚など許可できぬ」

この話はここまで、という風に打ち切られ、ロクサーヌは話の接ぎ穂を探る。

「その……」

「まだ何かあるのか？」

「……殿下はわたしに、その、ご不満が――？」

アンブロワーズが不審そうに青い目を眇め、ロクサーヌを見た。

「なぜ？」

「皆が噂しております。その……密かにご寵愛になっている者がいると」

ふん、とアンブロワーズが鼻で嗤(わら)った。

「私は品行方正でなければならないか？」

「そ、そういうわけでは……」

困惑して視線を泳がせるロクサーヌの、頬に手をかけてアンブロワーズが正面を向かせる。美しい顔に至近距離で見つめられて耳元まで赤くなりながらも、ロクサーヌは精一杯の媚を含んだ眼差しで、アンブロワーズを見返した。

「私も当たり前の若い男だ。一夜の慰めを求めることもある。そなたにそれを求めるわけにもいかぬからな」

「殿下……」

婚約者ではあるが、貴族令嬢としては当然、婚姻までは純潔を守らなければならない。

「では、わたしの代わりに……？」

ロクサーヌの勝手な解釈に対し、アンブロワーズは否定も肯定もしなかった。

「もう、いいか？　私はまだ、仕事が残っている。――ジルベール！」

「は！」

すぐに入ってきたジルベールに、アンブロワーズが言った。

「ロクサーヌが帰る。誰かに送らせるように」

結局、ロクサーヌは肝心なことは何一つ聞けなかった。

その夜、アンブロワーズは祖母の王太后に呼び出された。

「何かありましたか、おばあ様」

いつものサロンに出向き、勧められたひじ掛け椅子にゆったりと腰を下ろすと、対面のソファに寛いだ王太后は、優雅に広げた象牙の扇で、口元を隠すようにして言った。

「あの狒々爺(ひひじじい)、いつまでのさばらせておくつもりじゃ？」

アンブロワーズは長い脚を組み替えて、猫脚の小テーブルの上のワイングラスを手にし、一口飲む。

「意外としつこい上に、騒ぎも起こさないのですよね。……もう少し暴れてくれるかと思ったのですが」

「父親も父親じゃ。返せ返せと馬鹿の一つ覚えで、うるさくてかなわぬ。とっとと始末をつけよ」

王太后が不快そうに言い捨てれば、アンブロワーズも肩をすくめる。

「——例の、媚薬の証拠が挙がらなくて。できれば一網打尽にしてしまいたいのです。今、あの家を潰せば、アニエスも無傷ではすみません」

「隣国にやってしまえばよい。こちらも相応の見返りを求めれば——」

そう言われて、アンブロワーズはワイングラスを持ち上げていた手を止める。

「しかし——そもそも、彼女に手を付けろと私を唆(そその)かしたのは、おばあ様ですよ？」

「それが一番、てっとり早く結婚を阻止できる故じゃ。じゃが、その後の執着が過ぎておるわ。駒として扱うなら、疾く決断せよ。そなたらしくもない」

祖母の言葉に、アンブロワーズはグラスのワインを一息に飲み干す。

「……隣国の、継承に関する使者はいつ、こちらに？」

「数日後にはこちらに着こう。アニエスが正式にルエーヴル女公爵になれば、今のように慰み者にはできぬぞえ？」

「慰み者にしているつもりは……」

「傍からはそうとしか見えぬ。アニエスも憐れな娘よ」

王太后に扇の陰から睨まれて、アンブロワーズは気まずそうに目を伏せた。

「もし、そなたがアニエスを妻に迎えるつもりがないのであれば、名目的な夫を宛がわねばならぬ」

王太后の言葉に、アンブロワーズがぐっと息を呑む。

「おばあ様……ラングレー伯爵への処遇が決まるまで、少し待ってください」

「……あの妹は少々、厄介ぞ？　今日も、この宮まで来て姉を待ち伏せておったとか。礼儀知らずが」

忌々しいと言わんばかりに舌打ちする王太后に、アンブロワーズが言う。

「こちらに預けてご迷惑をかけるなら、いっそ、アニエスの部屋を私の宮に――」

言いかけた言葉に被せるように、王太后がパンッと扇を閉じる。

「痴れ者が！　それではそのまま愛人ではないか」

「ギュネはまだ、アニエスとの結婚を諦めていません。おばあ様の侍女なんて中途半端な立場ではなく、はっきり私のものだと示せば、きっと焦って、父上を巻き込んで暴れてくれるのでは。そうすれば父上ごと潰せて一石二鳥――」

「やめよ、そんな小細工を弄せずとも、お前の父は長くは保たぬ」

「……ですが……」

眉を寄せるアンブロワーズの膝を、王太后が扇でピシャリと打った。

「宮を移し、どうせ毎晩のように入り浸るつもりなのであろう？　アニエスの身がもたぬわ。盛りのついたサルでもあるまいし！」

叩かれた膝をきまり悪げに撫でるアンブロワーズに、王太后が扇で口元を隠しながら、小声で言う。

「そこまであれに執着するなら、もう少し大切にしてやれ。そなた、言葉が足りなすぎる。非情に徹するのと、踏みにじるのは違うぞえ？」

祖母の苦言に、アンブロワーズは一瞬、虚を突かれたような表情になり、だが神妙に頭を下げた。

その晩、アンブロワーズがアニエスの寝室を訪れた時、アニエスはまだ、起きていた。

部屋の中央のソファの裏側に隠れるようにして、警戒心も露わにアンブロワーズを睨んでいる。

――まるで、全身の毛を逆立てて威嚇する子猫のようだ。

か弱く、無力なところも庇護欲を煽るし、怯えているのに気丈に振舞おうとする芯の強さも愛おしい。優しい言葉をかけて甘やかしてやりたい気持ちも湧き起こるが、即座にそうすべきではないと思い直し、アンブロワーズはあえて冷徹な王太子の仮面をかぶる。

「私の子猫はまだ起きていたのか」

「わたしは子猫ではありません」

気丈に言い返す声が、少し震えている。

アンブロワーズはおかしくなって笑みを漏らした。

「おいで、アニエス」

「嫌です！」

「そんな我儘が通用すると思っているのか。アニエス――」

少し声を低めるだけで、アニエスはビクッと身を震わせ、不安そうに縮こまる。

怯えれば怯えるほど、アンブロワーズの劣情をいたく刺激しているのに、アニエスは気づいていないのだ。――無垢とは罪なものだと、アンブロワーズは思う。

「あなたの考えていることが、わたしにはわかりません」

「そうだろうな、口にしていないから」

アンブロワーズはこともなげに言い、辛抱強くアニエスに呼びかける。

「……おいで。少し話をしよう。……力ずくでベッドに組み敷かれたくなければ、大人しく言うことを聞きなさい」

そう言うと、逃げられないとアニエスも観念したのだろう。おずおずとソファに近づくアニエスを、アンブロワーズはその細い腕を掴んで強引に膝の上に乗せる。

「そんなに怯えるな。……取って食いはせぬ」

薄い夜着に毛織のショールを巻きつけて、アニエスはアンブロワーズの腕の中で震えている。その華奢で折れそうな肢体も、儚げで頼りない風情も、すべてがアンブロワーズの欲を煽る。

アンブロワーズに力ずくで汚されて、傷つき怯えて、さぞ、自分を恨んでいるだろう。

――しかし、傷つけることでしか、私はきっと彼女を守れない――

アンブロワーズは膝の上に座るアニエスの、肩口に顔を寄せた。

「おばあ様にも叱られた。……私は言葉が足りなすぎると。だから少し、話をしよう」

◆

アンブロワーズの膝の上で背後から抱き込まれて、アニエスは緊張で身を固くした。見かけは細身だが、鍛えているのか意外にがっしりとして、力強い腕がアニエスの華奢な身体に巻き付き、檻のように閉じ込める。散々、アニエスの身体を弄んできたその手は、しかし今夜は妙に優しく、いつもは氷のように冷たい声にも、慈しむような響きがあった。

――まるで、初めて会った時の、〈アンブロワーズ〉のよう――

アニエスは戸惑いながらも、勇気を奮って尋ねた。

「何を――考えていらっしゃるのです？　あなたにはロクサーヌという婚約者が――」

アニエスのその問いに、アンブロワーズはしかし、直接は答えなかった。

「まず、そなたの純潔を奪ったのは政治的な理由だ」

はっきり言われて、アニエスは言葉を失う。

「……欲望に駆られてのことではない」

「それは、ルエーヴルのためにか？」

「そう。そなたの夫が、ルエーヴル領を実質的に手に入れることになる。少なくとも、ギュネ侯爵との結婚は許すわけにいかない」

アンブロワーズはそう言うと、結わないままのアニエスの金茶色の髪を撫で、耳元で囁くように言った。

「時間に余裕があれば、相応しい相手を見繕うこともできたが、時間がない」

「……隣国から、使者が来るから？」

「そう。……隣国もまた、都合のよい相手を宛がおうとするだろう。それはおそらく、我が王家には都合の悪い相手だ。私のものとしておけば婚姻は強要できぬ」

欠片の情も感じられない冷たい言葉に、アニエスの心が冷えていく。

――やっぱり、冷酷な人――

アニエスはアンブロワーズの手を払い、振り返って肩越しに彼を見上げる。

「だからって、あんな――」

しかしアンブロワーズの腕が再びアニエスを抱き込み、大きな手がアニエスの薄い腹を撫でる。

「――そなたの腹に私の子がいるかもしれないこと。これをカードに隣国と交渉する」

「そんな、身勝手な！」

「その通り。ひどい話だ」

反射的に叫んだアニエスに、アンブロワーズが背後から同意した。アンブロワーズの手が、夜着の上からゆっくりとアニエスの身体をなぞり、力を込めて抱きしめ、うなじに口づける。

「……もし、本当に子供ができたら……」

「それこそ望むところ。――次代のルエーヴルの継承者は、私の子だ」

「ひどい……」

「そうだな……」

アンブロワーズの手がアニエスの顎にかかり、顔の向きを変えて、背後から唇を塞ぐ。いつもの蹂躙（じゅうりん）するようなキスとは違う、触れるだけの優しい口づけが繰り返される。あまりに優しい口づけに、アニエスも抵抗できずにそのまま受け入れていると、しだいに口づけが深められる。わずかに開いた唇の隙間から熱い舌がそっと差し入れられ、優しく舌と舌が絡められる。アニエスの身体を這うアンブロワーズの手が、狂おしいように動いて、抱き込む腕の力が強くなる。

愛の言葉の片鱗もないのに、仕草はひどく優しく、愛されていると錯覚しそうになる。

――ああ、たとえ嘘でも、愛があると信じられるのなら――

長い口づけの後で唇を解放され、アニエスはようやく息をつく。

「殿下……」

「二人きりの時は、アンブロワーズと呼べ」

「……わたしたちのことが噂になって、ロクサーヌも知っています。わたしは、どうしたら――」

「噂は、仕方がない。そなたとの関係が周知されねば、そなたを囲い込む理由にならぬ」

アニエスをアンブロワーズが孕ませ、さらに将来、その子が、ルエーヴル領を継承する。長い時をかけて、ルエーヴル領をヴェロワ王家に取り込むための、重要な布石になる。

「でも、あなたは妹と結婚するのでしょう？　こんな――」

アニエスの涙声の訴えを、しかし、アンブロワーズはあっさりと切り捨てた。

「今のところは」

「ひどい人。……わたしにも、ロクサーヌにも……どちらにも不実だわ」

「私がひどい男だというのは、最初からわかっているだろう？」

アンブロワーズが喉の奥で嗤い、ひどく侮辱された気になってアニエスが唇を噛む。アンブロワーズが揶揄するように言う。

「ロクサーヌの話はするなと言ったはずだ。もう、忘れたか？」

アニエスが答えないでいると、アンブロワーズはアニエスの耳朶を口に含み、甘噛みする。

「あっ……」

くすぐったさと息の熱さに身を捩るアニエスの耳元で、アンブロワーズが囁く。その声がアニエスの官能を呼び醒まし、身体が疼いて甘いため息を零した。

「忘れたなら、その身体に言って聞かせるだけだ。……何度でも」

アンブロワーズの息も、声も、すべてが甘い毒となって蜘蛛の巣のようにアニエスの手足を絡め取り、アニエスを蝕んでいく――


月のない夜、灯りを消した部屋は真っ暗な闇に覆われている。

ベッドの上で二つの黒い影が蠢き、男女の熱い息遣いが響いた。

アニエスの汗ばんだ素肌の上を、大きな掌が這いまわる。身体のあらゆる場所に唇が落とされ、首筋や耳朶、そして胸の頂に熱い息がかかる。時に、強く吸い上げられると、そのチリチリとした痛みすら快感に変換されて、アニエスは喘いだ。

「んんっ……はあっ……はあっ……あっ……ああっ……」

暗闇の中なのに、男はアニエスの身体の感じる場所を的確に暴いて、着実に追い詰めていく。

一寸先も見えない闇の中では抵抗もできず、アニエスはただ為されるがまま。肌に触れる熱い息遣いと、滑らかな絹のシャツの肌触り。レースのざらりとした感触が肌を掠めるたびに、背中をゾクゾクした感覚が走り抜ける。

アンブロワーズが指と舌でアニエスの脚の付け根の敏感な場所を責め続けるたびに、その場所がぐぷぐぷといやらしい水音を立てた。逃げることも拒むこともできず、アニエスはアンブロワーズのシャツを掴み、耐えようとする。しかし、もはや声を抑えられない。

快楽の源泉を舌でこね回され、強く吸い上げられて、アニエスは強すぎる快感に身体を震わせる。

「ひああっ……ああっ、んんっ……」

「そろそろ、挿れる」

アンブロワーズの声がうっすらと欲に塗れていた。同時に足を大きく開かされて、はっと息を呑む。

熱く漲ったものがアニエスの秘所にあてがわれ、そのまま一気に突き立てられた。

「ああああっ……！」

「ふっ……本当に狭い。締め付けすぎだ、アニエス……」

奥まで満たされた圧迫感に、アニエスは必死に呼吸をする。

苦しい。アンブロワーズの息も、愛撫も、声も、すべてが甘い毒のよう。アニエスの身体が彼の毒に冒され、燃え滾っていく。

快楽で身体が溶かされて、別の何かに錬成されていく。そんな恐怖でアニエスはぎゅっと目をつぶる。熱い息が耳元にかかり、耳朶を甘噛みされて脳が沸騰する。

熱い――

「アニエス……」

「あっ……あふっ……んんっ……」

「中がもうトロトロだ……すっかり、感じやすくなって、私の形も覚えた」

「ン……んんっ……あっ……や、ぁああっ……」

ゆっくりと甚振るような抜き差しに、じわじわと身体が溶けていくようだ。

闇の中で、アニエスの五感すべてが快感に塗りつぶされる。この行為に愛はないとわかっているのに、アニエスの身体は官能の海に溺れていく。

（この人がわたしを抱くのは、ルエーヴル領の継承者を産ませるため。愛はなく、身体の欲のためですらない。ただの、子を生むための道具――）

ならどうして、アンブロワーズはここまで執拗にアニエスを責め苛み、嬲り尽くそうとするのか。

「どうして――」

唇から零れ落ちる疑問を塞ぐように、一際奥まで剛直をねじ込まれて、アニエスは悲鳴をあげた。

「ひっ……あああっ……ああっ……」

「何を考えている……余裕だな？」

「ちがっ……ああっ、だめっ……あっ、あっ、ああっ……」

がつがつと突然激しく奥を突かれて、アニエスの思考が途絶える。あまりの快楽で頭の中が真っ白になり、何も考えられなくなる。

抽挿のスピードが上がり、アンブロワーズも余裕を失い、アニエスを追い詰めるように彼の指先が胸の飾りを摘まんだ。

「何も考えず、ただ感じろ。……どうせ、逃げ場などない」

「やっ……そん、な……ああっ、あっ、あっ……」

激しく揺すぶられて寝台が軋む音を立てる。肌と肌がぶつかる音。抜き差しのたびに愛液が掻き出され、淫靡な水音が響いてアニエスの羞恥心を煽る。

何よりも、堪えきれずに漏れる、自分の淫らな喘ぎ声を聞きたくない。そんなアニエスの心とは裏腹に、身体はすっかり飼いならされ、快楽に流されていく。

「あっ、ああっ、ああっ……ああっ……」

頂点はすぐそこまで来ていた。なのに——

男がふいに動きを止める。絶頂が遠ざかり、アニエスは荒い息を吐いて発散されない熱に耐える。

「な……はあ、はあっ……」

「まだ、イくのは早い。もう少し我慢しろ」

暗闇の中で男の息がアニエスの耳朶にかかる。アンブロワーズが喉の奥で嗤ったらしい。

「そなたの中、ヒクついて、締め付けてくる。イきたくてたまらないと」

快楽への階梯を途中で外され、アニエスが疼く身体を持て余しているのに、男はアニエスの耳を甘噛みし、ぴちゃぴちゃと耳の穴を執拗に舐る。耳もとで響く水音と、熱い息にアニエスの脳が灼かれるように煮え滾り、狂いそうになる。身を捩れば、埋め込まれた男の楔をはっきりと感じとり、それを締め付けるのが自分でもわかった。

「イきたいか？　アニエス……」

「や……そんなの……」

ぶんぶんと必死に首を振るアニエスの反対側の耳朶を唇が含み、熱い舌が耳の穴を舐る。

「ひあっ……やめっ……イきたくなんか……」

「く……アニエス……イきたいんだろう？　……口では否定しても、身体は快楽をねだっている……」

「やっ……ちがっ、そんな……」

必死に抗おうとしても、アンブロワーズがかすかに身じろぎするだけで、快感がアニエスを襲う。

「ああ、だめぇ……動いたら……あっ……」

「こうして動かないのは、私も辛いのだがね。……アニエス……挿れているだけで、そなたの中はうねって締めつけてくる。すっかり、淫乱な身体になった。修道女だったなんて、信じられないな」

その言葉にアニエスの頬がかっと熱くなる。しかし反論をしようとした瞬間に、アンブロワーズのそれがアニエスの最奥を襲った。

パン！　肌がぶつかる乾いた音と同時に、アニエスの脳裏に白い閃光が走る。

「あああっ！」

衝撃で喉をさらし、アニエスが叫んだ。それを合図のように、男は激しく腰を使い始める。

奥の感じる場所を幾度も突き上げられ、そのたびにアニエスは悲鳴のような嬌声をあげた。

「ひあっ、ああっ、あっ、あっ、ああっ、やあっ……あっ……ぁあーっ、あっ」

「ふっやっぱり、奥が、好きだな、アニエス……アニエス……ううっ……」

男が掴んでいたアニエスの太ももを回すようにして、角度を変える。ちょうど九十度に開いた両脚をつま先までピンと伸ばして、アニエスは男の激しい抽挿を受け入れる。

「まだ、中だけではイけないか……ここも、弄ってやるから、ほら、イけ」

結合部のすぐ上の、膨れた秘玉を指で圧し潰されて、アニエスは急激に絶頂に至る。

「あっあああっ……やあっ……ぁああ――――っ」

「く……ああ、そんなに締めると……うう……」

両脚のつま先をぐぐっと丸め、アニエスが達する。その強い締め付けにアンブロワーズは奥歯を噛みしめて射精を堪え、長い絶頂からアニエスが弛緩したその瞬間を狙い、再び激しく腰をぶつけ始める。

「あああっだめぇ、いま、イって、イってる、イってるからあ！　やあ、ゆるしてぇ！」

達したばかりの敏感な身体をさらに責めたてられて、アニエスが泣きながら懇願するけれど、男は容赦なくアニエスを貪り尽くした。

「うっ、アニエス、アニエス……イけ、もっと、もっと、まだ足りないっ……アニエス！」

アニエスを快楽の底の底に突き落として、男はようやく、アニエスの中に熱い精を放つ。アニエスが男のシャツを握りしめて体を反らす。するとそのベッドから浮き上がった背中に男の腕が回され、ぐっと強く抱きしめられた。

「アニエス……アニエス……」

繰り返し名を呼ぶ彼の声には熱が籠り、焦がれるような響きがあった。

――なぜ、この人はわたしの名を呼ぶのだろう。愛しても、いないのに――

最奥に浴びせられた熱い飛沫(しぶき)に灼(や)かれるようにして、アニエスは意識を手放した。

「アニエス……」

その名に込められた万感の想いは、聞く者もいない闇に消える。

暗闇にはただ、男の荒い息遣いだけが続いた。

第六章　煉獄の囚人

後宮と外を隔てる金色に輝く扉には、全面に豪華絢爛な彫刻が施され、黒い軍服を着た二人の衛兵に守られている。アンブロワーズが合図すると、ゆっくりと扉が開かれた。

「一刻で戻る」

アンブロワーズは扉の前のジルベールに告げ、一人、薄暗い奥宮に向かう。

後宮には許可のない男性は入れない。十年前の火事の後、規模は半分になったものの、いまだに後宮には多くの女たちがひしめいているが、国王の親衛隊が女官と関係すれば死罪。侍従たちは国王に忠誠を誓い、自ら宦官となった者ばかりだ。

迷宮のように入り組んだ長い廊下を、アンブロワーズは凍てついた表情のまままっすぐ前を見据えて歩いていく。廊下の突き当りに、髭のない黒いローブを着た人物が立っていて、アンブロワーズに頭を下げた。

「侍従長。……父上の様子に変わりはないか？」

「は。……少しく、お目覚めになる時刻が長くなっているように思われます」

「そうか。お言葉などはどうだ」

「はい、以前よりもシッカリとなさっておられる印象です。侍医団も、このまま回復に向かわれるかもと――」

「あいわかった。以後も頼む」

アンブロワーズが侍従長に頷けば、侍従長が分厚いカーテンを開き、その奥の扉を開く。扉の内部に漂う強い薬品の匂いに、アンブロワーズが端麗な眉を顰(ひそ)めた。

――しぶとい男だ。いい加減に、死ねばいいのに。

いっそ殺してしまおうか。豪華な天鵞絨(ビロード)の天蓋布に囲まれて眠る、醜く老いた父親は、アンブロワーズにとって憎しみの対象でしかない。後宮の空気は禍々しく、とても不快だった。


十年前、後宮での淫らな宴の最中に火事が起こった。その結果、国王は大火傷を負い、王妃は死亡。アンブロワーズも火傷を負い、遠方の修道院に預けられた。

重傷を負った国王は幽閉され、政治の実権は王太后が握った。

数年後、兄王子二人が相次いで不審な死を遂げたため、十六歳だったアンブロワーズは、修道院から呼び戻された。

王宮に戻る前に、アンブロワーズは伯母が院長を務める聖マルガリータ修道院を訪れた。実は、王妃は一命を取り留め、ひそかに修道院に匿われていたからだ。――還俗して王太子となれば、二度と母に会うことはできない。これが最後の機会になるからと――

修道院の隅にひっそりと佇む石造りの塔。その薄暗い螺旋階段を上った先の小さな部屋で、母は暮らしていた。実に四年ぶりの、母子の対面のはずだった。

「母上──」

だが、母はもう、アンブロワーズの呼びかけに応えてはくれなかった。

彼女の時は止まり、彼と同じ名前の人形を抱きしめ、愛しげに名を呼ぶばかりで、修道服に身を包んだ彼には見向きもしなかった。壊れてしまった母を見ていられず、アンブロワーズは逃げるように螺旋階段を駆け下り、湿った塔の中から外に出た。

「──っ」

暗がりから明るい野外に出ると、春の日差しに目が眩んだ。見上げればどこまでも青い空──薄暗い煉獄を通り抜けて、光溢れる神の庭に迷い込んだような気持ちだった。

むせかえるような緑の中、アンブロワーズがあてもなく木漏れ日の揺れる小道を歩いていくと、小さな噴水があった。金茶色の髪をおさげに編み、白い三角巾を頭に巻いた一人の少女が、噴水から水を汲んでいた。

修道女ではない、俗人のエプロンドレス。花壇には名も知らぬ色とりどりの花が咲き、蜜蜂や蝶が飛び交う中、振り向いた少女の瞳もまた、新緑を映したような若草色だった。

「こんにちは、修道士さま」

笑顔に吸い寄せられるように、アンブロワーズは彼女に近づいた。離れがたくて、強引に庭仕事を手伝う。水をやり、雑草を抜き──暑くなって何気なくフードを下ろすと、彼女はアンブロワーズの顔を眩しそうに見つめてくる。そんな彼女の若草色の瞳と艶やかな桃色の頬に、どうしようもなく、心がひきつけられた。

薬草園の脇の石のベンチに並んで、彼女がおしゃべりする、キラキラした声にも魅了された。

純潔の白薔薇(アニエス・ロサルバ)――彼女にぴったりな、美しい名前を胸に刻み付ける。見舞いに来たのか、と問われ、アンブロワーズの頬に突如、熱い涙が溢れ出した。石造りの塔の暗がりで凍えていた悲しみが、春の光の中で溶け、涙となって零れ落ちたのかもしれない。

少女に手渡された白いリネンのハンカチで顔を覆い、アンブロワーズはせり上がる哀しみが収まるのを待った。

――母はあの日、命懸けでアンブロワーズを救おうとして、その深い愛ゆえに息子を忘れてしまったのだ。自らの存在の、なんと罪深いことか。

(兄たちではなく、自分が死ねばよかったのに――)

ハンカチに顔を埋めて声もなく泣く間、彼女はずっと、アンブロワーズの僧衣を掴んで寄り添ってくれていた。

青い空のはるか高みを、トンビが横切っていく。

どれほどの時が流れたのか、我に返ったアンブロワーズに、少女が微笑んだ。

「……四つ葉のクローバーを持っていると、幸福になれるんですって」

「え?」

突然の言葉に聞き返すと、少女はほんの少し照れたように目を逸らしてから続けた。

「でも、今まで一度も見つけたことないの」

そう言って彼女はハンカチを指差す。

「だから、刺繍にはいつも、四つ葉のクローバーと白い薔薇を入れるの。少しでも幸せな気持ちになれるように」

確かに、アンブロワーズの手の中のハンカチには、白い薔薇と四つ葉のクローバーの丁寧な刺繍が施されていた。アンブロワーズが戸惑ううちに、薬草小屋の老尼僧が、彼女を呼んだ。

その声に立ち上がった彼女が、アンブロワーズに微笑む。

「それ、あげます。幸せになるためのお守り」

ぶわりと、風が巻き起こり、アーモンドの花びらが吹雪のように舞い散る。アンブロワーズの手にハンカチを残し、彼女は、一度も振り返らなかった。

ただ一度言葉を交わしただけの、アンブロワーズの唯一の人。

けして叶うことのない初恋を胸に秘めて、アンブロワーズは王宮に戻り、僧衣を脱いだ。

王太子として、レースと刺繍の豪華な服と、長く伸ばした金髪で火傷の痕を隠し、虚飾と欲望が渦巻く王宮を泳ぎ渡る。

闇の中で、アニエスの刺繍だけを抱きしめて——

神の花嫁として生きるアニエスの面影だけが、アンブロワーズの心のよりどころだった。

神の庭で生きる彼女と、修羅の庭で穢れの中で生きるアンブロワーズの人生は、二度と交わることはないはずだった。まさか、彼女が濁世（じょくせ）に連れ戻され、結婚を強（し）いられるなんて、思いもしなかった。

他の誰かに汚されるくらいなら、いっそこの手で――

◆

「ようこそ、殿下。いらしてくださったのね」

甘ったるい声に呼び止められ、物思いから引き戻される。

目を向ければ、燃えるような赤い髪に、豊満な肉体を豪華な衣装に包んだ女が立っていた。黒いレースの扇を使い、女はアンブロワーズに流し目をくれる。

アンブロワーズはことさらに蕩けるような作り笑いを浮かべ、彼女の方を振り返った。

「ええ。いつも父上の看病、ありがとう。快方に向かっていると聞いたが、貴女のおかげだ、ドロテ夫人」

アンブロワーズはドロテ夫人と呼んだ女に片膝を折って手を取り、その甲に軽く口づける。

薬品の匂いを相殺するほどの、強い香水の香りがアンブロワーズの鼻を突いた。しかし一切表情を歪めることなく、アンブロワーズは微笑みを絶やさない。

ドロテ夫人は妖艶なしぐさで、アンブロワーズに媚びるように言った。

「ふふふ……もう、陛下がお倒れになって長いわ。あなたが来てくださらなければ、あたくしだって限界」

そうして、アンブロワーズを熱っぽい目で見つめ、彼の手を握る。

「……ねえ、たまにはゆっくりしていらして？」

アンブロワーズは愛想笑いを浮かべたまま、室内の大きな天蓋ベッドをちらりと見て、声を潜めた。

「いけません、父上が目を覚ましたら……」

「今は大丈夫。さっき眠ったばかりよ。夜まで起きないわ。ね、だから――」

ドロテ夫人はアンブロワーズの腕に胸を押し付けるように腕を絡め、猫脚のソファにアンブロワーズを座らせると、豊満な胸を擦り付けるようにして抱きついてきた。

鼻先に立ち込める香水の強い匂いに、アンブロワーズは一瞬、咽せそうになる。

「ドロテ夫人、貴女は十分に魅力的ですが、父上のお怒りが恐ろしい」

国王ジョスランの寵姫ドロテ夫人は、男としての機能を失った国王にも献身的に仕えてはいる。だが、もともと彼女は多情の質で肉欲を持て余し、時々アンブロワーズを誘惑する。

後宮内で国王の愛妾と関係を持ったら、いかに王太子とはいえ命も危ない。アンブロワーズは適度に嬉しがらせを言って、ドロテ夫人をあしらってきた。

ほとんど圧し掛かられるような体勢で、膝の上の女の体重に内心辟易しつつ、アンブロワーズは女の耳元で囁く。

「そう言えば……ギュネ侯爵はその後なにか？」

「侯爵？　……ああ！　あんた、花嫁を強奪したんですって？　そりゃあもう、カンカンよ!?

いったい花嫁はどんな女なの？　しかもあんたの婚約者の姉だって聞いたけれど――」

女はアンブロワーズの白皙の頬を、赤く塗った爪も毒々しい手で撫でる。真っ赤に塗った口紅が欲にまみれて光って、今にも食われそうだ。

しかし、アンブロワーズはその嫌悪感をいっさい、表情には出さず、頬に当てられたドロテ夫人の手を取り、思わせぶりに握りながら微笑む。

「ギュネ侯爵こそ。親子どころか、孫ぐらいの年の差ですよ？　老いらくの恋にしたってあんまりでしょう？」

「領地目当てに決まってるじゃない。隣国の大領を継承する小娘なんて、ちょうどいいカモだわ？　……あの人、ちょうど隣国にモノを売りたがっていたから」

アンブロワーズは目を細め、女を蕩かすような美麗な流し目を送り、なおも情報を引き出そうとした。

「……隣国に、何を？」

「それは、あれよ……陛下が倒れてから、すっかりお見限りの、アレ。最近、パーティーも少なくて、国内ではなかなか捌(さば)けないのよ。だから――」

後宮の扉に戻ってきたアンブロワーズには、強烈な香水の匂いがしみついていた。

第七章　隣国の使者

その後もアンブロワーズの訪れは続き、毎晩のようにアニエスは彼に抱かれた。

力ずくで夜着を引き裂かれるようなことはなくなったが、それはアニエスが無駄な抵抗を諦めて、おとなしく身体を差し出すようになったからで、アンブロワーズが優しくなったわけではない。相変わらず一言の愛の言葉もなく、ただ当然の権利のごとくアニエスの身体を貪っていく。

何度肌を合わせても、アニエスには彼が何を考えているのか、わからないままだ。

アニエスがアンブロワーズの子を孕んでいるかもしれない、その可能性を隣国へのカードに使うだけならば、一度抱いて純潔を奪えば十分のはずだ。アンブロワーズがしつこくアニエスのもとに通う必要などない。愛してもいない婚約者の姉を、なぜ何度も抱きに来るのか。まして、不必要なほどにアニエスの身体を蕩かし、快楽の淵に堕とそうとするのはなぜなのか――

そして抱かれるたびに、何度もせつなげに名を呼ばれて――

(あんな声で呼ばれたら、ほんのちょっとでも愛されているのではって、勘違いしそうになる。だって、あの人が昔は優しい人だったって知っているんだもの……)

初恋の修道士の面影が忘れられないアニエスは、繰り返される凌辱にもアンブロワーズを憎みきれないでいた。

そんなある日、隣国セレンティアの使者が王宮に到着した。アニエスの公爵位の継承のためである。

使者はセレンティア王のイトコであるリシャール・モリエール卿。現在二十八歳。

隣国の王家に特有な赤銅色の髪を長く伸ばし、この頃の流行の通り、うなじの後ろで一つにまとめている。鮮やかな青いジュストコールに揃いのジレ、襟元のレースのクラヴァットと袖口のレースは同じ意匠で揃えられ、立ち居振る舞いも洗練されていた。

「初めてお目にかかります、王太后陛下。——僭越ながら、私は陛下の大甥にあたりますので、親戚のよしみで以後、お目をかけていただければ幸いに存じます」

隣国出身の王太后は、象牙の扇の陰からにこやかに問いかけた。

「そなた、妾の妹マリーの孫とか。マリーは息災であるか？」

「はい。このたびのお役目に際し、祖母より手紙と土産を預かってまいりました」

小さな函に入った贈り物が並ぶ中、リシャールから封書を受け取った王太后は故郷からの便りに満足そうに目を細める。

すると席についたリシャールが尋ねた。

「例のご令嬢はどちらに？　陛下の元で行儀見習いをしていると、聞いております」

今日はアニエスも作業部屋に籠らず、他の侍女たちと部屋の隅に控えるよう、命じられていた。

王太后は鷹揚に頷くと、扇を閉じて横に控える女官長に指図する。

「アニエスをこれへ」

女官長に呼ばれて、アニエスは立ち上がって静かに王太后の脇に移動した。

「これはまた、お美しい……」

思わず、という風に、リシャールが感嘆の声をあげた。

今日のアニエスはクリーム地に薄桃色の小花が散った、可憐なドレスを身に着けていた。ロクサーヌのお古ではなく、王太后宮にお針子を呼び、ジョアナらと見立てた、アニエスに似合う衣装である。

首には幅広の黒天鵞絨(ビロード)のリボンにビーズ刺繍を施したチョーカーを巻き、大きく開いた肩から胸元は白いフィシューで覆っている。アンブロワーズが付けた痕を隠すためだ。

そっと目を伏せて立つアニエスに、リシャールが言う。

「だが、ずいぶんとお若い。その若さで大領を継承するとなると、さぞかし――」

「それであるよ。見ての通り、この者にルエーヴルの経営など無理じゃ。しかも若くて美しい故、ルエーヴルという甘い餌目当ての男どもが寄って参って、入れ食い状態じゃ。故に我が宮にて匿っておる」

王太后の冗談に、リシャールが応じた。

「しかし、王宮も安全ではないようですが。――噂では、銀色狼がさっそく食いついたとか」

「ふふふ、耳が早いの。狼は見目がよいだけましじゃ。古狸が狙っておって、ひと時も気が抜けぬ」

銀色狼は白皙の美貌を誇る王太子アンブロワーズ、古狸はギュネ侯爵の暗喩と気づき、アニエスは恥ずかしさで俯く。

その無垢な表情にわずかに哀れむような視線を送って、リシャールは王太后に向き直る。

「我がロベール王陛下の意向といたしましては、銀色狼の番とするのは諦めていただきたいのですが」

「獣に理屈が通じると思うてか」

王太后が象牙の扇を開き、その背後でちらりとアニエスに目をやる。

今回、隣国セレンティアの使者は、王家に連なる若い独身貴族だ。つまり、隣国から送り込まれたアニエスの婿候補というわけだ。

王太后はアニエスと正面の隣国の貴族を見比べ、思案を巡らせる。

アンブロワーズがアニエスを妃に迎えようとすれば、隣国からの横槍は不可避だ。

——無駄な欲をかかず、アニエスを隣国に嫁に出してしまうのも、外交としてはアリだ。

(だが、簡単に渡すのも業腹ではあるな。ギュネ侯爵という古狸との結婚を阻止してやったのだから。……さて、どうしたものか……)

王太后は政治的にシビアな決断を下すが、基本、身内には甘い。アンブロワーズがアニエスに執心ならば、希望を叶えてやりたいと思っている。

(はてさて——)

扇の陰で思案していると、侍従からアンブロワーズの来訪が告げられ、王太后はあやうく噴き出しそうになった。

（隣国の使者が若い男と知り、慌ててやってくるあたり、意外と可愛いところもあるではないか）

王太后が扇の陰でニヤニヤ笑う傍らで、即座に扉が開き、アンブロワーズが現れる。

リシャールは王太子に対し、立ち上がって敬意を表そうとした。しかし長い脚で颯爽とやってきたアンブロワーズは、軽く手を上げてリシャールを制する。

「そのままで。本日は親類同士の非公式な訪問だ。……おばあ様、ごきげんよう」

プラチナブロンドをなびかせ、アンブロワーズは祖母の寝椅子（カウチ）の前に跪き、その手に恭（うやうや）しく口づける。

そして、その横でかしこまっているアニエスの手を自然な動作で掴んだ。腕を掴まれて硬直するアニエスを王太子は強引に引き寄せ、二人掛けのソファに並んで腰を下ろすように命じる。

婚約者でもないアニエスが、王太子と並んで座るなんて普通ありえない。

必死に遠慮しようとするアニエスをアンブロワーズは無理に座らせ、リシャールに見せつけるように、その腰に腕を回して密着する。アニエスの細い首筋が、みるみる羞恥で赤く染まった。

リシャールの前で二人の関係を隠すつもりもないらしいアンブロワーズに、アニエスは身の置き所もなく、真っ赤な顔で俯くしかない。アニエスを抱き込むようにして、大きな手で平らな腹を撫でながら、アンブロワーズが言う。

「リシャール・モリエール卿。アニエスはもしかしたら、身ごもっているかもしれない。セレンティアの法では男女どちらでもルエーヴルを継げるのだったな？」

アンブロワーズの爆弾発言に、サロンは水を打ったように静まり返る。

（ここで、そんなことを——）

アニエスは凍りついたように動けず、息を止めた。

リシャールもまた一瞬、息を呑んだが、表面的には落ち着いた声で言った。

「アニエス嬢に、妊娠の可能性が？　それは……まさか、殿下の御子を？」

「もちろん。他に誰が？」

当たり前だと言わんばかりの態度に、リシャールが念を押す。

「……しかし、殿下の婚約者はアニエス嬢の妹だと伺っておりますが……」

「ああ。まだ内示の段階だがね。何か問題が？」

まったく悪びれないアンブロワーズに、リシャールは戸惑いを隠せない。

「……つまり、婚約者の姉であるアニエス嬢が、殿下の御子を？　……いえ、ちょっと、ロベール王陛下になんと申し上げるべきか……」

「跡継ぎさえ確保できれば、アニエスに慌てて夫を宛がう必要はないだろう？」

アンブロワーズは誰もが見惚れてしまう美麗な笑みを浮かべ、アニエスの平らな腹をさっきから撫でまわしている。

「……でん……」

妊娠の可能性を隣国へのカードにするとは聞いていたが、使者の前で関係を暴露されるとまでは思っていなかったアニエスは、ただ、アンブロワーズの顔を呆然と見つめる。本当にアンブロワーズにとって、アニエスは駒に過ぎず、ひとかけらの情すらないのだと思い知らされる。さらし者にされた悔しさで、無意識に膝のドレスを握り込んだアニエスの手を、アンブロワーズの大きな手が上からぎゅっと握り込み、指を絡める。そのふてぶてしく馴れ馴れしい仕草を目の当たりにした王太后も、扇の陰でわずかに眉を顰める。

（まったく……そこまでリシャールを牽制せずともよかろうに。相変わらず、アニエス本人にはみじんも通じておらぬし……）

屈辱で凍りついたアニエスを意に介さず、アンブロワーズは滑らかに言葉を紡いだ。

「セレンティアでは女系の継承も可能ゆえ、アニエスが公爵位を受け継ぐ。つまり、アニエスが生む子が男女どちらであっても、それが次の公爵」

「法的には、嫡出子でなければ認められません。アニエス嬢が産んだとしても、未婚のままでは私生児です」

「アンブロワーズ、法は国の根幹。ゆるがせにはできぬ」

その言葉には即座にリシャールが釘を刺し、王太后も横から口を出した。そして、少しばかり呆れたような口調で、孫を窘める。

「まだ、できているかどうかもわからぬ腹の子の話など、先走るにもほどがあるぞ」

王太后の言葉に、リシャールが応ずる。

「そうですとも、殿下。それに婚約者のご令嬢はどうなさるのです。妹から姉に乗り換えるのですか？　ですが、我が国としては、ルエーヴル女公爵と殿下の婚姻は――」

リシャールの極めて常識的な懸念に対し、アンブロワーズは面倒くさそうに肩をすくめた。

「私の子を孕んでいるかもしれないアニエスを、セレンティアの男に嫁にやれと？」

わざとらしく眉尻を下げて見せるアンブロワーズに、リシャールは頬を引きつらせる。

リシャールが何とか言ってやろうと思う機先を制して、アンブロワーズはあっさり話を変えた。

「明日の夜は、リシャール卿を歓迎する夜会を開く。おばあ様もご出席いただけますか？」

「……年寄りゆえ、夜が早いのじゃ。最後までというわけには参らぬぞえ」

「開会の頃にいていただければ、それで十分です。リシャール卿はおばあ様のご親族ですから、リシャール卿には、おばあ様のエスコートをお願いしても？」

「もちろん、光栄です。――殿下は、どなたのエスコートを？」

リシャールの問いに、アンブロワーズは一瞬だけアニエスを見て、それからつまらなそうに言った。

「明日はロクサーヌをエスコートしなければならない。一応、婚約者だからな」

「ではアニエス嬢は？」

アニエスはびっくりして、慌てて首を振る。

「わたくし、修道院育ちで夜会など……作法もわかりませんので、出席はご遠慮いたします！」

この上、華やかな場で衆目に晒されるなんて、耐えられない。まして、アンブロワーズとロクサーヌが一緒にいるところなんて、見たくない。

だが、アニエスの心情を無視し、王太后が扇をバサバサと煽ぎながら笑った。

「ルエーヴルの継承者であるそなたが出席せぬでは済むまいよ。リシャール殿はそのための使者じゃ。……そうよの、明日は妾の侍女として、横に控えておればよい」

「それがよろしいでしょう。おばあ様の保護下にあることを、皆にも示すことができます」

アンブロワーズはその後、アニエスがルエーヴル公爵を継承する手続きについて、簡単に打ち合わせて帰った。

——肝心の、アニエスの結婚については、有耶無耶に終わった。

◆

初めての舞踏会、気のりしないアニエスだったが、王太后の侍女たちにより、飾り立てられる。

すでに夜会用のドレスも数着仕立てられており、王太后はジョアナらと相談の上、大人びて見える紺色のものを選んだ。

ストマッカーが純白のレースで飾られ、襟と裾、袖口に豪華なレースの縁どりがある。未婚女性らしく、耳の上の髪を編み込みにして後ろ髪は背中に垂らし、ドレスの共布で作った髪飾りをあしらう。

華やかでありながら、落ち着いて品よく仕上げられたアニエスを見て、王太后は満足そうに微笑むと、アニエスに象牙の骨に狩猟図の描かれた絢爛たる扇を手渡した。

「この扇はそなたに貸しておく。妾の手のものとすぐにわかるように」

「こんな立派なもの……万一、粗相がありましたら——」

「そなたの安全を守るためじゃ。何かあれば遠慮なく振り回すがよい」

冗談めかした言葉だが、王太后は笑っていない。

安全、と言われてアニエスはハッとした。

王太后はゆっくりと頷く。

「当然ながら、夜会にはあの古狸もそなたの父も妹も参る。知っておろうが、そなたとアンブロワーズの件は噂にもなっていて、余計なことを言うてまいるやもしれぬ。妾から離れぬのがよいが、そうもいかぬ場合の、お守りじゃ」

アニエスはごくりと唾を飲み込むと、扇をギュッと握りしめた。


初めて足を踏み入れた、王宮の大広間。その豪華さに、アニエスは圧倒された。

黄金の装飾が施された列柱が巨大なアーチ天井を支え、天井いっぱいに絢爛豪華な神話の世界が描かれていて、つい、アニエスは呆然と上を見つめてしまう。

「アニエス嬢」

小声でジョアナにつつかれ、慌てて表情を引き締める。

今、アニエスの目の前には本日の主賓であるリシャールと、王太后の小柄ながら威厳ある背中があった。ファンファーレが鳴り響き、音楽が始まって、アニエスは小さく息を吸い込む。

リシャールが王太后をエスコートし、アニエスは王太后の長い裳裾を持つ。

すでにあらかたの貴族は揃っていて、威厳たっぷりに歩く王太后が通るたびに、貴族たちが丁重に腰を屈める。広間を横切って上座につき、アニエスは王太后の肩越しに会場を見まわした。

昼間のように輝くシャンデリア、着飾った貴族たち。修道院にいた時には想像もできなかった世界。ただの傍観者としてこの世界をつかの間、覗き見るだけならば、きっと胸がときめいただろうに。

アニエスは先ほどから、周囲から突き刺さる視線だけで射殺(いころ)されるのではと思う。

――ほら、あれがラングレー伯爵の……

――ロクサーヌ嬢の異母姉……

――ルエーヴル領を継承するとか……

――それでギュネ侯爵が……

――王太子殿下が横から掻っ攫って……

ざわつく会場に、王太子アンブロワーズがラングレー伯爵令嬢ロクサーヌをエスコートして現れ、周囲の注目を浴びる。

ロクサーヌとの婚約はまだ正式決定ではないとアンブロワーズは言っていたけれど、今夜ロクサーヌをエスコートすれば、二人の婚約は事実上、周知されるようなものだ。

シャンデリアの光を浴びて煌(きら)めくアンブロワーズの長い金髪と、それに寄りそうロクサーヌの艶やかな黒髪を目にして、アニエスは胸がせりあがるようなせつなさに襲われ、扇の陰でため息を零した。

アンブロワーズの腕に手をかけたロクサーヌは、王太后の背後に控えるアニエスの姿を認めると、ほんの一瞬、表情を険しくした。だが、すぐにいつもの華やかな笑顔を貼り付けると、アンブロワーズと腕を組んだまま、王太后とリシャールの元にやってきた。

アンブロワーズが最初に主賓のリシャールに声をかける。

「リシャール卿、今宵はささやかながら、貴卿の歓迎の宴だ。楽しんでもらえれば幸いだ」

「こちらこそ、盛大な会を開いていただき、ありがとうございます。……そちらが婚約者のロクサーヌ嬢ですか」

如才なく挨拶するリシャールに、ロクサーヌが軽く膝を折る。

「初めまして。ラングレー伯爵が娘、ロクサーヌと申します」

アンブロワーズが王太后に話しかけた。

「おばあ様も、こういった会は久しぶりですが――」

「そうじゃの、華やかで妾（わらわ）も若返るようじゃ」

アンブロワーズの声を聞くだけで、アニエスの心臓が喉から飛び出しそうなほど、ざわめいてしまう。妹のロクサーヌをエスコートする姿を目の当たりにして、それが正しい選択だとホッとすると同時に、やはり自分は遊ばれただけなのだと胸が締めつけられて、アニエスはアンブロワーズの顔をまっすぐ見られない。

「アニエスお姉さま」

甘ったるい声で呼びかけられて、ハッとして顔を上げる。アンブロワーズの腕にことさら身体を擦り付けるようにして、ロクサーヌがアニエスに微笑みかける。

「今夜はお父様やアランも来ていますのよ。みんなお姉さまが心配なの。元気な声を聞かせてさしあげて？」

（父やアランがわたしの心配などするわけがないわ……）

どう答えるべきかわからずアニエスが表情を曇らせると、ロクサーヌがにっこりと微笑んだ。

「わたくしもゆっくり、お姉さまとお話がしたいですわ、殿下」

しかしアンブロワーズの答えは素っ気ない。

「今夜はそんな時間はない。おばあ様は短時間だけのご出席だ」

それから、アンブロワーズは出席者に向けて主賓のリシャールを紹介し、開会を宣言した。

音楽がはじまり、給仕がグラスの酒を配り、ダンスが始まる。

ファーストダンスは王太子アンブロワーズとロクサーヌ。美男美女のダンスに人々の注目が集まる中、アニエスは二人の姿を見つめた。

——やはり婚約者はロクサーヌ嬢……

——ならば、あの姉は？

——さあ、殿下の気まぐれの火遊びか……

——ギュネ侯爵との結婚直前に、強奪したらしいぞ？

聞こえよがしに囁かれる噂に、胸が痛む。今すぐこの場から消え失せてしまいたかった。

両親に愛され、アンブロワーズの心を射止めた美しい妹。アンブロワーズの腕の中で微笑むロクサーヌは、輝くばかりに幸福そうに見えた。それに引き換え、我が身のみじめさにため息が零れる。

母を失い、家族に愛されず、修道女として生きるつもりが、無理矢理還俗させられて、そしてあんな——

アニエスは無意識に、フィシューで隠したアンブロワーズとの情事の痕にそっと触れる。神に捧げるはずの純潔を彼に奪われ、この身は凌辱された。抱かれるたびに罪深い快楽を注ぎ込まれ、二度と這いあがれない堕落の淵に引きずりこまれた。もがいてもあがいても、アニエスの身体にはアンブロワーズの甘い毒が絡みついて、蜘蛛の巣に囚われた蝶のように逃れられない。欠片の、愛すらないというのに——

シャンデリアの煌(きら)めく光の下で、ロクサーヌのレースの裾が翻(ひるがえ)り、アンブロワーズの長いプラチナブロンドが揺れて、輝く。光の渦の中で見つめあって踊る二人の姿に、アニエスは確信した。

彼が愛しているのはロクサーヌだ。あんな穏やかなまなざしを、アンブロワーズがアニエスに向けたことはない。いつも彼の目はギラギラと飢えた獣のようだった。

(わたしは、愛されていない。ただ身体だけ弄(もてあそ)ばれ、領地のために孕ませられようとしているだけ——)

アニエスは扇の陰で顔を隠して俯いた。もうこれ以上、愛し合う二人を見ていられなかった。

やがて、ファーストダンスが終わり、踊りの輪が広がる。

「リシャール卿、そちも踊ってまいるがよい」

傍らに控えるリシャールに王太后が言うと、リシャールはアニエスの前に出て型通りにダンスに誘ってきた。

だが、修道院育ちのアニエスには、人前で踊る自信なんてない。

「不調法ですが、踊れませんの……ご容赦くださいませ」

（ダンスすらできないなんて、貴族失格ね。きっとこんな風だから、殿下にもただ寝るだけの相手だと思われているのね……）

恥ずかしそうに詫びるアニエスに、リシャールが首を振った。

「修道生活を送っておられたのですから、当然です。ダンスが得意な方が奇妙ですよ」

王太后の言葉に、マダム・ルグランも頷く。

「ダンスの教師を招いてレッスンを受けさせねばの」

「早速、明日にも手配いたします」

王太后が言った。

「リシャール卿は主賓ゆえ、踊らぬわけには参らぬの、はて……」

ちょうどそこへ、一際きらびやかに装った三十代半ばほどの、鮮やかな赤毛の女が近づいてきた。豊満な肉体美を誇示するかのような真紅のドレス。これ見よがしに漂う強い香水の香りに、アニエスは無意識に息を止めた。

「国王陛下に代わりまして、ご挨拶を。リシャール卿によしなに、と承っております。わたくしはポーリーヌ伯爵夫人のドロテ・バルビエと申します」

甘ったるいのに、どこか毒を含んだような声で挨拶する女を見て、王太后が露骨に眉を顰め、広げた扇で顔を覆う。

リシャールはその様子を見てだいたいの事情を悟ったようだ。しかし、使者である手前無下にもできず、片足を引いて優雅に腰をかがめる。

「……これはこれは、ポーリーヌ伯爵夫人、お噂はかねがね……」

リシャールは宴の主賓だが、『国王陛下に代わって』現れたドロテ夫人から声をかけられれば、無視はできない。

「国王陛下はご病気故、謁見は叶わぬと聞いておりました。伝言という形でもお言葉を頂戴でき、恐悦に存じます」

「ずっとお悪かったのですが、昨日今日と、少し意識がはっきりなさいまして」

ドロテ夫人の言葉に、それまで顔を背けていた王太后が反応した。

「なんと、そのような重要な話を、なぜ妾の耳に入れぬ？　妾はジョスランの母であるぞ？」

ようやく王太后から声をかけられたことで、初めてドロテ夫人はそちらに応えることが可能になる。

ドロテ夫人は毒々しく口紅を光らせて、王太后の方を向いた。

「はい。お伝えはすべきとは思いましたが、何分にもまだ長い時間ではなくて。侍医団も様子見でございますので」

「……アンブロワーズは聞いておるのか？」

「先ほど、お耳にお入れしました。――隣国からの使者の件は、陛下もずいぶんと気になさって」

ドロテ夫人はねっとりとした視線で、王太后の脇に縮こまるアニエスを上から下まで舐めまわすように見た。

「そちらのご令嬢が、ラングレー伯爵の長女、アニエス様ですの？　……我が義兄上様の花嫁になると伺っておりましたのに」

ドロテ夫人はギュネ侯爵の義理の弟・ポーリーヌ伯爵と名義的に結婚しているから、ギュネ侯爵を義兄と呼ぶのである。

突然、声をかけられて、アニエスは驚いてドロテ夫人を見た。黒いレースの扇の陰からアニエスを見る視線は、嫉妬に燃えてぎらついていて、アニエスは不思議に思う。――彼女とは初対面だ。恨まれる覚えなどない。

「義兄上様もこちらに来て、ぜひあなたとお話したいとおっしゃっていますけれど、王太后陛下に遠慮して……でもほら、遠くから見ていましてよ？」

ドロテ夫人が扇で口元を隠しながら、ちらりと背後を振り返る。その視線の先にギュネ侯爵の太った姿を見て、アニエスはゾッとして、慌てて扇で顔を隠す。

王太后が鼻で笑った。

「フン！　いい年して若い娘に執着するなんて、みっともない。――親子どころか孫ではないの」

だが、ドロテ夫人はしつこく食い下がる。

「そうおっしゃいますが、王太后陛下。この結婚は国王陛下もお許しになったもので――」

「馬鹿な！」

ドロテ夫人が甘ったるく言うのに、王太后はピシリと扇で膝を叩いて切り捨てた。

「アニエスは我が孫も同じ。狒々爺の嫁になどせぬ！　ジョスランにもはっきり言うておけ！」

ドロテ夫人は王太后の剣幕に肩をすくめ、だが妖艶にリシャールに微笑みかける。

「わたくし王太后陛下に嫌われておりますの。退散いたしますから、その代わりに一曲踊っていただけないかしら……リシャール卿？」

「……ええ、喜んで」

リシャールはそつのない態度でドロテ夫人の手を取り、優雅な足取りでフロアへと連れ立っていく。

「……やれやれ、あの雌狸は香水臭くてかなわぬ。リシャール卿には悪いが、連れ出してくれて助かった」

扇の陰で悪態をつく王太后の隣で、アニエスもようやくまともに呼吸できてホッとした。

（あの人、どうしてあんなにわたしを睨んでいたのかしら……）

困惑するアニエスに、横からジョアナが小声で囁いた。

「災難だったわね、アニエス。あの人は、男は全員、自分の虜じゃないと気が済まないタイプなのよ。だから、王太子殿下との噂があるあなたが目障りなのね」

「そんな理由……」

「陛下もお倒れになられてから長いし……王太子殿下にも媚びを売っているという話だわ」

ジョアナの説明に、王太后が不愉快千万、と言いたげに舌打ちした。

「まったく、あの雌狸めが……しかし、ジョスランが目覚めたとなれば、いろいろ根回しが必要じゃな……」

王太后が呟き、扇の陰で何か考え込んでいるようだ。

例の火事で王が重傷を負ってからは、政治の実権は王太后の手にあった。

しかし、万一意識を取り戻した国王が、政治に乗り出してきたら、厄介なことになる。

「後宮の問題は妾の耳に入りにくい。侍医団があちら側に取り込まれておるとすれば、厄介であるの……」

華やかに進む舞踏会、広間の中では何組もの男女がくるくると踊り続けている。紳士淑女が笑いさざめき、音楽が流れる。その裏で、王太后は何人かの重臣を近くに呼び寄せ、一言、二言扇の陰で耳打ちする。重臣たちが優雅に腰をかがめ、それぞれ人込みに消えていく。

(女王蜂のよう……)

アニエスはその図を見ながらぼんやりと思った。

わずかな指示で、宮廷の並み居る大臣を手足のように使い、先の先まで読んで手を打っていく。王太后派と、ギュネ侯爵を中心とした国王派には対立があり、アンブロワーズはその均衡を保つために、ギュネ派に属するラングレー伯爵の娘ロクサーヌを妃に指名した。

ロクサーヌの姉アニエスもまた、その派閥争いと無関係ではいられない。一見、煌びやかな宮廷の裏側を垣間見て、アニエスは一人、扇の陰でため息をついた。

宴もたけなわになって、王太后は中座し、専用の休憩室で休むことになった。

リシャールがエスコートしようと手を差し伸べるが、王太后はそれを断る。

「よい、そちは舞踏会を楽しむがよい」

「いいえ、お送りさせてください。陛下」

リシャールは無理を言って王太后の手を取った。

夜会の盛り上がりに水を差さないよう、そっと広間を抜ける王太后とリシャールに、アニエスとジョアナがついていく。休憩室は廊下を挟んだ部屋で、廊下の曲がり角に衛兵が立って、一般の貴族の立ち入りは禁じられる。二間続きの部屋で奥の部屋にジョアナと王太后が化粧直しのために入り、アニエスは手前の部屋でお茶の支度をし、王太后の戻りを待つ。

その時、突然、腕を掴まれて、アニエスが飛び上がった。

「きゃあ！」

「しい！　静かに！」

振り返れば、リシャールが至近距離から、アニエスの耳元で囁いた。

「少しだけでも、話がしたい」

「え……それは……」

意図がつかめず断ろうとしたが、結局強引に引っ張られ、アニエスは休憩室を出て、誰もいない廊下に連れ出されてしまった。

「困ります、陛下のお側を離れるわけには……」

「すまない。しかし聞いてほしい。私は、ロベール陛下からある使命を帯びてきた」

リシャールの表情は真剣そのものだ。

気づけばリシャールの大きな手がアニエスの顔の横にあり、壁に手をついて囲われるような状態になっている。本能的な恐怖で、アニエスがカタカタと震え始める。

「落ち着いて。乱暴はしない」

怯えるアニエスをリシャールが宥め、赤銅色の髪をかき上げ、困ったようにアニエスを見た。

「我が国王ロベール陛下は、ルエーヴル領の行方に大変な関心を持っている。もちろん、その継承者となった、君のことにも」

リシャールの言葉に、アニエスも頷く。それはそうだろう、こんな小娘が大領を継承することになって、隣国の王もさぞかし、頭の痛いことに違いない。リシャールが続ける。

「我が国としては、君が例のギュネ侯爵と結婚するのは問題外としてもだ、ヴェロワの王太子と結婚されるのも困るんだ。広大なルエーヴル領を、ヴェロワ王家に持参金として献呈するわけにいかない。だから――」

リシャールが声を低め、囁くように言った。

「もし、王太子が君との結婚を望むなら、なんとしても阻止しろと。でも――」

アニエスはハッとして、リシャールの顔を見上げた。赤銅色の髪から覗く、リシャールの琥珀色の瞳には、憐れむような色が浮かんでいる。

「私の見たところ、王太子は君と結婚するつもりはないようだ。その気があるなら、今夜、君をエスコートして婚約者だと言い張ればいい。同じくラングレー伯爵の娘なんだ。姉と妹を挿げ替えるくらい、どうってことはない。だが、あいつはそうしなかった」

そう言われて、ずきりとアニエスの胸が痛む。

リシャールの言う通りだ。

アンブロワーズがルエーヴル領を手に入れるなら、ロクサーヌを捨ててアニエスと結婚するのが最も手っ取り早い。だが、アンブロワーズは今夜、ロクサーヌをエスコートした。

抱き合ってダンスするアンブロワーズとロクサーヌの姿がアニエスの脳裏に浮かぶ。

（アンブロワーズ様は、ロクサーヌを愛しているから――）

アニエスの表情を見て、リシャールが凛々しい眉を顰め、少しだけためらってから言う。

「……あの男は、君に自分の子を産ませ、その子にルエーヴルを継承させれば、自身は次期公爵の実父としてルエーヴルを手に入れられると考えた。だから、君との関係をあえて隠さない。――ずいぶんと、卑劣なやり口だ」

はっきり言われて、アニエスはぐっと唇を噛む。リシャールは、表情を改める。

「……アニエス嬢。このままだと、君の一生は、あの男に食い物にされて終わるぞ？」

「そんなこと言われても！」

アニエスにはどうしようもない。しかし俯くアニエスの顎に手をかけ、目を合わせてリシャールが言った。

「私と結婚しないか？」

「……ええ……？」

突然の求婚に、アニエスが若草色の目を見開く。唖然としてリシャールを見上げるアニエスに、彼は表情を変えずに淡々と続ける。

「そのために、独身の私が派遣されたのだ。私と結婚すれば、君をあのクソ王子から逃がしてやれる」

「……結婚？　で、でも――」

「あの男にとっては、君も君の子も、ルエーヴルの権益を手に入れるための、単なる道具に過ぎない」

「道具」という言葉に、アニエスはハッとしてリシャールを見つめる。――その結論は、アニエス自身でも至っていたものだから。

「君さえ了承してくれるなら、ロベール陛下の勅書を盾に、君との結婚を勝ち取ろう。――君の胎（はら）にすでに宿っているかもしれない子供ともども、守ってやれる。少なくとも道具のようには扱わないと誓う」

「でも――」

戸惑うアニエスに、リシャールが眉尻を下げた。

「……信用できないか？　それとも、あのクソ王子を愛している？」

アンブロワーズを愛しているかと問われ、アニエスは反射的に首を振った。

「いいえ、そんな、わけでは――」

「なら、私を信じてくれ。私は曲がったことが嫌いだ。君のような弱い人間が利用されるのを見ていられない。だから――」

その時、誰もいないはずの廊下に人の気配がした。アニエスとリシャールは同時に振り向き、その場にいるはずのない人物を見出し、息を呑んだ。

「！」

「……いつから、そこに――」

「私は気配を消すのが得意でね。……まずは私のアニエスから離れてくれないか、リシャール卿？」

人気のない廊下をゆっくりと近づく王太子アンブロワーズの声は氷のように冷たく、美貌は凍てついていた。

すい、と視線がずらされて、アンブロワーズの青い瞳がアニエスを射貫く。

「アニエス、その男から離れろ」

「殿下……」

アンブロワーズの発する極寒の氷吹雪（ブリザード）のような怒りに、アニエスは怯えてその場を動くことすらできない。何もできず立ち尽くすリシャールの目の前で、アンブロワーズはアニエスの細い手首を掴み、引きずるようにその場を後にした。

助けを求める暇もなかった。アンブロワーズはアニエスの腕をつかんだまま廊下をいくつか曲がり、その先にある小さなドアを開けると、アニエスを真っ暗な空き部屋に放り込んだ。

パタン、とアンブロワーズの背後で扉の閉まる音がして、その上、ガチャリと鍵をかけられた。

窓もない、かび臭い匂いのする部屋。アニエスの身体が恐怖でカタカタと震え始める。

（ここはどこ？　どうしてこんな……）

「殿下、わたしは王太后陛下のところへ――」

「だめだ、許さない」

にべもなく言い切って、アンブロワーズは暗闇の中でアニエスの背中を乱暴に押した。

ダン、と反射的に両手をついたことで、そこが壁だとわかる。背後から包み込むようにアンブロワーズに抱きすくめられ、背中に男の体温を感じる。しかし一瞬の温もりに息をつく暇すらなく、両手首を大きな手でひとまとめに掴まれ、壁に手を突く形で拘束されてしまう。

耳元に熱い息を吹きかけられ、首筋を掠めるように唇が這って、アンブロワーズの長い髪が肌に触れた。

「……なぜあんな男と二人きりになった」

「いきなり引っ張られて――」

「そなたはあまりに頼りない。目を離した隙に男を引き込んで、容易(たやす)く身を任せそうだ。――淫乱だからな」

「違います！　そんなこと――」

「ならば淫乱でない証拠を見せてくれ」

「証拠？」

そんなの、どうやって――

アニエスが戸惑っている隙に、アンブロワーズがアニエスのドレスに手を掛ける。少しでも逃れようと、壁に顔を寄せると、かすかに音楽が聞こえた。

(――この壁の向こうが、大広間?)

アニエスが息を呑んだのに気づいたアンブロワーズが、喉の奥で嗤った。

「ここは倉庫兼、楽屋だ。広間で寸劇などを行う時に、役者が控える場所だ。今夜は役者を呼んでいないから、誰も来ないが」

アンブロワーズに説明されて、アニエスは広間の舞踏会に思いを馳せる。

この壁一つ向こうには、たくさんの人が――

「壁の向こうに物音は漏れないようにはなっている。――ただし、大きな声を出せば、その限りではない」

アニエスの不安を煽るように、アンブロワーズは耳元で囁きながら、もったいぶった手つきでアニエスのスカートとペチコートをめくり上げ、尻をするりと撫でた。

素肌が剥き出しにされたと知り、アニエスは羞恥で頭に血が上り、いやいやと首を振った。

「おやめください、そんな……!」

背後から侵入した長い指がアニエスの秘裂を割り、花弁をまさぐる。つぷり、と指が蜜口に突き入れられると、アニエスの背筋に悪寒のような快感が駆け上った。

「ひあっ……いや、やめて……!」

壁際に追いつめられ、アニエスは尻を突き出すような体勢で秘所を嬲られる。

男の慣れた指はやすやすとアニエスの快感を暴き立てた。心とは裏腹に身体は瞬く間に蜜をたたえはじめ、ぐちゅぐちゅと水音を立てる。

「いやです、殿下、こんなところで、いやっ……！」

「もう、こんなに濡らして。やはり淫乱だな」

「違います！　やめてぇっ……ああ、だめぇ……ああっ……あっ……」

耳元で男が揶揄するように嗤(わら)う。なおも甚振(いたぶ)るように手を動かし、指が増やされる。二本の指でずくずくと抜き差しされ、もう一つの手がスカートをまくり上げるように持ち上げて、前から陰核を摘まんだ。強烈な快感にアニエスは堪えきれず、声を上げた。

「あああっ……ああっ、それ、ダメぇ……」

「大きな声を出すと、人が来るぞ？」

「やあっ、んんん……」

必死に首を振るアニエスの秘めた場所を、二つの手が巧みに弄(もてあそ)び、追い上げていく。

「淫乱でないなら、耐えてみろ」

「そんな、ああっ……んんんっ……」

アニエスは壁に突っ伏すようにして、たまたま手にした胸元のフィシューを握りしめ、口に咥えた。必死に噛みしめて声を殺そうとするが、男の手淫はなおも続き、ぐちゅぐちゅとわざと立てられる水音がアニエスの羞恥を煽る。

「どこまで耐えられるかな。……イかなかったら許してやる」

アンブロワーズが耳元で囁くと、アニエスの背中を覆っていた体温が消え、指が抜き取られた。

一瞬、ホッとしたのもつかの間、尻に熱い息を感じてアニエスは息を呑む。

「ひあぁっ……」

さっきまで散々指が掻き回していた場所を、今度は熱くぬるついた舌が這いまわる。

脳天を突き破るような快感にアニエスが仰け反り、咥えていたスカーフが口から離れた。

「いや、だめぇ、ああっ……んんっ……んんっ……んーーっ」

敏感な場所を指で擦られながら、花弁の内側を舌でぴちゃぴちゃと舐め上げられる。蜜口にも舌が入り込み、浅い部分の蜜を舐めとる。同時に長い指で陰核をこね回され、アニエスの脳が快感に染め上げられる。

ぴちゃぴちゃ、ずる、ぐじゅ……

暗闇に響く淫らな水音と、堪えきれないアニエスの荒い呼吸音。両手で口を塞いでも、どうしても喘ぎ声が混じってしまう。

(だめ、感じちゃ……感じたくない、こんな――)

男の巧みな淫技にアニエスは翻弄される。溢れる愛液をずるりと吸い上げられ、同時に花芽をぐっと押されて、アニエスは抵抗も虚しく、アッと言う間に絶頂した。

「んんっ……んっ……ん――――っ」

達して全身を震わせるアニエスの秘所から顔を上げると、アンブロワーズは立ち上がって背中越しにアニエスの細い身体を覆い、耳元で嘲る。

「もうイったのか？　我慢もできないのか。こんな淫らな身体で神に仕えていたなんて、笑止千万だ。聞こえるか、この水音。そなたが淫乱である証拠だ」

そう言って、達したばかりで感じやすい蜜口を三本の指が乱暴に掻き回す。

ぐちゅ、じゅぷ、と淫らな水音が響き、快感と羞恥から逃れようとアニエスが口を手で押さえて首を振ると、長い髪が乱れ、目じりから涙が零れ落ちる。

「んんっ、ン――っ……ン――っ」

「ぐちゃぐちゃだ、アニエス。身体は正直だ。いやらしく腰が揺れている」

達しているのに責めはやまない。内部を掻き回されるたびに、溢れた愛液が太ももをつたい、流れ落ちて絹のストッキングを濡らす。長い指が内部の敏感な場所を引っ掻き、同時にもう一つの手が陰核をぎゅっと摘まむと、アニエスはなすすべもなく陥落した。

「あああっ……ぁあ――――！　あ――――っ」

理性のすべてを蕩かすような、深く長い絶頂に、アニエスはもう、声を堪えることもできなかった。髪を振り乱し、天井を仰ぎ、びくびくと全身を痙攣させる。

「うっ、もうっ……やめて……ああっ……おねがい、もう、いや……こんな……ひどい……」

この壁の向こう、広間では舞踏会が開かれている。

もし、万が一誰かが覗いたら――誰かに知られたらと、悔しさと恥ずかしさとで、涙が溢れて止まらない。アニエスの懇願も虚しく、アンブロワーズは猛り立った屹立をアニエスの花弁に擦り付け、非情にも宣言した。

「淫乱な子猫には躾が必要だ。何度でも犯して、誰のものか思い知らせなければ」

「いや、もう許して！　ああっ……」

背後から一気に貫かれて、アニエスは身体を仰け反らせ、圧迫感に喘ぐ。

「あああ……」

「アニエス……くっ……うう……」

アニエスは両手を口に当て、必死に声を呑み込む。背後から犯されたのは初めてだった。

立て続けの絶頂に、両脚に力が入らず、自力では立っていられなくて壁によりかかる。その細腰を男が両手で掴んで、ゆっくりと抜き差しを開始する。

「すごい、締まる……くっ……」

アニエスを甚振る一方だった男が、ようやく快感に息を荒らげる。アニエスの背中に圧し掛かるように背後から抱きしめ、首筋にキスを落とす。耳朶にかかる熱く、激しい息遣い。奥を突かれるたびに快感が全身に押し寄せ、アニエスの脳が沸騰する。

次第にスピードを速めて、肉のぶつかる音と水音を響かせ、激しく突き上げられると、こんな場所で力ずくで犯されているのに、アニエスの身体は愉悦に染まっていった。

「んんっ、んんっ、……んんんっンん――――っ」

「またイくのか、何度目だ、ああ……悦い、悦い……私も……もう……」

がつがつと乱暴に揺すぶられ、すさまじい快感にアニエスの理性が溶け墜ちていく。人目を忍んだ性急な交わりは、時間にしてはそれほど長くはない。でも、だからこそ、男は狂ったように女を求め、激情をぶつける。

中にぶちまけられた熱の熱さに、身体の中から灼かれて、溶けていく――

「はあっ、はあっ……アニエス……出る、出る……アニエスっ……！」

「んん……ああああっ……」

どくどくと長い射精の間、アンブロワーズはアニエスを背後から抱きしめ、耳朶をねっとりと舌で嬲った。大きな手がストマッカーの上から揺れる胸を撫でまわし、コルセット越しに折れるほどきつく抱擁する。アニエスもまた、長い絶頂に身を委ね、アンブロワーズの肩口に頭を預けた。

真っ暗な闇の中に、二人の荒い息遣いだけが響く。

アンブロワーズの長い腕に絡め取られ、アニエスはこのまま、時が止まればいいと思う。たとえ愛がない身体だけの関係でも、この人と一つになったまま死ねたら――

「……アニエス……そなたは私のものだ……」

やがて、息が整いかけたアンブロワーズがポツリと呟く。

――愛じゃなくても、ただ、それだけで――

アニエスが無意識にアンブロワーズの腕に縋ったその時、アンブロワーズはアニエスの中からずるりと抜け出し、背中のぬくもりが失われる。両脚の力が入らないアニエスは支えを失い、壁によりかかった状態でずるずるとくずおれていく。

アニエスの臀部を、アンブロワーズがスカートとペチコートで覆い隠し、その場にぐったりと座り込むアニエスのドレスのスカートを整える。

「しばらく休んでいろ……すぐに、迎えを寄越す」

アンブロワーズは、アニエスの頬の涙をハンカチで拭うと、それをアニエスの手に残し、すっと気配が離れる。やがて扉の音がして、アンブロワーズが独り、部屋を出て行ったのだと知る。

情事の後に暗闇に置き去りにされて、アニエスは強烈な虚しさと絶望に襲われる。

——あの人にとって、わたしは、なんなの——？

涙が次から次へと溢れて、残されたハンカチを濡らしていく。——暗闇にただ、アニエスの嗚咽だけが響いた。


それからどれほどの時が経ったのか。

キイとドアが開く音がしてアニエスは顔を上げた。

蝋燭を手にした誰かが、中を覗いている。気配に驚いたアニエスが息を殺すと、囁くような声がアニエスの耳に届いた。

「アニエス、そこにいるの？」

それがジョアナの声とわかった瞬間、安堵して、再び嗚咽が漏れた。

「ジョアナ。わたし……！」

「アニエス！　ごめんなさい、わたしが目を離した隙に！」

蝋燭の火をランプに移し、少し明るくなった部屋でジョアナがアニエスに駆け寄り、抱き起こした。ぐったりとしどけない様子と乱れた服装から、ジョアナは何が起きたのかを悟ったようだ。

「……相手は、王太子殿下？」

力なく頷くと、ジョアナはホッと息を吐いた。ギュネ侯爵やそれ以外の男に襲われたわけでないとわかり、少しだけ安堵したらしい。

ジョアナが言う。

「わたしが陛下の化粧を直している間に、あなたの姿が消えて、廊下に陛下の扇が落ちていたから、何かの事件に巻き込まれたのではと、居ても立ってもいられなかったわ。リシャール卿はいつの間にか広間に戻っていて、アニエスのことを尋ねても要領を得ないし、やきもきしていたら、王太子殿下から『アニエスが楽屋にいるから迎えに行くように』と、伝言があって。楽屋を探し当てるのに手間取って、遅くなってしまってごめんなさい！」

ジョアナに詫びられて、アニエスは無言で首を振る。心配して探し回ってくれたらしい、ジョアナの優しさがただただ嬉しくて、涙が溢れそうになる。

「……まったく、どうかしているわ、あのクソ王子！」

ジョアナが悪態をつきながらアニエスの身だしなみを整え、狭い部屋にあった小さなソファに座らせる。

アニエスはいまだにぼんやりとした表情で、蝋燭が浮かび上がらせるジョアナの顔を見上げた。

「……王太后陛下は……？」

「ええ、わかっていらっしゃるから大丈夫よ。少し休んだら、先に王太后宮に帰りましょう」

アニエスはその言葉にゆっくりと頷いた。この部屋は今日使う予定がないとアンブロワーズが言っていたが、誰かが好奇心で覗かないとも限らない。

だが、情事の疲労と置き去りにされたショックで、アニエスはひどく傷ついて、どうにも身体が重く、動けない。

「ごめんなさい、わたし……まだ、動けそうもなくて……」

「いいのよ、ゆっくりで」

詫びるアニエスを、ジョアナが慰めていたとき、再びノックがあり、ドアの外から声がかかった。

「……もし、誰かいますか？」

「ジル？」

ジョアナはアニエスを庇うように抱きしめていたが、声の主が自分の恋人のジルベールと気づいてハッとした。ジョアナの声に、ジルベールも即座に反応して扉を開く。

「ジョアナ！　ここにいたか！　……殿下が心配して……」

そうしてすぐにジルベールの表情が変わった。

身体を震わせるアニエスの様子に、何があったか察したらしい。

ジルベールはすぐドアを閉め、二人に近づいた。ジルベールのセリフにジョアナが毒づく。

「その殿下のせいじゃない！　こんなところにヤリ捨てにするなんて、最低！」

「あー……」

ジルベールが頭をかく。

「どうもアニエス嬢がリシャール卿と二人でいるところに遭遇して——」

「自分は婚約者のロクサーヌ嬢をエスコートしているのに、何よ！　身勝手過ぎるわ！」

「まあ、そうなんだがな」

ジョアナの怒りを、ジルベールがなんとか宥めようとする。

「あの人もなんか知らんけど拗らせちゃってるし……」

「だからって！　あなたがちゃんと監督しておかないから！」

「え？　俺のせい？」

ジルベールとジョアナの言い争いに、アニエスがため息をつく。

――こんな風に気安く言葉を交わせる、そんな恋人だったらどれだけよかったか。アンブロワーズは天使のように美しい姿で、悪魔のように残酷にアニエスを弄ぶばかり。

アンブロワーズにとって、自分は甚振って責め苛む、玩具に過ぎないのだ――

沈んでいるアニエスの様子に気づいたジョアナが、慌てて取り繕う。

「そろそろ帰りましょう。殿下はもちろんひどいし最低だけれど、ギュネ侯爵に捕まらなくてよかったわ。――さ、立てる？」

ジョアナとジルベールに守られる形で、アニエスはアンブロワーズの残したハンカチを握りしめ、そっと部屋を出た。

広間の舞踏会は深夜まで続くから、廊下にまで音楽が漏れ聞こえている。

「ごめんなさい、わたしのせいで……」

途中で抜けることになったのを、アニエスが小さな声で詫びる。

「あなたのせいじゃないわ。悪いのは殿下よ」

「ありがとう、ジョアナ……」

ジョアナの優しさだけが、唯一の救いだった。三人で広間の脇の長い廊下を歩きながら、ようやくぎこちなくだがアニエスの表情に笑みが浮かんだ時。

「お姉さま！　もうお帰りになるの？」

驚いて振り返ると、ロクサーヌと義母のオリアーヌ夫人が立って、憎しみの籠った目でアニエスを睨んでいた。

「……ロクサーヌ……それに、お継母さま……」

「この、薄汚い泥棒猫！」

初めにがなり立てたのはオリアーヌ夫人だった。

アニエスとアンブロワーズの噂を耳にしたのであろう。ただでも気の弱いアニエスは反論すらできず呆然と立ち尽くす。事情を察したジョアナは、オリアーヌ夫人をことさらに無視してロクサーヌに言った。

「ロクサーヌ嬢、アニエス嬢は気分がすぐれないので、失礼いたします」

「マダム・ルグラン、わたくしはお姉さまに用があるのよ」

「別の機会にしてくださいませ」

「その泥棒猫に話があるのよ！」

無視されたオリアーヌ夫人が毒づくのを、ジョアナは軽蔑を込めた目で睨む。

「ロクサーヌ嬢、悪いことは申し上げません。後々王妃となられるからには、家族の躾には気を配っていただかないと。礼儀知らずで分を弁えない母親は、あなたの足を引っ張るだけでしてよ？」

「なっ……！」

反論しようとするオリアーヌ夫人をロクサーヌが小声で咎める。

「王宮ではお母さまは無位無官なの。黙っておとなしくしていて」

「……ロクサーヌ……」

母娘の様子を見て、ジルベールが声をかけた。

「ロクサーヌ嬢、それからラングレー伯爵夫人？　こんな廊下をうろつくのは感心しません。殿下はまだ、広間にいらっしゃるはずですよ」

だが、ロクサーヌは不審そうな目でジルベールに問いかけた。

「……あなたは殿下の侍従でしょ？　あなたがお姉さまの側についているのはやっぱり——」

「俺はジョアナの恋人です」

「ジョアナ？」

首を傾げるロクサーヌに、ジョアナが手を上げる。

「わたくしのことですわ。王太后宮までの付き添いを個人的に頼みました。夜は物騒ですし」

「俺は王太子付き侍従官ですが、今日の勤務はもう終わったんで」

ジルベールがロクサーヌに向き直り、言った。

「殿下はまだ広間にいらっしゃいます。あなたを探していらっしゃるかもしれませんよ、ロクサーヌ嬢」

「いえ、わたくしはお姉さまに用がありますの。できれば二人だけで――」

二人きりで話を、と言われ、アニエスの肩が揺れる。

それに対してジョアナがうんざりしたように言った。

「さっきも申し上げたように、アニエス嬢は体調がすぐれず、本来ならまだ職務中なのを早退するのですよ」

「ほんの少しの時間でいいのよ。――さっき、殿下が席を外した間、お姉さまも姿が見えなかったわ。もしやお二人で一緒に？　どこにいらっしゃったの？」

その指摘に、アニエスは若草色の瞳を見開いた。思わず手にしたハンカチをぎゅっと握りしめ、無意識に俯いてしまう。その表情を隠すように一歩進み出てジョアナが言った。

「アニエス嬢とわたくしは、王太后陛下についておりましたわ。ずっと控室におりました」

ジョアナの嘘の証言に、ロクサーヌも確証があったわけではないのか、それ以上は追及しなかった。

だがついっとアニエスの方に数歩、歩みを進めて言った。

「ねえ、お姉さま。……お姉さまは本当にお気の毒だわ。殿下はお姉さまを愛しているわけじゃない。だってそうでしょ？　愛していたら、節度をお守りになるはずだわ」

ロクサーヌの紫色の瞳がきらりと輝き、美しい唇が弧を描く。

「殿下が真に愛しているのは、わたし。だから、ゆかりのあるお姉さまに戯れで手をつけた。愛していないから、弄(もてあそ)んで捨てても心は痛まない――」

「ロクサーヌ嬢！」

ジョアナが割って入る。

「アニエス嬢は王太后陛下の侍女で、ゆくゆくは大領を継承して女公爵となる方ですわ！　真実ともしれぬ噂で、殿下のお気持ちを忖度(そんたく)するなど、不敬でございましょう！　……失礼いたします！」

ジョアナはロクサーヌにそう言い捨てると、アニエスを引きずるようにしてその場を通り過ぎた。

その後ろ姿に、ロクサーヌが嘲(あざけ)るように声をかける。

「おお怖い。わたくしは殿下の婚約者ですもの。お気持ちを忖度(そんたく)して何がいけませんの？　女公爵だろうがなんだろうが、要するに殿下に弄(もてあそ)ばれて傷物にされて、捨てられるのよ。要はただの孕み腹でしょ？　子さえ産めば用済みになるのよ。せいぜい、わたくしとの結婚まで、殿下の欲を受け止めて差し上げてちょうだい」

そのあまりにひどい言葉にアニエスが振り向けば、ロクサーヌは扇で口元を隠して、勝ち誇った笑みを浮かべた。

アニエスは、アンブロワーズが残したリネンのハンカチを握りしめる。

アニエスが刺繍した、白薔薇と、四つ葉のクローバーの飾り文字。でも、アンブロワーズはロクサーヌの刺繍だと思い、肌身離さず持っていたのだ。

彼が愛しているのは、妹(ロクサーヌ)。

愛していない姉のことは、弄んでも心は痛まない――

◆

舞踏会の翌日には、ルエーヴル領主の継承手続きが行われた。

その場には、隣国のロベール国王の使者リシャールと、継承人アニエス、その父ラングレー伯爵、そして王国を代表して王太子のアンブロワーズ。アンブロワーズの侍従官ジルベールと護衛が数名、アニエスの付き添いとして女官長補佐のジョアナ・ルグランが背後に控える。

ルエーヴル公爵となる以上、アニエスはセレンティア王家に臣従礼を執らねばならない。本来は隣国の王宮に出向くべきだが、突然の継承ということもあり、隣国のロベール王は代理人リシャールの前で、臣従を誓う書類の提出で済ませてくれた。

セレンティアとしては、アニエスを自国に連れ帰り、セレンティア王家の意向に添った男と結婚させるつもりだった。だが、アニエスがアンブロワーズの子を妊娠している可能性があると言われて、強引に連れ帰るわけにいかなくなったのだろう。

(――わたしと関係を持ち、妊娠させたかもしれない、というカードは、確かに有効だわ……。ロベール王もリシャール卿も、わたしに結婚を強要できなくなってしまった……)

王宮の一室、手続きのための羊皮紙の書類を準備しているリシャールを見ながら、アニエスは思う。ロベール王もリシャールも、アンブロワーズの手の早さにさぞ、歯噛みしていることだろうと。

アニエスはそっと、一人掛けの椅子に無言で座る、アンブロワーズの端整な姿を盗み見る。

ロクサーヌという婚約者がありながら、その異母姉アニエスの純潔を奪い、妊娠の可能性を自覚しているのに、ロクサーヌとの婚約をやめるつもりがない。

どう贔屓目に見ても、ただのひどい男だ。リシャールがアニエスに同情して、義侠心から結婚を申し込むくらいには――

「ここにサインをいただければ、ルエーヴル公爵位の継承について、私が国王ロベール陛下の名代として許可いたします。……こちらは国王陛下からの勅許状になります」

リシャールが、金泥の装飾入りの羊皮紙の書類を広げ、サインすべき場所を指さす。アニエスは用意された羽ペンと手に取り、言われるままにサインをした。

それから、親権者である父・ラングレー伯爵がサインをする。それを確認し、リシャールが宣言した。

「ルエーヴル公爵位およびその領地の継承は成立いたしました。以後はルエーヴル女公爵とお呼びいたします。レディ・アニエス」

リシャールはそう言って相続を認めた正式な書類を二枚作ると、一枚をアニエスに渡し、もう一枚を革製の書類挟みに保管する。

「ルエーヴル城は現在、セレンティア王家が管理していますが、いずれはあなたの手に戻る予定です。その前に結婚相手……要するに領地の管理者を決める必要がありますが――」

「そのことですが……」

隣にいたラングレー伯爵が口を挟む。

「我が国では娘の結婚には父親が決定権を持ちます。私はアニエスの結婚相手としてギュネ侯爵に許可を与えております。つきましては早急に婚儀を執り行いたいと――」

「その婚姻は認めぬ」

ずっと沈黙を守っていたアンブロワーズが、吐き捨てた。

「お言葉ながら殿下、ギュネ侯爵は我が国の重鎮。後妻ではありますが、けして悪い話では」

「悪い話でないならば、ロクサーヌを嫁がせたらどうだ？」

アンブロワーズの冷たい言葉に、その場にいた全員が息を呑む。

「ロクサーヌは殿下の婚約者です！　娘は心より、殿下をお慕い申し上げております！」

「妹娘の婚姻のために、姉娘を老人の生贄に差し出す。あんな年上の義兄も不快だが、何より、自分の幸せのために、姉を犠牲にしても当然だと思っている妹も醜悪で我慢がならぬ」

アンブロワーズの言葉に、ラングレー伯爵がハッと目を見開き、アンブロワーズを見つめた。

アニエスも信じられない思いでアンブロワーズを見上げる。

(殿下は、ロクサーヌを愛しているのではなかったの？)

昨夜の舞踏会、仲睦まじく抱き合って踊る二人の姿を思いだし、アニエスは混乱する。だが凍りついた周囲をよそに、アンブロワーズはまっすぐにラングレー伯爵を見据えて、続けた。

「ロベール国王からも親書が届いた。――セレンティアも、ギュネ侯爵とアニエスの結婚は許可しないとのことだ」

アンブロワーズが言うと、リシャールがジレの隠しポケットから、隣国の王家の紋章入りの手紙を取り出し、広げて見せる。——国王の署名付きの親書であった。

「——さらに、ルエーヴル女公爵アニエス・ロサルバについては、その父ラングレー伯爵の親権の行使を認めないと、わがロベール国王陛下の勅命でございます」

リシャールが付帯文言を読み上げれば、ラングレー伯爵が目を剥いた。

「つまり、ルエーヴル女公爵の継承が成立した今、レディ・アニエスは完全に、ラングレー伯爵家とは縁が切れたのです」

リシャールの宣言を聞き、アンブロワーズが手を挙げる。

「書記官！　今の文言を記録せよ。ルエーヴル女公爵アニエスは、今この時を以て、ラングレー伯爵のいかなる罪科にも関わりないと」

アンブロワーズの宣言に、ラングレー伯爵が身を乗り出す。

「殿下？　いったい——」

「衛兵、ラングレー伯爵を捕縛せよ！」

即座にドアが開いて王太子直属の近衛が数人、駆け込んでくる。

「な！　いったい何の罪状で！」

立ち上がってうろたえるラングレー伯爵を、揃いの衣装を着た近衛騎士が左右から拘束する。ジルベールが革の書類ばさみから逮捕状を取り出し、示す。

「ラングレー伯爵、贈賄罪と、禁止薬物の密売に関与した疑いで逮捕します」

「濡れ衣だ！　事実無根だ！　いったい何の証拠があって……」

「ロクサーヌ嬢との婚約を機会に、詳しい身辺調査を行い、その過程で、ロクサーヌ嬢を婚約者候補に据えるために、多額の賄賂を贈っていたことが明らかになりました。見返りの利益供与も。……その一つが、ギュネ侯爵とアニエス嬢の結婚でした」

「……それは……！」

「あの夜、ギュネ侯爵がアニエス嬢に飲ませた薬。あなたは知っていて止めもしなかった。薬の効果も、販売ルートも」

ジルベールに指摘され、反論もできずに押し黙る父を、アニエスは呆然と見つめる。

（お父様は、ギュネ侯爵がわたしに媚薬を使うことを知っていて、止めなかった――ロクサーヌを王太子妃にするために、同じ娘であるわたしを生贄に……）

父にとってはロクサーヌだけが可愛い娘で、自分はただの政略の駒でしかなかったのだと、改めて突きつけられる。

（……ああ、わたしは本当に、誰からも愛されないみじめな娘だったのね――）

しかし、ラングレー伯爵は忌々しそうに、アニエスを睨みつけた。

「殿下こそ、ロクサーヌという婚約者がありながら、その姉と！　――お前もお前だ、アニエス！　妹の婚約者を寝取るなんて、恥知らずな！　身体で殿下を篭絡したのか！」

「そんなっ――」

父親から、アンブロワーズとの関係を下品な言葉で罵られ、アニエスは絶句する。アニエスから望んだ関係ではないが、アニエスは自身の罪の意識を的確に抉られて、反論もできない。父親の憎しみに満ちた視線に射すくめられ、胸を押さえて硬直するアニエスを、次の瞬間、アンブロワーズがその背中で父親の視線から庇う。そしてラングレー伯爵に対し、冷酷に告げた。

「醜悪な老人の魔の手から救い出した娘と、王子が恋に落ちるのは物語の常道であろう？　ギュネ侯爵ともども、薬物密売については、たっぷり聞かせてもらう。――牢獄でな」

アンブロワーズが目で合図すると、近衛騎士がラングレー伯爵を両側から抱えて連行する。ものも言えずに見送るだけのアニエスの耳に、アンブロワーズの声が響いた。

「当然だが、ロクサーヌとの婚約は破棄する」

第八章　後宮の闇

父――ラングレー伯爵が近衛騎士に拘束されて連行されるのを見届けたところで、アニエスの気力は限界を迎えた。ぐらりと崩れ落ちた身体を、すかさずアンブロワーズが支える。

「アニエス！」

「あ……」

しっかりしなければ、と思うが、あまりに多くの出来事が起こり、心も身体も、折れる寸前だった。

（今、ロクサーヌとの婚約を破棄するって、言った……？　でも、殿下は――）

支え、抱きしめてくれるアンブロワーズの胸に、アニエスは無意識に縋りついていた。温かなぬくもりに、少しだけホッとして目を閉じ――

「殿下、アニエス嬢には衝撃が大きすぎたのです。これ以上は……」

ジルベールの申し立てに、アニエスがハッと我に返る。

「アニエス嬢が正式にルエーヴル女公爵を継いだ今、伯爵家の罪科が及ばない確約が取れました。後はアニエス嬢が同席する必要はございません。ジョアナと共に戻らせては」

「私もそれに同意する。どうかね、アンブロワーズ殿下」

ジルベールの提案にリシャールも同意したので、アンブロワーズは頷き、そっとアニエスの背中を撫でる。

「おばあ様のもとに戻っていろ。……後で行く」

「はい、殿下――」

こうして、アニエスは付き添いのジョアナとともに王太后宮に戻ることになった。

――しかしこの後、ジルベールは二人を帰らせたことを、死ぬほど後悔することになる。

◆

アニエスとジョアナが退席した後で、リシャールはため息をついた。

「殿下とロクサーヌ嬢との婚約は破棄された。だが、我が国としては、ルエーヴル女公爵が隣国の王太子妃、ひいては王妃となるのは、正直申し上げて歓迎できません」

リシャールの言葉に、アンブロワーズは端麗な眉をわずかに顰める。

「……セレンティアとの関係上、アニエスとの結婚をごり押しできないのは、理解している。どのみち、右から左に決められるものではない。いったんは保留にする」

「殿下の結婚はいつでもかまいませんが、レディ・アニエスの結婚はそうもいきません」

リシャールは極力冷静に、事実を指摘する。

「私が見る限り、現状、アニエス嬢自身でルエーヴル領の経営など不可能です。となれば、経営はアニエス嬢の配偶者が担うことになる。現在、先代以来の管理人がいますが、暫定的なものです」

ルエーヴルは大領である。私欲に走らない、優秀な領地経営者を早急に見つけなければならない。

「こちらで代理人を選んで派遣してもいい。そうすればルエーヴルも――」

「アンブロワーズ殿下が？　いったい、何の権限で？」

ドン、とリシャールがテーブルを拳で叩く。

「アニエス嬢はすでに我が王家より封建された女公爵です。彼女の胎内にたとえ、あなたの子が宿っていたとしても、アニエス嬢の夫にならない限り、ルエーヴルの経営に口を出す法的な根拠はありません」

アンブロワーズは眉間に皺を寄せた。リシャールがなおも言う。

「今後、彼女が誰の子を産もうと、その生物学上の父親ではなく、彼女と正式に結婚した男が、次代のルエーヴル公爵の父親として、ルエーヴルの経営を引き受けるべきです。そして、ロベール陛下は私にその役割を期待しています」

アンブロワーズが不快なものでも見るかのように、端麗な顔を歪めた。

「つまり、リシャール卿は、アニエスと私の関係を承知の上で、彼女の夫として名乗りを上げるつもりがある、ということか？　――それが、ロベール王の意向だから」

リシャールが大きく頷く。

「誓って申し上げますが、私自身にはルエーヴルへの野心などありません。ロベール陛下よりの王命と、公の正義のためです」

「……正義？」

アンブロワーズは青い瞳を見開き、まじまじとリシャールを見つめた。

「正義、とは？」

「アニエス嬢の尊厳は踏みにじられている。――ほかならぬ、あなたによって」

リシャールの琥珀色の瞳がまっすぐに王太子を見据えた。名指しで糾弾されたアンブロワーズ自身より先に、ジルベールが割って入る。

「リシャール卿！　いくら隣国の王の使者とはいえ、殿下に対してあまりに不敬では？」

「不敬と思われるのは、心当たりがあるからなのでしょう？」

しばらく考え込んでいたアンブロワーズが、沈黙を破る。

「……たしかに私はアニエスの尊厳を傷つけた。だが――」

その時、ノックの音がして、近衛騎士の制服を着た背の高い男が入ってきた。近衛隊長としてアンブロワーズの下で、王都の治安維持の指揮を執っている男だ。

その姿を見て、アンブロワーズが問いかけた。

「出たか？」

「はッ。殿下のご指示通り、押収いたしました！」

騎士らしく短く切った髪の横で、ピシリと敬礼する男に、アンブロワーズが頷く。

「すまないが、リシャール卿。火急に処理すべき用件で、席を外す。アニエスの件は、この件が片付けば、答えはおのずと出ると思う。後ほど貴卿にも報告を上げる。――ルエーヴルについては、その折に」

「……ルエーヴルとも、関わるのですか？」

リシャールの問いにアンブロワーズは答えず、立ち上がって近衛について部屋を出ていく。ジルベールもそれに続き、ちらりとリシャールに会釈だけした。

◆

ジョアナに腕を預け、話し合いの場から退出したアニエスは、心ここにあらずで王宮の長い廊下を歩いていた。

昨夜の舞踏会、華やかな催しの陰で、壁一枚隔てた部屋でアンブロワーズに犯された。そして、その直後に妹のロクサーヌから心無い言葉を投げつけられ、アニエスの心は深く傷ついた。

自分は、アンブロワーズに愛されていない。結婚式まで抱くことのできない、真に愛する妹の代わり——そう、思っていたのに。

だが彼とロクサーヌとの婚約も破棄され、さらに父のラングレー伯爵は逮捕拘束された。

（これから、どうなるのかしら——）

ここにきて、アンブロワーズの考えていることがますますわからない。彼にとってアニエスはいったい、なんなのか。身体を貪るだけの都合のいい相手なのか、それとも単に子を産む道具なのか。

（でも、さっきはお父様から庇ってくださった——？）

ジョアナに支えられ、フラフラとおぼつかない足取りで回廊を歩いていると、二人の前を行く衛兵が足を止めた。

「誰かがいます。……あの黒衣は……」

見れば、薄紫色のドレスを着た黒髪の女と、その背後に数人、揃いの黒服の騎士が立っていた。

「……ロクサーヌ嬢⁉」

ジョアナが呟き、衛兵が訝しむ。

「あの黒衣は王の親衛隊です。なぜ、こんなところに」

「親衛隊？」

やがて互いの距離が近づくと、ロクサーヌが憎しみの籠った視線をアニエスに向けた。

「お姉さま、ずいぶん待ったわ」

「……ロクサーヌ……どうしてここに？」

「国王陛下がどうしても、お姉さまとお話がしたいとおっしゃったの。それで、親衛隊の方を寄越してくださった。……ね、一緒に来て」

嫣然と微笑む異母妹は、昨夜と同様に自信に満ち溢れている。

途端、アニエスは気が付いた。

ロクサーヌはまだ、何も知らないのだ。――父、ラングレー伯爵が逮捕されたことも、ロクサーヌとアンブロワーズの婚約が破棄されたことも。

「……ロクサーヌ、お父さまは……」

「お父さまはまだ、お話し合いがあるのでしょ？　後で、お父さまも後宮に伺候して、国王陛下にお目通りなさる予定なの。陛下、お目を覚まされて、今日はずいぶんと体調がよろしいんですって」

さえずるように話すロクサーヌに、ジョアナが問いかける。

「目を覚ました？　国王陛下が？　でも、ラングレー伯爵は――」

「マダム・ルグラン、お姉さまをお連れしたいの。国王陛下をお待たせしたら、罰があるかもしれないわ」

戸惑う一行の中で、ジョアナが気丈に反論した。

「アニエス嬢は王太后陛下の侍女です。国王陛下といえども、勝手な召喚はできないはず。それに――」

ジョアナは、ラングレー伯爵が逮捕されたことをロクサーヌに告げようとしたが、その言葉は途中で、黒衣の騎士によって遮られた。

「黙れ！　国王陛下のご命令は絶対だ。反抗は許されぬ！」

バン！　と殴りつけられ、ジョアナの細い身体が吹っ飛び、回廊の柱に叩きつけられる。

「きゃあ！」

「マダム！」

アニエスが悲鳴をあげると、即座に衛兵がアニエスを庇い、小姓がジョアナを助け起こす。

突然の暴力に呆然とする一行に、親衛隊の騎士が冷たく告げた。

「逆らう者は斬る」

腰に佩いた剣に手をかける親衛隊の騎士を見て、アニエスは息を呑んだ。

（――この人たち、本気で殺す気だわ……）

「……乱暴はおやめください。……わたしが、参ればよろしいのですね？」

アニエスが震える声で言えば、騎士は剣から手を外す。

「いけません、アニエス！　そんな……危険です！」

よろよろと小姓に支えられて立ち上がったジョアナが止めるが、アニエスは首を振った。

「国王陛下のご命令に逆らえないのなら、参ります。……どういうお話なのか、あなたは聞いていて？　ロクサーヌ」

「よ、よくは知らないわ。突然、お姉さまを連れてこいって命令があっただけで……お父さまが言う通りにしろ、って言うから――」

もごもご言うロクサーヌの横から、ジョアナがようやくロクサーヌと黒衣の騎士に言った。

「ラングレー伯爵は贈賄罪で逮捕されました。今頃は尋問中です」

「なんのこと？」

ロクサーヌが心底わからないという風に首を傾げる。

「ラングレー伯爵は、あなたを王太子殿下の婚約者にするために、多額の賄賂をばら撒いたことが問題とされて、取り調べを受けているのです。さらに、禁止薬物の密売に関与した疑いもかけられています。……当然、殿下とロクサーヌ嬢との婚約は破棄されました」

ジョアナの淡々とした説明に、ロクサーヌが驚愕する。

「……な、なによそれ！　知らないわ、そんなの！　嘘よ！」

ジョアナはうろたえるロクサーヌを無視し、黒衣の騎士たちに言う。

「事情が変わった以上、命令を遂行すべきかどうか、確かめるべきではありませんの？　一度出直すのをお勧めいたしますわ」

だが、黒衣の騎士たちはお互い顔を見合わせると、言った。

「陛下のご命令はラングレー伯爵の娘を連れてくることだ。つべこべ言わずに命令に従え、さもなくば――」

再び、黒衣の騎士たちの手が腰に伸びる。

その威圧感に、衛兵も小姓も完全に呑まれていた。アニエスはこくりと唾を飲み、前に進む。

「マダム・ルグラン……あなたは王太后陛下にこのことをお伝えして。それから衛兵の方は王太子殿下に。……わたしは、国王陛下のご命令に逆らったりはいたしませんから」

「いいえ、アニエス、わたくしも参ります！　王太后陛下への連絡は、そちらの小姓の方にお願いします」

責任感の強いジョアナは、到底、アニエス一人を行かせることなどできないと言い張る。

「ならば、ご案内ください。……黒衣の騎士様」

アニエスが衛兵と小姓に頷いて騎士に促せば、騎士たちはアニエスとロクサーヌ、そしてジョアナを囲むようにして歩き始める。

「……ねえ、お姉さま、どういうことなの？　お父さまが逮捕って……」

ロクサーヌが小声で尋ねるのに、アニエスも戸惑い、ただ、首を振る。

「わたしも突然のことで、何が何やら……」

「わたしとアンブロワーズ様の婚約が破棄って本当なの？　まさか、わたしと婚約破棄してお姉さまとってこと？」

ロクサーヌの問いに、アニエスは周囲をちらりと見る。親衛隊に護送されている今、話すことではないのに、ロクサーヌは動揺して周りが見えなくなっているようだ。

「こんなところで話すことじゃないわ。後にしましょう」

「……でも……」

ロクサーヌは、何か考えこむようにに俯き、アニエスに尋ねる。

「おかしいわ。どうして？　どうして殿下は、お姉さまがギュネ侯爵に嫁ぐのを、あんなにも反対なさるの？　お姉さまが大人しく嫁げば、ギュネ侯爵はわたしの後見人になってくださるって約束したの、そんなにおかしなこと？」

アニエスはしばらく、親衛隊に導かれるまま足元に目を落としていたが、静かに言った。

「……つまり、ロクサーヌは、自分のためにわたしが犠牲になるのは当然だと思っていたのね……」

「だって、わたしの方が美人だし、アンブロワーズ様もわたしを気に入ってくださったのよ。王太后陛下は反対なさったけど、お姉さまがギュネ侯爵に嫁ぐことで、全部上手くいくはずだったのに」

（……殿下は、自分の幸せのために姉を犠牲にして当然だと思う、この子の考え方を醜悪だとまでおっしゃっていた。――そういうところは潔癖でいらっしゃるのよね……）

さきほどのアンブロワーズの言葉を思い出し、噛みしめる。素っ気ないようでいて、アンブロワーズは父の暴言からもアニエスを庇ってくれた。――圧倒的に言葉が足りないけれど――

そう思えば、少しだけ胸の奥が温かくなり、これから起こることに立ち向かおうという気力が湧いてくる。しばらく無言で騎士たちの導くままに歩いていたが、回廊を横切ったあたり、一見、何の変哲もない壁の装飾の彫像（レリーフ）の前で、黒衣の騎士が立ち止まった。

騎士の口元にいやな笑みが浮かび、ジョアナがハッとしてアニエスを庇うように前に出た。だが、そのみぞおちに当て身を受け、がくりと崩れる。

「ジョアナ⁉」

「きゃ――」

慌ててジョアナを支えようとしたアニエスと、悲鳴をあげようとしたロクサーヌは、次の瞬間、背後からハンカチで口を塞がれる。染みこんだ薬品の匂いに、覚えがあった。

(――これは、あの……)

極彩色の悪夢に覆われて、アニエスの意識が途絶えた。


薬を嗅がされて意識を失ったアニエスとロクサーヌを担いで、騎士たちは彫像のあった壁面に突如現れた真っ暗な通路へと消えていく。

後に残されたジョアナを見て、騎士の一人が言った。

「この女はどうする？」

「殺しちまうのはもったいない。いつもの小屋に隠しておいて、後で楽しもうぜ――どうせ、王太子も後宮には手を出せない」

騎士が意識のないジョアナを乱暴に担ぎあげ、続いて通路へ入る。扉を閉めれば、真っ暗闇にかすかに光が灯った。王宮に張り巡らせた、秘密通路だった。

「衛兵と、小姓は始末したか？」

「追いかけて、死体は側溝にぶち込んでおいた。――死体が見つかった時にはすべて、手遅れさ」

騎士たちは等間隔に灯りのともる暗い通路を、歩き去っていった。

◆

アニエスとジョアナ、ロクサーヌが攫われた頃、アンブロワーズとジルベールは近衛隊長に先導されて、近衛騎士の本部に足を運んでいた。

「ギュネ侯爵の身柄は？」

「現在、屋敷へ近衛の一部隊を送っています。遠からず拘束されると思われます」

「……証拠は？」

「こちらに。売人を拘束して尋問したところ、ギュネ侯爵家の者との証言が取れました」

本部に並べられていたのは大量の薬瓶と薬草。

ついに、ギュネ侯爵の息のかかった媚薬の製造元を突き止めたのだ。

アンブロワーズに対して敬礼をした近衛隊長が報告をする。

「製造に携わっていた薬師たちも拘束しました。こちらが処方」

細かく書き込まれた書類の束を差し出され、アンブロワーズが眉を顰める。

「こんなに大々的に作って、売りさばいていたのですか！」

別の帳簿をめくっていたジルベールが感嘆する。

「もとは、下町の医者が研究していた痛み止めでした。快感を増幅する作用に気づき、媚薬として弟子が改良――いいえ、改悪して、娼館に売ったのが始まりのようです」

近衛隊長の説明に、同席していた医官が補足した。

「痛み止めの効果もありますが、興奮剤と催淫剤を混合したことで、主に感覚を鋭敏にする効果を持ちます。性的に達しないといつまでも抜けず、常習性もある。当初は娼婦に使われる程度でしたがやがてギュネ侯爵がその利益に目をつけ……その、王宮でも……」

「知っている」

アンブロワーズが薬の小瓶を指で摘まみ、光に掲げて中身を透かして見る。

「父上も使っていた。王宮内に誰が持ち込んだかもわかっていたが、証拠がなかった。十年前の火事の後、身体の自由を失った父上は、一層、この薬に依存した。——初めは傷の痛みから逃れるために。後は、性的な快感を得るために」

「……下半身がダメでもイけるんですか？」

ジルベールの問いかけに、生真面目そうな医官が説明した。

「服用するのと、軟膏にして塗布するのとで、少し効果が変わります」

「塗布って、どこに？」

「肛門だ」

アンブロワーズは顔色一つ変えず、ずばりと言う。

「後宮の国王の宴で、秘薬としてとんでもない高額で取り引きされ、ギュネ侯爵は莫大な利益を上げた。……だが、父上が倒れ、薬が捌（さば）けなくなったのだろう」

「それで……最近王都に媚薬が流れるようになったのですか」

「だが、当局の取り締まりも厳しくなり、なかなか思うようには売れない」

アンブロワーズは卓上に並ぶ押収品の中から、乾燥したハーブの束を取り出し、匂いを嗅ぐ。

「そこで、別の販路の開拓を考えた。……セレンティアだよ」

「それで、ルエーヴルを？」

ジルベールが目を瞠（みは）る。

「ああ。まず、ルエーヴルの交易権を手に入れ、そこから王都に進出する——そのための足掛かりとしての、ルエーヴル女公爵の夫だ」

「……そこまでしなくとも……」

「リシャールを見ただろう？　あの国の王族は堅物揃いで、取り締まりも厳しい。関税も高く、密輸にも目を光らせている。だが、ルエーヴル領内を拠点にすれば、国内の流通だから取り締まりも緩くなる」

そう言いつつ、アンブロワーズは目を眇（すが）めた。

媚薬の販路開拓を狙うギュネ侯爵は、隣国への伝手（つて）を求めていた。そこに降って湧いたのが、自身の子飼いであるラングレー伯爵の娘アニエスの、ルエーヴル領継承。

アニエスの夫となって、ルエーヴルの交易を握り、媚薬を隣国に売りつけることが真の目的だったのだ。

「本当だとしたら、それを防いだ殿下は、リシャール卿やロベール王から感謝状の一つももらわないと割が合わんですな」

ジルベールの言葉に、アンブロワーズは苦笑する。

「たまたま、ラングレー伯爵が娘を王太子妃の候補にゴリ押ししたいと言い出して、ギュネ侯爵は便宜を図る代わりに、ラングレー伯爵を媚薬の密売に引きずり込んだ」

手にした媚薬の瓶を卓上に戻しつつ、アンブロワーズが続ける。

「折から、私はギュネ侯爵派を揺さぶり、媚薬の密売ルートを一網打尽にしようと、一種の囮としてラングレー伯爵の娘、ロクサーヌを王太子妃に選んだ。そこでラングレー伯爵とギュネ侯爵が尻尾を出してくれればと思ったのだが……」

アンブロワーズがため息交じりに薬草を投げる。

「偶然、水難事故でルエーヴル公爵一家が死に、その継承人がラングレー伯爵のもう一人の娘、アニエスだった」

「……その事故は、本当に偶然だったのでしょうか？」

横で聞いていた近衛隊長が口を挟む。

「さあな……事故が起きたのは海の上だから……」

アンブロワーズも首を傾げるが、だが、事故後のギュネ侯爵の動きは、王家を凌ぐほどに早かった。

「結局、修道院にいたアニエスを、宮中の謀略に巻き込んでしまった……」

「……彼女のこと、以前からご存じだったのですか？」

近衛隊長がふと尋ねた。アンブロワーズは憂いを帯びた表情で言う。

「兄たちが死んで、修道院から王都に呼び戻される途中、伯母上のいる聖マルガリータ修道院に立ち寄った。その時、一度だけ彼女に会った。あの修道院には……」

それからアンブロワーズは首を振る。

「なんでもない。今のは忘れてくれ」

そうして配下を見回し、言った。

「ギュネ侯爵が関与した裏づけが取れれば、後宮の妖怪ともどもも一掃する。今夜にも踏み込むぞ。近衛を編成しておけ」

「は！」

アンブロワーズの命令に、配下の騎士が一斉に敬礼した。


王太子宮の執務室にアンブロワーズらが戻ってくると、廊下で小姓と衛兵が青ざめた顔でゴソゴソと話していた。怪訝に思ったアンブロワーズが近づいていく。

「どうした？」

「あ、殿下……それが……」

小隊の責任者である近衛の副隊長が、ためらいがちに言う。

「その……戻ってきていないのですよ……」

「戻っていない？　誰が？」

「ラングレー伯爵令嬢と、マダム・ルグランにつけた護衛たちが……。もう、とっくに戻ってきてもいいはずなのに……」

アンブロワーズは即座に叫んだ。

「王太后宮に確認の使者を！」

はじけるように動きだした騎士たちの背中を見送り、アンブロワーズは手で口元を覆う。かすかに、その手が震えているのを見て、ジルベールは自身の動悸も激しくなっているのに気づく。

「殿下……まだ、何かあったと決まったわけでは……」

「迂闊だった……ギュネ侯爵の手の者は、この王宮にも紛れている。何より――」

そこへ、王都のギュネ侯爵邸に派遣した部隊からも伝令が来た。

――ギュネ侯爵の身柄、確保できず――

アンブロワーズはそのメモを握りつぶした。


王太子宮から王太后宮へ向かう回廊周辺を捜索していた近衛が、少し離れた排水溝の中から、衛兵と小姓の死体を発見した。どちらも背後から心臓を一突きにされていた。

「回廊に血痕があり、そこが襲撃現場のようです。おそらくは、我々に急を知らせようと背を向けたその隙を――」

悔しそうに顔を歪める近衛隊長に、アンブロワーズが問う。

「何者かが、アニエスとルグランを誘拐したということか？　王宮にいるはずのロクサーヌの行方もわかっていない」

ラングレー伯爵邸の家宅捜索に向かった者たちからは、オリアーヌ夫人と嫡男のアランの身柄は押さえたが、娘のロクサーヌは伯爵とともに登城しているという報告が上がっている。

そこで捜索範囲を王宮中に広げたところ、護衛たちの死体が見つかった場所から正反対にある、後宮に近い裏庭の物置小屋でジョアナが保護された。

物置小屋に閉じ込められ、必死に助けを求める声を近衛隊長が聞きつけたのだ。

「ジョアナ！」

髪も乱れ、ドレスも汚れた恋人を見て、ジルベールが蒼白になる。

「まさかお前——」

「大丈夫よ、あなたが心配するような目には遭ってない。まだ……」

ジョアナが気丈に首を振り、駆け付けたアンブロワーズに言った。

「アニエス嬢をお守りできず、申し訳ありません！　ロクサーヌ嬢と王の親衛隊が来て——」

ジョアナの報告に、ジルベールが叫ぶ。

「王の親衛隊だと？　——陛下が意識を取り戻したというのは、本当だったのか……」

アンブロワーズが問えば、ジョアナが頷く。

「親衛隊なのは、確かか？」

「ロクサーヌ嬢が黒衣の騎士数人とともに来て、国王陛下の命令だと。逆らえば命も取ると脅され、アニエス嬢が了承したので、護衛の二人に王太子宮と王太后宮への連絡を頼みました。わたくしもついていくつもりでしたが、その直後に……」

ジョアナがみぞおちを押さえる。

その姿を見て、アンブロワーズは大体の状況を察した。

彼女は当て身を受けて意識を失い、気づいたら全く知らない場所にいた。おそらく、ロクサーヌとアニエスは、命令通り王の後宮に連れ去られているのだろう。

「ジョアナを殺さなかったのは――」

「……閉じ込めておいて、任務が終了してから、仲間うちで楽しむつもりだったのかもしれない」

王の親衛隊は後宮女官と関係を持つことを禁じられている。若い女をただ殺してしまうのはもったいないと判断したのだろう。

ジョアナを抱きしめて絶句するジルベールをよそに、アンブロワーズは即座に命令を下した。

「後宮に行く！　近衛を招集しろ！」

◆

どれくらい時間が経ったのか。

甘ったるいような覚えのある匂いに気づき、ゆっくりとアニエスの意識が戻ってくる。

でも、頭の中はまだ、白い。真っ白な世界に、ゆらゆらと極彩色の光が揺れる。嗅ぎなれない香の匂いが感覚を呼び覚ますのか、だんだんと意識が鮮明になるが、身体は思うように動かず、目を開けることができない。遠くで、ぼそぼそと人の話す声が、すぐ隣では唸るような声がして、アニエスは耳に意識を集中する。

「……陛下、どちらからにいたします？」

「ふむ……どちらもラングレー伯の娘か」

「はい。腹違い、ということですが。上の娘が隣国のルエーヴル公爵家の跡継ぎです」

「……妹が、アンブロワーズの婚約者……」

アニエスはようやく、薄く目を開けた。すぐ隣には長い黒髪の女が、一糸まとわぬ姿で柱に縛りつけられている。両腕は後ろ手に回され、口にはさるぐつわを噛まされて、なんとか拘束を解こう必死に身じろぎし、唸っている。

――ロクサーヌ⁉

裸で自由を奪われているその姿にアニエスは仰天したが、本能的に目を覚ましたことを知られない方がいいと思い、気を失ったままの状態を装って、薄目で周囲を観察した。

姉妹が拘束されているその部屋は、薄暗くてさほど広くはない。ただ、巨大な四本柱の天蓋ベッドがあり、その脇の大きな寝椅子（カウチ）では、豪華なガウンを着た痩せた男が、隣の太った男と話し込んでいる。

寝椅子（カウチ）の男は醜くやつれ、目ばかりギョロギョロしていた。隣の太った男が誰かはすぐにわかった。……ギュネ侯爵だ。

「アンブロワーズの婚約者は黒髪の若い方か。……そちらはまだ生娘。で金髪の方が……」

「そうです。これからという時に、突然、王太后宮の侍女にすると言って王太子殿下が王宮に連れ去ってしまいました。その夜のうちに手を付け、毎晩のように王太后宮に通い詰めているとか」

「……あの、青二才が」

姉妹を値踏みするような二人の会話を聞きながら、アニエスは自分もまた、ロクサーヌ同様、素裸で両手を後ろ手に縛られているのだと気づく。とたんに羞恥心が湧きおこり、反射的に身体を隠そうと腕を動かすと、不自然に曲げられていたせいでひどく痛んだ。そのかすかな呻き声を聞いて、二人が視線をアニエスに向ける。

「おや、姉の方も気づいたようだぞ？」

（しまった……目を覚ましたのを気づかれてしまったわ……）

アニエスが観念してそっと頭を上げると、室内にはもう一人、痩せた男に寄り添うようにしなだれかかる女がいた。赤い髪を結いあげ、豊満な身体におよそ貴婦人らしからぬ、露出の多い煽情的な衣装を着ていた。まるきり娼婦のような姿に、アニエスはぎょっとする。

「これがアンブロワーズ殿下のお気に入りだなんて……まあ、おっぱいはまあまあね。少なくとも妹の小娘よりは」

甘ったるい声でうそぶくと、女は男から離れ、黒いレースの扇を使いながらアニエスに近づいてくる。鼻先に漂う強烈な香水の匂いに記憶の糸がつながり、舞踏会で見かけた国王の寵姫ドロテ夫人だと気づいた。――ということは、痩せたガウンの男が、国王陛下なのだ。

ドロテ夫人はアニエスの前に立つと、その白い胸に散らばる、花びらのような赤い痕を見て、柳眉をそびやかした。

「これ、もしかしてアンブロワーズが？」

アニエスの裸の胸を扇でつんとつつき、不躾な視線でアニエスを見下ろす。その琥珀色の瞳には、明らかな嫉妬の炎がたぎっていて、アニエスは背筋がぞっとした。

ドロテ夫人が赤く塗られた唇を不満げに尖らせる。

「アンブロワーズに抱かれたってことは、男を知っているのね。……純情そうな顔をして、妹の婚約者と寝るなんて。こんな地味な小娘のどこがいいのかしら」

「その娘はずっと修道院におりましてな。ワシがその初花を摘もうと思ったのに……」

ギュネ侯爵が忌々しげに言えば、国王はハハハハと乾いた笑いを響かせた。

「なるほど。……では妹の処女はマシューが散らすがよかろう。ああ、まずは余のアレを使ってな」

「は、では早速にも」

ギュネ侯爵がパンパンと手を叩くと、部屋に黒いローブを着た男たちが現れた。彼らはアニエスの前を横切ると、ロクサーヌの縄をほどき、その二の腕を掴んで裸のまま天蓋ベッドに引きずっていく。

「ん――っ、ん――っ」

さるぐつわを嵌められた状態で、長い黒髪を振り乱してロクサーヌは抵抗するが、男二人がかりにかなうはずがなかった。目の前の異様な光景が、アニエスには現実のこととも思われない。

（いったい、これから何が――）

ロクサーヌが天蓋ベッドの上で両腕を頭上に縛りあげられ、膝立ちの姿勢で吊るされる。細い身体とこぶりな胸が露わにされ、羞恥に必死に身を捩る姿に、国王とギュネ侯爵がいやらしい笑みを浮かべる。

「薬も飲ませろ。……そちらの姉にもだ」

指示を受け、黒いローブの者たちがロクサーヌのさるぐつわを外し、グラスを口元に近づける。

「いや、何をするの、ねえ、やめて！　……ゲホッグホッ」

ロクサーヌは黒髪を振り乱して必死に身を捩るも、薬を無理矢理流し込まれて苦しげに咽せる。

「その娘はさっきから騒々しいな。姉と大違いじゃ」

王が憮然として言えば、ギュネ侯爵が嗤った。

「その分、よい声で啼いてくれましょう」

「ねえ、やめて、お願い、放して！　ひどい、話が違うわ！　お姉さまだけって！」

つまりロクサーヌは、国王の呼び出しがアニエスの凌辱目的だと知っていて、何食わぬ顔でアニエスを連れ出そうとしたのだ。——結局、ロクサーヌにとって自分は都合のいい生贄要員でしかない。思わずアニエスはロクサーヌから目を背けた。が、次の瞬間、ずらした視線の先に全裸になったギュネ侯爵のおぞましい姿を目にしてしまい、はっと息を呑んだ。

ロクサーヌもまた、太った醜い裸体をゆすりながらベッドに上ってくるギュネ侯爵を見て、悲鳴を上げる。

「きゃあああ、いやあ！　来ないで！　来ないでぇ！　いやああああ！」

「こちらは生娘だけあって、傷一つありませんな、玉のような肌だ」

そう言いながら、ギュネ侯爵がロクサーヌの肌を武骨な手で撫であげ、小ぶりな胸を掴む。

「ひ、あっ⁉　なんで、あっ、あっ、やめてぇえ！」

「早速薬が効きはじめたようだな」

ギュネ侯爵はロクサーヌの背後から両手を胸に回し、正面の国王に見せつけるように揉み始める。

アニエスはようやく、何が始まったのか理解した。嬲り者にされるロクサーヌの姿を見たくなくて、アニエスはギュッと目をつぶる。だが、塞ぐことのできない耳から、ロクサーヌの喘ぎ声が否応なく流れ込んでくる。

「あっ、やだっ……いやあっ……やめてっ、ああっ……あっ」

不意に、乱暴に髪を引っ張られ、さるぐつわを外された。真っ赤に塗られた爪が、アニエスの顎を掴む。

「あんたもこれを飲んで。……とびきり濃くしておいたから、よっく効くわよ……」

ドロテ夫人にグラスを突き付けられ、顔を背けることもできず、強引にドロリとした液体を流し込まれる。匂いと味に覚えがあった。

（ギュネ侯爵の屋敷で飲まされた薬と、同じ――！）

ドロテ夫人がアニエスの耳元で囁く。

「アンブロワーズはあんたをどんな風に抱いたのかしら……男を知っているとね、この薬は本当によく効くのよ。男が欲しくてほしくて、たまらなくなるの。どんな貞淑な女も涙ながらに男を求めるのよ。……目の前で甚振（いたぶ）られる妹を目にしたら、なおさらね」

喉の奥へと流れていく薬と、耳に響くロクサーヌの嗚咽交じりの喘ぎ声。漂う媚香。

すべてが、アニエスを絶望に誘（いざな）った。


火傷の後遺症で男性機能を失って以来、国王は、自身の身代わりのようなギュネ侯爵に、さまざまな若い男女を凌辱させて飢えを満たしていた。

国王は寝椅子（カウチ）の上で酒を飲みながら、ベッドで老人に責め苛（さいな）まれるロクサーヌを鑑賞し、時々、アニエスの方を見ては下卑た笑顔を浮かべる。

アニエスはまだ全裸で柱に後ろ手に縛り付けられていた。飲まされた媚薬の効果で身体が火照（ほて）り、全身に汗をかいて、それがランプの光にテラテラ光っている。下半身が疼いて辛い。豊かな胸の間を汗が流れ落ちる感覚すらアニエスの官能を刺激して、あまりの苦しさに、生理的な涙が頬を伝う。

「やあっ、それ、だめえええっ！　やあ――――っ」

ロクサーヌの甲高い悲鳴が部屋に響く。ギュネ侯爵に向かい、黒ローブの侍従長が進み出て、天鵞絨（ビロード）張りの箱を差し出す。

蓋を開け、ギュネ侯爵が恭（うやうや）しく取り出したのは、翡翠でできた精巧な男根。大きさも形も、かつて健在であったときの、国王のそれを模した張形（ディルド）であった。

「陛下のコレで初花を散らせるとは、名誉なことであるぞ?」

ギュネ侯爵が、張形（ディルド）をロクサーヌの蜜口に突き立てると、ロクサーヌの絶叫が響き渡る。

アニエスはもう、半ば心が麻痺していた。自らの身体を苛む媚薬の疼きに耐え、目を閉じ心を無にして、嵐の過ぎ去るのを待つしかない。

(――神様。お救いください。どうか、どうか――)

「陛下、そろそろワシも挿れてよろしいですかな」

「まあ、好きにせよ」

ギュネ侯爵がロクサーヌの中から翡翠の張形を抜き取り、侍従長が差し出す布の上に置く。侍従長がそれを桶の水で洗って函に収めようとするのを、ドロテ夫人が横から奪いとって、アニエスを見て妖艶に笑った。

「あの子が退屈そうよ、陛下？　少し躾けてもいいわよね？」

ドロテ夫人は翡翠の張形を手にアニエスの側にやってくると、その前にしゃがみ込んだ。

「ねえ、アンブロワーズのコレは咥えた？」

アニエスは目の前に突き付けられた翡翠の張形を見て、慌てて首を振る。本物そっくりに作られたそれは、反り返り、血管まで浮いていた。アンブロワーズは強引ではあったが、明るい場所でアニエスを辱めたことはない。だから、アニエスは男性器をはっきり見たことはなかった。

「ウソおっしゃい、カマトトぶっちゃって」

ドロテ夫人は侮蔑するように吐き捨て、それからアニエスの口に無理やり翡翠の張形を突っ込んだ。

「うぐっ……ン――――！」

喉の奥までそれに犯されて、アニエスが苦しさでもがく。

「いやあ！　やめてぇ！　いやあああ！」

ちょうど、ロクサーヌの悲鳴があがって、アニエスが目をつぶる。その耳元で、ドロテ夫人が毒を含んだ声で囁いた。

「妹の次は、お前よ。それまでに、コレで練習しておくといいわ」

（いや、助けて……！　アンブロワーズ様……！）

アンブロワーズ以外の男に触れられるくらいなら、いっそ死んだ方がまし――

（お願い、神様――助けて、アンブロワーズ様……）

苦しさの中で、かすかにアンブロワーズの名前を呼んだ時だった。


――ドゴン！

国王の寝室に続く分厚い樫の扉の蝶番を、短銃が撃ちぬいた。傾いだドアを蹴り飛ばす音が響く。

「アニエス！　どこだ！　アニエス！」

いつもの、アニエスの名を呼ぶ声。アニエスの絶望に覆われた心に、光がともる。

（アンブロワーズ、様……）

「きゃあああ！」

闖入者（ちんにゅうしゃ）に驚いて、ドロテ夫人が悲鳴を上げ、アニエスはなんとか張形を吐き出す。

「っ、アンブロワーズさま……っ」

必死で名前を呼ぼうとしたが、部屋の中の騒音がひどくアニエスの声は届かなかった。

◆

「これは……」

　この部屋で行われていた醜行に、アンブロワーズが顔を歪める。――実のところ、アンブロワーズもかつては父の狂宴の犠牲者だった。天蓋から吊るされた女の黒髪を見て、アンブロワーズはアニエスでないことに、わずかに安堵する。

「アニエス！　どこだ！　アニエス！」

　短銃を構えて周囲を見回すアンブロワーズに対し、寝椅子（カウチ）にいた国王が身を起こし叫ぶ。

「血迷うたか、アンブロワーズ！　国王に刃向かえば命は――」

　しかし銃声が響き、国王が肩を押さえ、それが見る見る血に染まっていく。アンブロワーズが手にしたフリントロック式の拳銃から、白い硝煙が上がっていた。

「……くっ……アン、ブロワーズ……？　おのれ、父殺しの罪を、犯すか！」

「安心してください。簡単に殺したりはしません。……死に損ないのあなたにふさわしい、緩慢な死を！」

　もう一発、アンブロワーズが今度は国王の脇腹に撃ち込む。寝椅子（カウチ）の上にくずおれた国王の腹の下からどくどくと赤い血が広がると、ドロテ夫人が甲高い悲鳴をあげる。

「キャアアアア！　陛下が！」

「ドロテ・バルビエとギュネ侯爵を捕縛せよ！」

アンブロワーズの命令を受け、近衛騎士が捕縛に向かう。裸のまま逃げようとしたギュネ侯爵は近衛騎士に殴りつけられて昏倒した。両腕を拘束されて天蓋から吊り下げられたままのロクサーヌが、アンブロワーズに気づいて叫ぶ。

「アンブロワーズ様！　助けて！　アンブロワーズ様！」

だが、アンブロワーズはその姿を一瞥しただけで、すぐに興味を失う。素早く銃口から弾丸と火薬を詰め、周囲を見回す。

「アニエス⁉　どこだ？」

「アンブロワーズ様！」

アニエスの声にアンブロワーズが反応して、金茶色の髪に気づき、慌てて近寄ろうと踏み出した。だがその時、アニエスの首筋に、ひやりとしたものが押し付けられる。赤い髪を振り乱したドロテ夫人が、アニエスの喉元に短剣を突きつけたのだ。

「武器を捨てて兵を引いて！　アンブロワーズ！　さもないとこの小娘の命はないわよ！」

アニエスの白い喉に赤い線が走り、ツーッと赤い血が滴り落ちる。

「武器を捨てて！　あたしは本気よ！」

アンブロワーズが奥歯を噛みしめ、足元に拳銃を投げ捨てた。

「いい子ね、あたしへの捕縛命令を取り下げなさい。……動かないで」

アンブロワーズは無言で後ろに下がり、近衛隊長もジルベールも手出しができない。その様子に、ドロテ夫人が満足げに言う。

「ふふふ……見た、アニエス？　彼はね、ずっと昔からあたしの言いなりなのよ……だから――」

アンブロワーズは唇を噛みしめたまま、じっと間合いをはかる。青い目で油断なく周囲を見回して――突然、背後にあった火のついたガラスのランプを掴み、それを国王に向かって投げつけた。

鋭い音と共にガラスが飛び散り、一気に炎が燃え上がって、国王を包む。

「ぎゃあああああ！」

炎に焼かれた国王の絶叫に、一瞬ドロテ夫人の注意が逸れた。アンブロワーズはその隙を見逃すことなく、素早く床の短銃を拾い上げ、引き金を引く。

破裂音とともに、ドロテ夫人の腹から赤い血が溢れ、アニエスが悲鳴をあげた。

「きゃあああ！」

「アニエス、大丈夫か！」

アンブロワーズは柱に縛り付けられたままのアニエスに駆け寄ると、ドロテ夫人が落とした短剣を拾い、アニエスを拘束していた縄を切った。ついで自分のマントを脱いでアニエスの裸体に着せ掛ける。

「アニエス……！」

アンブロワーズはハンカチでアニエスの首筋の傷を押さえ、抱きしめる。アンブロワーズの体温に包まれて、アニエスの緊張の糸が切れ、意識が朦朧となる。

「あ、アンブロ、ワーズ……さま……あ……」

「アニエス……もう、大丈夫だ」

だが、抱き合う二人の様子を見た近衛隊長が、呆れたように叫んだ。

「ぜんぜん、大丈夫じゃないです！　ランプの火が！　火事になる！　手の空いている者は火を消せ！」

恋人の無事に安堵するアンブロワーズを後目に、まだ気を抜くなと部下に指示を飛ばす。火だるまになった国王は、悪鬼のような断末魔の声を上げてのたうち回っていたが、やがて動かなくなる。国王を助けるためというより延焼を防ぐために、騎士たちがマントやクッションで叩いて火を消す。

「……汚物は十年前に焼却しておくべきだった。今度こそ潔く死んでください、父上」

アニエスを抱きしめながら、アンブロワーズは炎を見つめていた。

その横で、ジルベールと医官とで、怪我人を収容し、咎人を拘束して牢に送るよう指示を出す。

「アニエス嬢はどちらに？」

医官に尋ねられ、アンブロワーズは迷いもなく言った。

「アニエスはこのまま私の部屋に。ジルベールはこの後、王太后宮でおばあ様へ報告を頼む」

後宮内の後始末は近衛隊長に任せ、アンブロワーズは自らアニエスを抱きあげ、王太子宮に戻った。

◆

「……あの薬を飲まされたな？」

朦朧とした意識の中、見上げると辛そうに眉を寄せるアンブロワーズの美しい顔があった。

「は……はい、たぶん……」

「アニエス……私は、間に合ったのだよな？」

心配そうに尋ねられる、その意味もおおよそはわかるが、アニエスには説明する余裕がなかった。

薬のせいか、とにかく身体が熱い。肌に触れる彼の手が熱く、全身の感覚が鋭敏になって汗が噴き出す。身体の奥がジンジン疼いて、脚の間から蜜が滴り落ちる。

苦しい、辛い。さきほどまでの地獄のような光景と恐怖が脳裏にフラッシュバックして、身体の震えが止まらない。

「アン、ブロワーズ……さま……」

「もう、大丈夫だ、アニエス。ギュネ侯爵の屋敷で飲まされたものと、同じか？」

「匂いは……でも、あれはもっと、甘くて……」

清潔な寝台の上に抱き下ろされ、アンブロワーズの体温が離れる。その途端、ぞっとするほどの恐怖がアニエスを襲った。

（――いや、離れないで。側にいて。触れて――）

昨夜の、暗い楽屋に置き去りにされた絶望と虚しさがよみがえる。もう、あんなのはいや。お願い、そばにいて。今だけは――

だが、口にしようとしても、荒い呼吸にかき消されて言葉にならない。ただアンブロワーズをつなぎ留めたくて、アニエスは必死に彼のジュストコールの袖を握りしめる。アニエスの首から流れた血が、アンブロワーズの白い上着を染めていた。

「血が……」

「よい、喋るな」

小姓が運んできた清潔な水とリネンで素早く傷口を洗い、包帯を巻く。

小姓が下がって二人きりになると、アンブロワーズは水差しの水を口に含み、アニエスに口移しで飲ませる。

「アンブロワーズ……様……」

はしたないと知っていても、薬に侵されたアニエスは、全身汗だくになった身体でアンブロワーズに縋りついた。

「すごい汗だ……苦しいか？」

「はあっ、熱い、苦しくて……でも……それより……」

「何をされた？　どこまで？」

「わたしは……何も……妹が……あんな………」

腕の中で泣きじゃくるアニエスを、アンブロワーズが宥めるように髪を撫でる。

「大丈夫だ。ロクサーヌも助け出した。……たぶん、誰かが」

苦しげに息を荒らげるアニエスの身体を、アンブロワーズは優しく撫で、口づけを繰り返す。

「ふっ……んんっ……アンブロ、ワーズ、……さま……怖い……」

かすかな刺激にもビクビクと震える様子に、アンブロワーズの忍耐も限界に近い。汗ばんだ乳房を口に含み、舌で先端を愛撫すると、アニエスが細い身体を捩る。

「ふあっ……それ、もうっ……んっ……んふっ……」

「すぐに、楽にしてやる……」

「はあっ、ああっ……」

あの夜――アニエスをギュネ侯爵邸から連れ出した時と同様、アンブロワーズはアニエスの汗ばんだ肌に手を這わせ、脚の間に手を滑り込ませると、すでにじっとりと湿ったその場所を愛撫する。

薬で感覚の鋭くなったアニエスの秘所はすぐにしとどに蜜を滴らせ、アンブロワーズの指を締め付けてくる。ぐちゅぐちゅと水音が響き、アニエスが快感に身を捩る。

「ああっ、あっ、あっ……あ――っ」

快楽ではなくて、アニエスはアンブロワーズが欲しかった。いつものように彼に貫かれ、空虚な場所を埋めてもらいたい。恐怖も何もかも忘れるほど、蹂躙して欲しい。

お願い、今すぐに――

「アン、ブロワーズ、さま……お願い、抱いて……欲しい、欲しいの、お願いっ……」

薬のせいで濁った思考のままに、初めてアニエスから彼を求めればアンブロワーズがわずかに息を呑んだ。

「アニエス……ああ、くれてやる、全部ッ……」

アンブロワーズも脚衣(プリーチズ)を寛げて屹立を取り出す。それからアニエスの脚を広げ、濡れそぼった蜜口に切っ先を宛がうと、一気に奥まで貫いた。

ずぶずぶと食まれるように飲み込まれた剛直を激しく抜き差しされて、アニエスは瞬く間に全身を仰け反らせて再び絶頂した。

「ああっ、あ……あああっ……あ――っ」

「アニエス……アニエス……」

やはり今夜も、アンブロワーズはアニエスの名を呼ぶ。繰り返し、まるで愛の言葉の代わりのように――

「アンブロワーズ、様――」

「アニエス、アニエス……私の……」

地獄のような絶望の中で、アンブロワーズに名を呼ばれて、アニエスは救われた。今また、彼に貫かれながら幾度も名を呼ばれ、同時にあらゆる場所に口づけを落とされて、その幸福に蕩けそうになる。

――わたし、この人を愛してる。ずっと、この人だけ――

アンブロワーズが激しく腰を動かし、アニエスの最奥を抉(えぐ)る。そのたびに、アニエスの目の奥に白い光が走る。

「――くっ…アニエス、……許せ」

「っ、あぁっ！」

絶頂を極めて蠢く内壁がアンブロワーズを搾り取るように動くと、アンブロワーズが射精を堪えて奥歯を噛みしめる。アンブロワーズはアニエスが絶頂から降りてきたタイミングを見澄まして、再び激しく突き上げはじめる。

「ああっ、あっ、あっ、アンブロワーズッ、さまっ、ああっ、いいっ、いいのっ、もっとぉ……」

快楽をねだるアニエスに、アンブロワーズも興奮を煽られるのか、行為は激しさを増す。相変わらず、愛の言葉はない。でもその夜のアニエスは、そんなことはどうでもよかった。アンブロワーズに求められ、貪られたい。そしてアニエスもまたアンブロワーズを求め、彼が与えてくれる快楽を貪りたかった。アンブロワーズの腰に自ら足を絡め、はしたなく腰を振って。激しい行為に翻弄され、幾度となく注ぎこまれる脳が灼き切れるほどの絶頂の末に、アニエスはついに、糸が切れたように意識を失った。

「アニエス……」

疲れ切って眠りに落ちたアニエスの顔中にキスを落とし、アンブロワーズは取り戻した恋人の存在を確かめるように彼女を強く抱きしめた。

純潔の白薔薇——それこそが、アンブロワーズにとっての、神の福音だった。

彼女に永遠の愛を捧げ、王宮の汚泥の中で生きていくつもりだった。

アニエスの異母妹・ロクサーヌを婚約者に選んだのは、ギュネ派に揺さぶりをかけるのが目的だとジルベール達には伝えていたが、ロクサーヌからアニエスのことを聞き出す誘惑に勝てなかったから、というのが実際のところだ。

アニエスを内心、蔑んでいる愚かな妹だったが、ロクサーヌは、アンブロワーズにとってアニエスに繋がるただ一つの細い糸だ。

刺繍の課題としてロクサーヌが提出したハンカチに、白い薔薇と四つ葉のクローバーを見つけた時、アンブロワーズは心の中で欣喜雀躍した。

——アニエスの刺繍！

我ながら愚かと思いつつも、アニエスの刺繍が手に入るなら、ロクサーヌに流し目をくれてやるくらい、なんでもなかった。

だが、アンブロワーズの愚かな選択が、アニエスを濁世(じょくせ)に引き戻してしまった。

神の花嫁として生涯、純潔を守るはずの彼女が、あのギュネ侯爵の妻になるなど許せなかった。

——アニエスを穢すべきじゃない。いずれ彼女は修道院に帰すべきだ。

初めは本当にそう考えていた。だが、馬車の中で媚薬に侵されたアニエスの肌に触れて、後戻りできなくなった。

アニエスの純潔を奪ってしまえと唆したのは王太后だが、それに乗って処女を散らしたのはアンブロワーズの意志だ。

愛しいアニエスを、この手で汚す——

それは神の花嫁を盗む大罪だ。破戒の罪もすべてアンブロワーズが被るために、あえて力ずくで純潔を奪い、愛の言葉も口にしていない。

たとえ、死後は地獄に堕ちたとしても、今生においてアニエスは彼のもの。

アニエスを汚していいのは、アンブロワーズただ一人――

第九章　白薔薇の寵姫

その後事件は、あっさりと収束した。

国王が療養生活を送る後宮の一室から出火があり、王太子アンブロワーズ率いる近衛騎士が踏み込み、鎮火した。その際、腹を撃たれた寵姫ドロテ夫人と、炎に焼かれた国王を発見し、全裸のギュネ侯爵を拘束した。

ドロテ夫人は死亡、国王も間もなく崩御。

ギュネ侯爵の供述によれば、国王の寵姫、ドロテ・バルビエはギュネ侯爵との密通現場を目撃され、激怒した国王に殺害されたという。国王がギュネ侯爵をも殺そうとしたので、ギュネ侯爵が火のついたランプをぶつけて反撃し、炎に巻かれて国王も死亡した、と。

ギュネ侯爵には禁止薬物の製造・密売の疑いもかかっており、証拠もあがって罪を認めたため、国王殺害と違法薬物の密売の罪で死罪の上、爵位財産は没収となり、即日執行された。さらに、ギュネ侯爵の党与であったアニエスとロクサーヌの父ラングレー伯爵も、薬物の違法取引と贈賄罪に問われ、やはり死罪が決まった。

ただし、ロクサーヌとアニエスが、あの時、後宮に囚われていた事実は秘匿された。あの場にいた国王の親衛隊はすべて殺され、事情を知るのはごく一部の近衛、ジルベールら側近と医官のみ。

――アンブロワーズの「父殺し」とアニエスの誘拐は、闇に葬られた。

国王ジョスランの崩御により、アンブロワーズが新しい国王として即位した。

もともと、国王は後宮に幽閉も同然で、政治の実権は王太后と王太子の元にあったため、大きな混乱はない。王の葬儀が終わり次第、王太后は政治の表舞台より退き、名実ともにアンブロワーズの親政が開始される。

隣国からの使者として滞在中だったリシャールは、突然の国王代替わりに立ち会うことになり、本国への連絡に忙殺された。

あの日、先に王太后宮に帰ったはずのアニエスはいつまで経っても戻ってこず、近衛騎士を総動員しての捜索が行われた。その後、後宮で火災が発生したという物騒な知らせに、王宮全体がものものしい雰囲気に包まれる。外国人であるリシャールは自由に動くことも許されず、ずいぶんと気をもんだが、深更に及んでようやく、王太子侍従官のジルベールと女官長補佐のマダム・ルグランが王太后に事件の収束と、アニエスの無事を報告した。リシャールが知りえたのは、国王と寵姫が死に、ギュネ侯爵が拘束されたことだけ。翌日にはギュネ侯爵は処刑されたが、肝心のアニエスは王太后宮に戻ってこず、なぜか王太子宮で療養するという。アニエスの身に何があったのか、療養とはどういうことか、リシャールの問い合わせに対する、国王侍従官ジルベールの答えは要領を得ない。

隣国の使者として、継承したばかりのルエーヴル女公爵の無事を確かめなければ主君に申し訳が立たないと、リシャールは何度も王太子宮に押しかけ、アニエスとの面会を要求した。

「レディ・アニエスは我が国の女公爵です！　なぜ対面が叶わぬのです！　私はロベール国王の使者ですよ！」

だが、侍従官ジルベールの返答はなんとも人を食ったものであった。

「ルエーヴル女公爵は、新国王アンブロワーズ陛下の特別なご友人です。例の火事騒ぎで軽い怪我を負い、今も陛下の寝室で静養中です」

「怪我！　まさか火傷かなにか？」

「いえ、女公爵の怪我自体はたいしたことないんですけど、陛下の方がね……自分の部屋に囲い込んで、暇さえあれば女公爵の見舞いと称して籠っているので、到底、他の男性と逢わせる許可なんて、出せないと思いますよ」

つまり、アンブロワーズは昼夜構わずアニエスのもとに通い詰めているというのだ。

——仮にも父親の喪中に、なんたる破廉恥な！

腹に据えかねて、親族でもある王太后を通じて申し入れもしたが、そちらも謝絶された。

「すまぬの。あれは火事に対してトラウマがある故、神経質になって、アニエスを手放せぬらしいのじゃ。それに、アニエスの父親のこともある故、外に出せば口さがない噂の餌食になろう。ひとまず、今はアンブロワーズの手元に置いた方がよいと、妾の判断じゃ」

なんのかんのと孫に甘い王太后にそう言われてしまうと、リシャールとしては引き下がるしかない。

たしかに、ロクサーヌとアンブロワーズの婚約破棄、そして父のラングレー伯爵の逮捕と後宮の事件が重なって、渦中のアニエスは聞くに堪えない噂にさらされるかもしれなかった。ひとまずアンブロワーズのそばにいれば、心ない噂を耳に入れずにすむ。

それはわかっているが、リシャールの心境としては複雑である。

「しかし、ロベール陛下になんと説明すればよろしいのか……」

「ジョスランの葬儀が済む頃にはアニエスの傷も癒え、あれも落ち着こう。それを機会に、こちらに取り戻す故、しばらく待ってたも」

こうして、リシャールは葬儀までの日をじりじりと過ごすことになる。

◆

アニエスはアンブロワーズの部屋に、ほぼ軟禁状態であった。亡き国王の葬儀を翌日に控え、ジョアナが王太后の使いとして訪れ、アニエスは父・ラングレー伯爵の処刑を知った。

「……そう、ですか」

アニエスはそれだけ口にすると、胸の前で聖印を切る。

血を分けた父親ではある。だが、父はアニエスを愛さず、アニエスもまた、自分を老人に売った父を許せない。ましてあの、忌まわしい媚薬の製造に父も関わっていたと知れば、極刑もやむなしと思う。オリアーヌ夫人と嫡男アランは爵位も財産も没収され、平民として王都を追放されたという。

「ロクサーヌは修道院に入ることになったわ」

ジョアナが淡々と説明する。

「精神的にも不安定で、男性を恐れる様子も見えて。……平民になるオリアーヌ夫人やアランに、彼女の面倒を見る余裕はないし」

一度は王太子の婚約者になった女である。ロクサーヌの口から、今回の事件が世間に漏れるのもまずい。

「ギュネ侯爵家から没収した財産の一部を修道院に寄進して、彼女を預けることで話がついたの」

アニエスは複雑な思いで、手にしたお茶のカップをソーサーに戻す。

（もとは修道女を目指したわたしは王宮で保護され、王太子妃になるはずだったロクサーヌが修道院に入ることになるなんて――）

その様子に、ジョアナがそっと、アニエスの手を握った。

「気にすることはない――と言っても無理だとは思うけど、ロクサーヌはまだ、完全には自身の罪を理解していないみたいで」

意味がわからず、アニエスがジョアナを見上げる。

「国王とギュネ侯爵は、あなたに媚薬を飲ませて凌辱し、そうして強引にアンブロワーズ陛下から奪うつもりだった。ロクサーヌは、国王とギュネ侯爵の目的を知っていながら、あなたの呼び出しに協力したのよ。アンブロワーズ陛下の寵愛を受けているあなたが憎かったと、はっきり言ったわ。あなたがおとなしくギュネ侯爵の慰みものになりさえすれば、すべてが上手くいったのにと、取り調べでも言い放ったらしくて……」

「そんなことを……」

アニエスは目を瞠った。

ロクサーヌは、自身がギュネ侯爵の後見を得るために、姉のアニエスが犠牲になることに、欠片も疑いを抱かなかったのだろう。

「……まさか自分があんな目に遭うなんて、話が違う、自分は最大の被害者で、全部、アニエスが悪いのだと……」

ジョアナの言葉に、アニエスは俯く。

ギュネ侯爵に犯される妹の姿を思い出すたびに、アニエスの胸にはあの時の恐怖と嫌悪感がよみがえり、動悸が激しくなって、胸がつぶれるような気持ちになる。たった一人の妹でもあり、心身ともに傷つけられた彼女の行く末は心配でもある。だが、アニエスを国王の狂宴に差し出すつもりだったロクサーヌに対して、アニエスにできることはもう、何もないらしい。まして、彼女がアニエスに対し、理不尽な恨みを抱いているならば、なおのこと。

「明日、葬儀が終われば、新国王は本宮に移るわ。さすがに本宮の寝室にあなたを連れていくのはまずいから、王太后宮に戻すことに、やっと同意なさった。――まったくあの……」

何か不穏な言葉を口走りかけ、ジョアナは慌てて口元を押さえる。

「もう、準備はできているから。明日、新国王陛下が出かけたら、迎えにくるわね」

「……よろしくお願いします……」

アニエスが頭を下げる。ジョアナを見送って、アニエスは一人になってホッとため息をつく。

アニエスは王太子の寝室から出ることも許されておらず、王宮に渦巻いているだろう、凄まじい噂からは守られている。

国王と寵姫が死に、ギュネ侯爵が処刑され、国王派は一掃された。法的に縁は切れているとはいえ、処刑されたラングレー伯爵の娘でもあるアニエスが、アンブロワーズの寵愛を受けている。この醜聞を、人々はなんて噂しているのだろうか。

さすがのアンブロワーズも、国王の寝室までアニエスを連れ込むことはできず、王太后宮に預けることに同意した。

――これから先、自分はどうなるのだろう。

アニエスは窓辺に座り、窓の外に広がる王宮の庭を眺めて過ごした。

その日の夕暮れ、アニエスは寝室の窓からテラスに出た。

大理石の太い柱にもたれ、西の空を見上げていると、隣の執務室のテラスに、侍従官と近衛兵が出てきて煙草を吸い始めた。そこに室内からアンブロワーズの声がかかる。

「今、戻った」

「あ、殿下……じゃなくて陛下。王太后陛下のご様子はいかがです？」

「息子が死んだわりには、まあまあ元気だった」

兵士たちとアンブロワーズの声に、アニエスの心臓がドキドキする。

彼らからは死角になって、アニエスの姿は見えないらしい。なんとなくその場から動くことができず、アニエスは息を殺し、彼らの会話に耳をそばだてる。

「――葬儀がすんだら、後宮は潰して、離宮を立て直す」

「離宮を？　何に使うんです？」

「アニエスを住まわせる。本宮から、王太后宮に通うのは遠い」

（――私を、離宮に……？）

盗み聞きするつもりはなかったけれど、こうなるとますます、その場から動くことができなくなり、アニエスは息を詰める。――誰かが、のんびりと尋ねる声がした。

「アニエス嬢を、王妃になさるのではないのですか？」

核心をつく問いに、アニエスは呼吸を止める。少し間をおいて、アンブロワーズが答えた。

「……いや、王妃候補は重臣の娘たちから別に募る。アニエスを王妃にするつもりはない」

その答えに、鈍器で殴られたような衝撃を受ける。

アニエスを、王妃にするつもりはない――

愛されていないことは、知っていた。一度として、愛を囁かれたことはない。これまでは、ロクサーヌという婚約者がいたから――アニエスはそう、自らに言い聞かせてきた。でも、ロクサーヌとの婚約は破棄され、彼女は修道院に入った。そして、毎晩のようにアニエスを抱いておきながら、アンブロワーズはアニエスを王妃にするつもりはないと言う。その言葉は、アニエスの心を打ち砕くのにあまりあった。

(じゃあいったい、わたしは何なの――?)

アニエスの心臓が、ドクドクと音を立てる。アンブロワーズは、焼けた後宮の跡地に離宮を立て、そこにアニエスを囲うつもりでいるらしい。――つまり、亡き国王の寵姫だったドロテ夫人のような扱い――

(どうして――わたしが、隣国の女公爵だから? それとも単に、愛されていないから――?)

結局、アンブロワーズにとって、アニエスはただの子を生むための道具で、ルエーヴル領を手に入れるための都合のいい駒に過ぎないのか――

絶望的な結論に思い至り、アニエスは柱の陰で、無意識に自分を抱きしめた。

そして、自分がここまで傷ついている理由に気づき、さらに絶望する。

(わたし――)

アニエスはそっと柱から離れ、音を立てないように室内に戻る。フラフラとベッドに近づき、ドサリと倒れ込んだ。

(わたしは、アンブロワーズ様を愛してしまったのに――)

言葉にならない思いがグルグルと回って、アニエスは目を閉じた。

いつの間にか眠っていたらしい。

アニエスは、隣に潜り込んでくる人の気配に驚いて、慌てて身を起こした。当たり前だがそれはアンブロワーズで、緊張したアニエスの様子に、淡いランプの光の中、わずかに申し訳なさそうに眉を下げた。

「驚かせてしまったな。すまない」

「い、いえ……わたしこそ、申し訳ありません」

「なぜ、謝る。……もう、夜中だ。いつも、先に眠っていていいと言ってあるだろう」

アンブロワーズが絹のシャツの襟元を緩めながら言う。

「……今日は食事もとらずに眠ってしまったと聞いたが、何かあったのか」

アンブロワーズに尋ねられ、アニエスはとっさに嘘をついた。

「その……昼に、マダム・ルグランから、父と、妹の話を聞きましたので……それで……」

王妃にするつもりはない、という言葉を立ち聞きしたせいとは、口が裂けても言えなかった。

「……ロクサーヌは、修道院に入ったとか。……その、よろしかったのですか？」

そのかわり、そんな質問が口を突いた。

アンブロワーズはまだ、ロクサーヌを愛している。だから、アニエスを王妃にするつもりになれないのでは――そんな疑いがつい零れる。

だがアンブロワーズは不思議そうに眉を顰めた。

「ロクサーヌ？」

「ロクサーヌがあんなことになって、その……あの子を愛していらっしゃったのでしょう？」

しかし、アニエスの言葉にアンブロワーズは青い瞳を精一杯見開き、アニエスをじっと見た。

「私が、あの女を愛していたように見えたのか？」

「違うのですか？」

「あの女を婚約者に選んだのは、ギュネ派を炙り出すための、囮だ。だがそのせいで、そなたを宮中の謀略に巻き込んだ。そのうえにあんな……」

アンブロワーズがアニエスを抱き寄せる。

「ギュネ侯爵を片付けてから、父上には薬か何かで穏やかに逝っていただくつもりだったのに。――少しばかり、己の能力を過信していた。すまない」

アンブロワーズに詫びられて、アニエスは先日の恐怖を思い出し、硬い胸に身をゆだねる。

すると自然に腕がアニエスの背中に回された。アニエスの存在を確かめるように背中に這わされる手の感触に、アニエスはアンブロワーズの執着のようなものを感じてしまい、心の中で首を振る。

（違うわ。誤解したらだめ。――この人は、わたしのことなんて、愛してない――）

「いえ、助けてくださってありがとうございます……アンブロワーズ様。すごく、嬉しかった……」

「アニエス……」

アンブロワーズがアニエスを抱きしめる腕に力を込め、唇と唇を合わせせる。そのまま圧し掛かろうとしたところで、アニエスが彼を止めた。

「その！　……わたしは、明日にも王太后宮に？」

アンブロワーズがアニエスに覆いかぶさったまま、頷く。

「ああ。わたしは明日、本宮の国王の部屋に移る。そなたを本宮に連れ込むのは、おばあ様にも止められたし、重臣たちの目がうるさい。……なに、ちょっとの間だ。すぐに近くに呼び寄せるまで、いい子で待てるな？」

耳元で熱い息とともに囁かれて、アニエスがぐっと目を閉じ、顔を背ける。

「アニエス？　……すねているのか？」

「……違います……その……」

わたしを、これからどうする気なのか――聞きたいのに、尋ねる勇気がない。

普段ならしない抵抗を見せたアニエスに、アンブロワーズが少し身体を離し、顔を覗き込む。

「焼けた後宮を壊して、跡地に離宮を立てるつもりだ。……庭を、広く取って」

アンブロワーズがアニエスの肩口に顔を埋め、細い身体に腕を回し、抱きしめる。

「噴水と、花壇と、薬草園と……アーモンドと金雀枝（エニシダ）を植えて……そなたと、私だけの庭にする」

アンブロワーズの言葉に、アニエスは目を瞠（みは）った。

――その庭はまるで、修道院の――？

アニエスの困惑をよそに、アンブロワーズはアニエスの夜着を脱がせ、素肌に唇を這わせる。

すっかり飼いならされた身体は、やすやすと快感を拾い、すぐに息が荒くなる。

愛されていないと知りながらも、求められれば拒むことができない。

なぜなら――

アニエスはアンブロワーズの首筋に両腕で縋りつく。ケロイド状になった、火傷の痕の感触。

（この人はわたしの初恋。たとえ政略の駒でも、子を生むための道具でも、わたしはこの人を愛してしまったんだもの——）

ひとかけらの愛もないのに、力ずくで純潔を奪われた。ルエーヴル領を手に入れるために、子を孕ませるだけの関係を強いる、ひどい男。でも、幾度もアニエスの窮地を救ってくれた。

ギュネ侯爵から。父のひどい言葉から。そしてあの、国王の狂乱の宴から——

（愛されていないとわかっているのに、そばにいられるだけでいいと思ってしまう——）

初めて出会った日のことは、あまりに儚く美しい記憶で、想い出すだけで胸が痛い。そして、美しい想い出を打ち砕くような、再会の夜の凌辱。抱かれるたびに焦がれるように幾度も名を呼ばれ、身も心も焼き尽くすような快楽を注ぎ込まれて、アニエスは囚われてしまったのだ。——蜘蛛の巣に絡めとられた、哀れな蝶のように——

熱をもったアニエスの肌に、アンブロワーズの絹のシャツが触れる。彼はアニエスを抱く時も素肌をさらさない。薄い布地一枚が、彼からの隔てのように感じられて、アニエスはシャツをぎゅっと握りしめた。

（許されるなら、もっと近づきたいのに——）

アンブロワーズの長い指がアニエスの秘裂を割り、ゆっくりと膣口に侵入してくる。

「ふっ……んんっ……んっ……ああっ……」

内部の感じる場所を的確に刺激されて、アニエスの腰が跳ねる。もう一度唇を塞がれ、熱い舌に咥内をかき回される。ぴちゃぴちゃと二か所で水音を響かせ、アニエスの心と身体を蕩かせていく。

「んっ、んんっ、あっ、ああっ、ああんっ……いあ……」

金茶色の長い髪が、白い敷布の上に散らばる。いつもよりも性急に、アンブロワーズの剛直がアニエスの中心に突き立てられる。

「アニエス……」

アンブロワーズの額を汗が流れ落ち、胸を大きくはだけた絹シャツは汗で素肌に張り付いている。アニエスの両手は快感に耐えるように、アンブロワーズの絹のシャツをきつく握りしめた。アンブロワーズのなすがままに揺さぶられ、快感の波に翻弄される。突き上げられるたびに揺れる白い胸の、頂点の尖りをアンブロワーズが咥え、吸い上げる。

「ああっ、ああっ、やああっ、あっ、あっ、ああっ……」

強い刺激にアニエスの中が反応して、アンブロワーズの楔(くさび)を締め付ける。アンブロワーズが舌で圧し潰すように乳首を転がし、軽く歯を立てれば、アニエスの内部がさらに震える。

「もうイくのか、アニエス……淫乱な、私の聖女……アニエス……」

アンブロワーズは乳首から口を離すと、奥歯を噛みしめてより深い場所に陰茎をねじ込んだ。奥の感じる場所を突かれて、アニエスの脳裏が真っ白に染まる。

「ああぁっ……ぁあ――――ッ」

「くっ……アニエスッ……」

アニエスがついに達して、白い喉を反らし、全身を痙攣させる。アンブロワーズの楔(くさび)も爆ぜた。

どくどくと長く続く射精の間、アンブロワーズは汗ばんだ両腕でアニエスを強く抱きしめ、荒い息を吐きながら耳元で囁く。

「アニエス……早く、孕め……そうすれば……」

「あ……アン、ブロ……ワ……ズ……さま……」

絶頂の余韻の中、アニエスは胸の痛みとともに思う。

（アンブロワーズ様の目的は、わたしに、ルエーヴルを継げる子供を生ませること。──孕んでしまったら、この関係も終わり──）

第十章　リシャールの求婚

翌日、漆黒のジュストコールをまとったアンブロワーズが国王の葬儀に向かうのを見送って、アニエスは王太后宮に移った。

王太后は高齢を理由に王宮外の大聖堂で行われる葬儀には出ず、自分の宮で喪服を着て過ごしていた。アニエスもまた黒に近い濃紺のドレスで伺候すると、王太后が微笑んで出迎えた。

「……アニエス。そなたには、息子の不始末を詫びねばならぬ。そなたの味わった恐ろしさを思えば、どう、償うべきか──」

「陛下……」

王太后に呼ばれ、アニエスは勧められたひじ掛け椅子に腰を下ろす。

以前と違い、すでにルエーヴル女公爵となったアニエスは、王太后の客人扱いとなっている。

「妾は四人、子を儲けたが、育った男児はあのジョスランだけであった。幼少で即位し、国王の重責を担うべく、厳しく教育したが……それがかえってようなかったのか」

王太后が扇で顔を覆い、ため息をつく。

「佞臣は、国家に巣くう寄生虫も同じ。払うても払うても、まとわりついていつの間にか巣を作っておる。あの男は宰相の苦言を恨み、良かれと思うてめあわせた年上の王妃を蔑ろにし、踏みつけて――」

王太后が瞼を伏せる。目じりの皺に、苦悩が滲み出ていた。

「いっそ我が手で始末をつけるべきと思いながら、それができずにいた。……悔やんでも悔やみきれぬ。我が身の不明じゃ」

国の害悪にしかならぬと知りながらも、最後の鉄槌を下すことができなかった。

すべては母の、子への愛ゆえに。

なんと答えてよいかわからず、アニエスはただ無言で、王太后の懺悔を聞いていた。

しばしどこか遠くを眺めていた王太后は、アニエスに視線を戻し、微笑む。

「そなたはもう、ルエーヴル女公爵。そうよの、妾の孫のようなつもりでおる。この宮では気楽に過ごすがよい」

「有難き幸せにございます……」

王太后の心遣いに、アニエスは丁寧に礼を述べた。

亡き国王の葬儀から数日は、さまざまな宮廷行事が朝から晩までぎっちりと詰まって、新国王アンブロワーズには王太后宮のアニエスを訪ねる暇もないようだ。

その間、アニエスは王太后宮でダンスや楽器の指南を受け、老学者から隣国の歴史を学んでいる。

そんなアンブロワーズに会えない日々、アニエスのもとには頻繁にリシャールが訪れていた。

リシャールは外国人であるから、あの日、後宮で起きた出来事は詳しくは知らされていない。ただ国王が崩御してアンブロワーズが即位し、前王の寵姫と寵臣が粛清されたことだけを知っている。

さしたる混乱もなく政権を掌握した新国王アンブロワーズ。

リシャールにとっての問題は、彼が襲爵したばかりのセレンティアの女公爵と特殊な関係にあることだった。

セレンティアのロベール国王の意向としては、アニエスをリシャールのような信頼できる王家子飼いの貴族に嫁がせ、セレンティアに連れ帰りたい。しかし、新国王の恋人を無理に引き離せば、アンブロワーズの恨みを買い、両国の関係に亀裂を生むかもしれない。

それよりは、一定の条件を提示して、アニエスとアンブロワーズの結婚を認める方が得策か……

リシャールは慎重に、アニエスの観察を続けていた。

その日もアニエスは大きな羊皮紙の歴史書を広げ、老学者の講義を必死に書き取っていた。

「この王女がセレンティア王家の最初の女王、カトリーヌ一世でございます。この折、この国は――」

セレンティアの法と歴史を研究する老学者とリシャールは以前から顔見知りだったため、リシャールが部屋を覗くと、老学者は読んでいた本から目を上げ、挨拶した。

「これはリシャール卿」

「講義を聴講させていただいても？」

「もちろんです。本日はカトリーヌ一世の即位の部分でして……」

老学者の勧める椅子に腰を下ろし、リシャールが言う。

「ヴェロワでは、女性は爵位も王位も継承することはできない。一方、我がセレンティアは女性でも爵位や王位を継承できる。この国はなぜ、できないのでしょうか」

リシャールの問いに、老学者は鼻眼鏡を直しながら即座に答えた。

「ヴェロワ王家では、五代前の国王ジルベール二世が、女子の継承を制限する法を制定したからですよ。……ジルベール二世は、前王の娘と壮絶な継承戦争の末に即位していますから。逆に、セレンティア王家は王子が生まれず、危うく王統が絶えるところだった。故に女子の継承が認められているのです」

両国の法の違いについて、リシャールと老学者が議論を戦わせた後、時間になって老学者は帰っていった。

ジョアナが老学者を見送りに出て、二人きりになった一瞬の隙に、リシャールはアニエスに尋ねた。

「……以前、私はロベール王の意向もあり、君に結婚を申し込んだ。あの時は、アンブロワーズ陛下に邪魔をされてしまったが……」

アニエスは以前のことを思い出し、驚いてリシャールを見た。

「アンブロワーズ陛下は、君を王妃にする気があるのだろうか？」

「――それは……セレンティアが反対すると……」

「建前ではね。だが、交渉の余地がないわけではない。やかましい条件を付けることになると思うが、要はあの男の腹一つだよ」

リシャールの問いに、アニエスはしばし沈黙し、それからか細い声で言った。

「アンブロワーズ様……いえ、国王陛下は、わたしを王妃にするつもりはないと思います」

アニエスの言葉に、リシャールは凛々しい眉を寄せた。それから、生真面目な表情のままアニエスを見つめる。

「ならば――やはり君は私と結婚すべきだ。ロベール陛下に急使を送り、君と私の結婚を勅命で認めてもらえば、君を救い出せる」

その真剣さにアニエスは慌てて首を振った。

「いえ、そんな――わたしは……」

正義感の強いリシャールは、本気でアニエスを救おうという気はあるのだろう。――隣国の利益が最優先だとしても。

アニエスが目を伏せる。

（アンブロワーズ様が、わたしを愛していないのは知っている。でも、わたしは――）

「……わたしはその……あなたを愛していません。リシャール卿」

アニエスの言葉に、リシャールが片方の眉を上げた。

「それは――仕方がないな。私だって、君を愛しているわけじゃない。……今は、まだ」

リシャールがアニエスを正面から見て言った。

「でも、私は少なくとも不誠実じゃない。彼のしようとしていることは、君を裏切るだけじゃない。神をも裏切る行為と思わないか？」

アニエスはその言葉に、若草色の瞳を見開いた。

第十一章　アニエスの決断

突然の王位継承に、周辺諸国の大使らからの弔問と即位お祝いの使者がひきも切らない。新任の大使の歓待も兼ね、新国王主催の昼間の園遊会が開かれた。

その日は王太后も出御することになり、アニエスも伴（とも）の一人として従うよう、命じられた。

「リシャールももうすぐ帰国することになっておる。アニエスもルエーヴル女公爵として、社交の場に出ていくべきじゃ」

というわけで、小花柄にレースをあしらった可憐なドレスを着せられ、アニエスは主宮の南に広がる美しい庭園へと連れ出された。噴水のある池を中心に、左右対称に作られた美しい庭には一分の隙もなく、綺麗に刈られた緑の生垣が並んでいる。

孫娘のように王太后の脇に控えるアニエスには、高位貴族とその令嬢たちの視線が集中した。

「そなた、注目の的であるな」

扇で口元を隠して王太后に囁かれ、アニエスが驚いて聞き返す。

「わたしを？」

「そなたがアンブロワーズの寵姫なのは、周知のこと故。……ロクサーヌとの婚約がなくなり、次期王妃の座が空いた。みな、虎視眈々と狙っておるわ」

アニエスはハッとして扇の陰で俯く。王太后宮に移って以来、アンブロワーズはアニエスのもとを訪れていない。それに――

アニエスはここのところ、体調不良に悩まされていた。

食欲がなく、倦怠感があって、月のものも遅れている。

もしかしたらと思う不安で、夜もよく眠れない。

（もし、子供ができたのなら、それがアンブロワーズ様との終わり――）

思わず自らの薄い腹に手を当てたアニエスを、王太后がもの言いたげに見つめていた。

その時、ファンファーレが鳴り響き、思考の海に沈んでいたアニエスが我に返る。

小姓と侍従官を従えた新国王アンブロワーズが、堂々とした足取りで会場に現れた。

白地に金糸刺繍を施した豪奢なジュストコールに、煌めくプラチナブロンドの長い髪。太陽の光の下で、神が造形したかのような完璧な美貌がいっそう輝きを放つ。その威に打たれた取り巻く貴族たちが一斉に拝礼した。

アニエスもまた、久しぶりに目にするアンブロワーズの美しさに、心が吸い寄せられてしまう。

(――ああ、わたしはこの人が好きなんだ)

愛されていないとわかっていても、拒むことも、目を背けることもできない相手に、アニエスは周囲に聞かれないように、扇の陰でそっと溜息をつく。

アンブロワーズはまっすぐに、祖母の王太后――アンブロワーズが即位した今、正しくは太王太后だが――の前に進み出ると優雅に膝を折り、その手の甲に口づけて挨拶をする。

それから、王太后の側に控えるアニエスに視線を当て、ふっと青い瞳を微笑ませた。屋外の日の光を浴びて、その笑顔は透き通るほど美しかった。――昔、修道院の庭で初めて出会った時と同じ清冽な透明感に溢れて、アニエスの心臓がドキンと跳ねる。

「今日はわざわざありがとうございます、おばあ様」

「よい日和じゃ。……ルエーヴル女公爵の、襲爵の披露目にもちょうどよい」

「そう、ルエーヴル公爵位を無事に継いで、おばあ様の元で研鑽を積んでいるとか。ダンスの腕前が上がったのなら、いずれ、ぜひ」

アンブロワーズがアニエスに声をかけ、用意されていた折り畳みの椅子に腰を下ろす。その時、さりげなくアニエスの肩に触れ、意味深にその腕をなぞる。

触れられたところがひどく熱い気がして、アニエスは頬を染めて俯いた。

公の場で、あえて関係を隠さないアンブロワーズ。明らかに親密な二人の空気に、周囲がざわめいた。

――あれが、以前から噂のある、アンブロワーズ陛下の愛人？

――故ラングレー伯爵の娘で、元の婚約者ロクサーヌ嬢の異母姉……

当面は喪中だが、いずれ、アンブロワーズも王妃を迎えなければならない。婚約者すらいない美貌の王の結婚は、貴族の関心の的である。周囲の痛いほどの視線に、アニエスは王太后に借りた扇の陰で身をすくませる。

関係を仄めかすことで、アンブロワーズは周囲の注目を煽り、そうしてアニエスの心を弄んでいるのだ。

（――わたしを王妃にするつもりもないくせに……）

王太后の側に控えるアニエスは、国王アンブロワーズのもとを入れ替わり立ち替わり挨拶に訪れる貴族と、その令嬢たちとのやり取りを、否応なく見せつけられることになる。

真っ先に近づいてきたのは王太后派の重臣、ベランジェ侯爵とその娘であるリリアーヌであった。

「国王陛下、太王太后陛下におかれましては、ご機嫌よろしゅう」

ベランジェ侯爵家には先々王の妹が嫁いでいて、リリアーヌはその孫にあたる。アンブロワーズにとっては又従妹だ。実は、ロクサーヌが婚約者候補に上げられるまで、リリアーヌこそ王太子妃の最有力候補であったのだが、もちろん、アニエスはそんなことは知らない。ただ、リリアーヌがアニエスに向ける視線には、なんとなく険があって、アニエスは居心地悪く扇の陰で俯いた。

王太后が、久しぶりに会った旧知のリリアーヌに親しげに声をかける。

「そなた、嫁入りは――」

「あいにく、まだ……失恋しても、諦めきれない恋もございます」

リリアーヌの渾身の流し目を、しかしアンブロワーズはあっさり受け流す。ベランジェ侯爵が媚びるように言った。

「某は無私の気持ちで、王家にすべてを捧げる覚悟ができてございます。……我が忠誠も、掌中の珠も」

「そうか。そちの忠誠に感謝する」

それからも、次から次へと高位貴族たちが令嬢を連れて挨拶に来る。もともと、アンブロワーズの妃候補であった彼女たちは、いずれもアンブロワーズの心を射止めようと装いを凝らし、彼に媚びを売る。そしてアニエスに対しては、例外なく敵意の籠った眼差しを向けてきた。

アンブロワーズの寵愛を受けている隣国の女公爵。王妃の椅子を狙うなら、アニエスこそ一番に排除すべき存在だから、当然と言えば当然である。

一方のアニエスとしても、彼女たちこそアンブロワーズの王妃候補だと思えば、やり取りを間近で見せつけられるのは、胸がキリキリと締めつけられるようで辛い。

やがて青い顔をしたアニエスにジョアナが気づいて、王太后に囁いた。

「ルエーヴル女公爵はこちらの庭は初めてなのです。少し、散策をしても――?」

「おお、そうであった、アニエス。この庭はヴェロワ王家自慢の庭。ぜひ見てまいるがよい」

「ならば、ぜひ、私めがエスコートを」

するとちょうど、挨拶に来たリシャールが名乗りを上げ、アンブロワーズの眉がごくわずかに、ピクリとひきつる。王太后はそれを目の端に入れて微笑みながら、了承した。

天幕を去るアニエスたちの背中に、令嬢や高位貴族たちが意味ありげな視線を交わす。

アンブロワーズはしかし、何もなかったように貴族たちに対応を続けた。


「マダム・ルグラン、ありがとうございます。なんだかひどく息が詰まって……」

アニエスが礼を言えば、ジョアナがぶんぶんと手を振った。

「露骨よねぇ。婚約者がいなくなったからって、みんなあからさま過ぎるのよ」

アニエスはさきほどの情景に、数日前の、アンブロワーズの言葉を思い出して、目を伏せた。

『アニエスを王妃にするつもりはない』

――きっとあの中のどなたかを……

めまいを感じてふらついたアニエスを、リシャールがとっさに支える。

「アニエス嬢！」

「あ……大丈夫、です……うっ……」

こみ上げる吐き気に口元を押さえるアニエスの様子に、ジョアナがあることに気づく。

「アニエス……あなた、もしかして……」

青い顔で俯くアニエスの様子に、ジョアナとリシャールがなんとなく悟って顔を見合わせる。

「……それは、まさか」

「いいえ、まだ……何も……」

ジョアナの問いにアニエスが首を振ると、リシャールが言った。

「もし、懐妊ならば、我が国にとっても重要なことだ。ルエーヴルの継承者が生まれるのは、喜ぶべきこと。今すぐにでも、医者を手配すべきだ」

「……はい……でも……」

アニエスは睫毛を伏せ、震える声で呟いた。

「……でも、懐妊したらわたしは……」

ジョアナが問いかける。しかしその声を無視して、アニエスは、リシャールを見上げた。

「アニエス？」

「リシャール卿、わたしの居場所は、隣国セレンティアにありますか？　この子が産まれて、爵位を継ぐまででいいのです。その後は――」

言い募って、再び吐き気をこらえるように口元を押さえる。

そのただならぬ様子に、リシャールは目を瞠（みは）った。

「それは、私との結婚を了承するということですか？　だが期限付きで？　その後は、どうされるのです」

「わたしは、もともと修道生活を送るつもりでした。もちろん、このような罪深いわたしを受け入れてくれる修道会がもし、あるのなら、ですが……」

「アニエス、あなた……」

動揺した様子でジョアナが割って入ろうとするが、リシャールが無言で制止する。それからまっすぐにアニエスを見て、言った。

「レディ・アニエス。私の気持ちは、以前も申し上げた通り。あなたも、あなたの子も、私が責任をもって後見する。だから、私の妻となり、安心してセレンティアで暮らしてほしい」

「ちょ、ちょっと待ってください、そんな簡単に……陛下はなんて仰っているの？　アニエス、本気で？」

ジョアナが止めるが、アニエスが首を振る。

「あの方はいずれ、わたし以外の王妃様をお迎えになるつもりなんです。そうなったら、わたしもこの子も、この国には居場所がなくなってしまう……」

リシャールが頷く。

「そうすべきだ、アニエス嬢。君は私の婚約者として、我が国に来るべきだ」

その言葉にアニエスは泣きそうな顔で微笑んだ。

◆

ジョアナは礼法の許すギリギリの速さで歩いていた。体調の悪いアニエスを王太后宮に帰らせ、侍医を手配し、そしてまっすぐに会場に取って返したのだ。とにかく、国王侍従官のジルベールを捕まえなければ――

「ねえ、ちょっと……」

園遊会の裏方として動き回るジルベールを呼び止める。

「ジョアナ？」

「話があるの。大事なことよ」

「今、忙しい。後にしてくれないか？」

「だめよ。……今聞かないと、絶対、後悔してよ？」

ジルベールが鼻の頭に皺を寄せ、小姓に指示だけ与えて二人その場を離れる。会場の端っこの、人気のない木立の陰に入って、尋ねた。

「いったいなんだ。本当に俺は忙しくて――」

「アニエスが、リシャール卿のプロポーズを受け入れたわ」

ジョアナの言葉に、ジルベールが硬直する。

「はあ？　なんだって？　まさか！」

慌てて口を掌で覆い、周囲を見回す。

「陛下は知っているのか？」

「いいえ。アニエスは、子供ができたら自分は用済みだと思い込んでいて、それで……どうやらその……子供が……」

ジョアナが周囲を気にしながら、ジルベールの耳元で声を潜める。

「そんな……だが、陛下が彼女を手放すとはとても――」

ジルベールの言葉に、ジョアナが頷く。ジョアナの目からも、アンブロワーズがアニエスに向ける執着は常軌を逸している。だが、拗らせすぎた彼の想いはまったく伝わっていない。さらに――

「リシャールは、妊娠して弱気になったアニエスに付け込んでセレンティアに連れ帰る気よ？　ロベール王の勅書をもぎ取って、陛下から強奪する気満々よ？　……それに、あの女たち。王妃候補かどうか知らないけど、アニエスへの態度が悪すぎるわ！　不安になって当然よ！」

ジョアナに責められ、ジルベールが眉を顰める。

「アニエス嬢をいますぐ王妃にはできない。喪中を理由に王妃選定を遅らせ、その隙にアニエス嬢を妊娠させて、囲いこむつもりで……」

「そんな都合のいいこと！　それじゃただの愛人じゃないの！　最低だわ！」

ジョアナが軽蔑を込めて言う。

「アニエスは、子供がルエーヴル領を継げるまで面倒を見てくれたら、後は修道院に入るって。――そこまで思い詰めているのよ！　ほんとにあのクズ……っと」

「ジョアナ落ち着けよ……陛下は即位したばかりで、余計な軋轢を起こすわけにいかない。王妃の座に群がる娘とその父親を選別して、権力を確立しないといけない。だから――」

「だからじゃないわよ！」

ジョアナはジルベールにはっきりと言った。

「リシャールの帰国はもう数日後、それまでに説得しないなら、わたしもリシャールを応援するわよ!?」

それだけ言うと、ジョアナはドレスの裾をからげてプイと庭園に戻っていく。

「あ――」

ジルベールが呼び止めようとしたが、もう、振り返りもしなかった。


園遊会の後、国王執務室でジルベールから話を聞き、アンブロワーズは青い目を瞠る。

「まさか！　……そうか、あの時……クソッ！　嫌な予感はしていたんだ。だが、私はあの場を離れるわけにいかなかったし……」

「リリアーヌ殿と、マルグリット殿……そのあたりとご歓談中でしたからねえ」

嫌味ったらしく言われて、アンブロワーズは苦虫を噛みつぶしたような表情になる。

「……ロクサーヌとの婚約がなくなったからな。まるで蜜に群がる蟻のようだ」

アンブロワーズの言い訳を遮り、ジルベールが言った。

「アニエス嬢は、この国に自分も子供も居場所はないってリシャールに言ったらしいですよ。子供がルエーヴル公爵を継げるまで面倒を見てくれれば、後は修道院に入ると」

「……懐妊は本当なのか？」

「あれだけ盛ってりゃ、そりゃデキるでしょう。孕ませる気満々だったんだから」

「ではなぜだ！　子供ができたのにリシャールを選ぶなどおかしいだろう！」

「この国に居場所がないと思うような扱いを、あなたがしたからでしょう？　あなたは言葉が足りなさすぎる！」

ジルベールに指摘され、アンブロワーズはしばらく天を仰いでからため息をついた。

「おばあ様にも、そう言われた。だが私は……」

「子供ができたんだから、とっとと王妃にしちまえばいい。幸い、婚約者もいない」

「だめだ！」

反射的に否定するアンブロワーズに、ジルベールが目を剥く。

「なぜです！」

「王妃なんて、ロクな目に遭わない。母上の二の舞にはしたくない……」

その言葉とアンブロワーズの表情から、ジルベールはアンブロワーズの母、先王の王妃について、記憶をたどる。もとは幼少の国王を補導した宰相の娘で、国王の放蕩で心労を負い、さらに後宮の火事に巻き込まれて死んだ、悲劇の王妃――アニエス嬢を王妃にしたくない理由が、まさかそんなことだとは！

「……じゃあ、どうするんです？」

「後宮を潰して離宮を建てて、そこに……。もう、国王だし、私が守れる」

「……それって要するに愛人ってことですか？」

するとアンブロワーズは迷わずに頷いた。

「王妃はどうせ形だけだから、おとなしそうな女を見繕って――」

「バカなんですか、あなたは！　アニエス嬢は、あなたの気持ちが信じられないんですよ？　彼女は、自分は、王家がルエーヴル領を手に入れるための道具で、子供さえできたら後は用済みだと思ってる。そのうえ愛人にされて、別の女が王妃として嫁いできたら、絶望のあまり自殺しかねません！」

「……彼女は神の教えを守っているから、自殺はしない……」

そのあまりにひどい言葉にジルベールは唖然とした。

「さらにひどい！　死ねないとわかって、地獄の日々を送らせるつもりですか？」

反論できずに黙り込むアンブロワーズに対し、ジルベールの毒舌は止まらない。

「今のままならどう考えても、リシャール卿と結婚した方が幸せでしょう。今は愛がなくても、そのうちに心が通じ合うかもしれない。少なくとも、見かけが麗しいだけのクズ国王の愛人になるよりかは、よっぽど――」

「うるさい、うるさい、うるさい！」

ダン、とテーブルに拳を叩きつけ、アンブローズがジルベールを睨みつけ、それから顔を歪め、ポツリと呟く。

「……自分が最低だってことくらい、わかっている……」

ジルベールがおや、という表情で主君を見た。

「では彼女は諦めて、リシャールに譲りますか？」

「そんなの絶対に却下だ！」

即座に言い切り、アンブロワーズが唇を噛む。

「――アニエスは私を恨んでいるだろう。それでも、手放すなんて無理だ」

「……じゃあ、どうするんです？」

さっきと同じ問いを繰り返すジルベールに、アンブロワーズが言った。

「……アニエスと話をしてくる。セレンティア行きなど許さないとはっきり告げて――」

そう言って王太后宮に向かうアンブロワーズの背中に、ジルベールが呟いた。

「告げるべき言葉はそれじゃないと思うんだがなあ……」

◆

「間違いなく、ご懐妊でございます」

王太后宮の侍医が、アンブロワーズにそう告げた。アニエスは恐ろしくて、アンブロワーズの顔を見ることもできず、青い顔で俯いた。

「そうか。……ルグラン、おばあ様にも報告を」

アンブロワーズがジョアナに命じて、王太后へ報告に向かわせる。侍医が細かい注意を与えて下がり、メイドも下がらせて二人きりになって、途端に二人の間に沈黙が降りる。

目も合わせないアニエスに焦れたように、アンブロワーズはアニエスの顎をとらえて、無理やり視線を合わせた。

「昼、園遊会では、体調が悪かったのか」

「……いえ、ああいう場は慣れませんで、緊張のせいかと思っておりましたが、だんだん、つらくなって……申し訳ございません」

「謝るな。そなたは悪くない。無理をさせてすまなかった」

アンブロワーズは冷酷そうな見かけとは裏腹に、むしろ、穏やかで繊細な気遣いを見せることもある。――初めて会った時の、修道士だった彼の印象と変わらない。

でも、今の彼は国王として、国益のためならば手段を選ばず、愛のない関係の末にアニエスを孕ませた非情な男だ。アニエスとその子を利用し搾取しても、何とも思わないのかもしれない。

ならば――アニエスはまだ膨らまない腹に手を置き、勇気を奮って、顔を上げた。

「その……」

「なんだ？」

「子供のことなのですが」

「……子供が、どうかしたか」

アンブロワーズの素っ気ない返事に、アニエスは折れそうになる心を叱咤して、言葉を探す。

「この子は、ルエーヴル公爵家を継ぐのですよね？」

お腹に置かれたアニエスの手に、アンブロワーズがそっと、その手を重ねる。

「そうだな」

「この子を産んだら、解放していただけますか？」

静かな決意を孕んだアニエスの言葉に、アンブロワーズの青い瞳に剣呑な光が宿る。

「……解放……？」

アンブロワーズの冷酷な視線に射貫かれて、アニエスはごくりと唾を飲み込んだ。

「その……わたしは、修道院に戻りたいのです。もちろん、わたしのような罪深い者を受け入れてくれる、修道会のお慈悲にお縋りすることになりますが」

早口で言い切ったアニエスに、アンブロワーズは眉を顰めた。

「アニエス、それは――」

「無責任と叱られるかもしれませんが、母がいなくとも子は育ちますし……現に、わたしがそうでしたから」

「そなたは……私の子を産むのがいやなのか？」

アンブロワーズの問いかけに、アニエスは慌てて首を振った。

「そんなことは！　ただ……」

「じゃあ、なぜ修道院に戻りたいなどと」

「領地も、子供も、リシャール卿が後見してくださると言うので、わたしは修道院に――」

「なんでそこにリシャールが出てくる！」

アンブロワーズがアニエスの両腕をそれぞれ掴み、グイッと引き上げるようにして、至近距離で責める。

「そなたは私のもので、胎には私の子がいる。なんで私じゃなくてリシャールに頼る!?」

「それはその……ルエーヴルの領地の管理が……わたしでは無理ですし……名目的に結婚すれば、

後見をしてくださると――」

「ふざけるな……」

ギリギリと骨が軋むほど握りしめられて、アニエスが痛みで顔を歪める。

「い……いた、……」

「名目的だなんて口では言っているが、結婚したら身体を求められるに決まっている！　そんなこともわからないのか！」

「痛……は、放して……」

アンブロワーズはアニエスの唇を奪って反論を封じ、所有権を主張するかのように舌を差し入れ、内部を蹂躙(じゅうりん)する。片手でアニエスのうなじを支え、もう片腕で細い身体を抱きしめ、逃がさないとばかりに力を込めた。

「ふっ……んん……んん――」

角度を変えて長い時をかけて内部を貪られ、息苦しさでアニエスの気が遠くなりかけた頃、ようやく解放される。

「そなたは私のものだ！」

アンブロワーズはいらだたしげに吐き捨て、アニエスをソファに押し付けて、夜着の首元のリボンを解き、薄物を剥ぎ取ろうとする。その両腕をアニエスがとっさに押さえた。

「だめ……！　乱暴はやめてっ……」

拒絶されて、アンブロワーズがハッと我に返る。

――母体に無茶を強いてはいけない。そう、医者からも注意されたばかりだった。

「アニエス……」

アンブロワーズの大きな手がアニエスの頬に触れ、なぞるように首筋に降り、鎖骨から肩のラインを辿っていく。

「私はそなたを手放すつもりはない。リシャールとの結婚も、セレンティア行きも許さない」

「アンブロワーズ……様……でも……」

真下からアンブロワーズを見上げると、アニエスの顔の周囲を、アンブロワーズの長い金の髪が覆っていた。

まるで金色の檻のようだとアニエスは思う。

彫像のように完璧な美貌が怒りで青ざめ、青い瞳が熱を孕んでアニエスを見下ろしている。

自分一人であれば、アニエスはアンブロワーズの理不尽な支配を受け入れただろう。もともと人と争うことを好まない従順な性格で、当たり前の幸福も諦めていた。

でも、ルエーヴル公爵位を継ぎ、王宮で過ごし、何よりアンブロワーズに抱かれて子を孕んだ。

アニエスは、無意識に片手を自分の腹において、思う。

（流されるままでいたら、この子は守れない。せめて、この世に生まれ落ちるまででも、母親のわたしが守らなければ――）

アニエスは掴んでいたアンブロワーズの手首から腕を遡り、その肩を辿って首筋にかかる長い髪を避け、レースの襟の陰から覗く、火傷の痕をそっと確かめた。

「アンブロワーズ様。あなたは以前、おっしゃった。わたしに、ルエーヴルの後継者を産ませるのが目的だと。……だから、この子さえ産んだら、わたしの役目は終わりでしょう？」

アンブロワーズの青い目が一瞬、見開かれる。

「……そんな馬鹿な。そんなことは……」

「わたしを抱いたのは、色や欲にかられたせいでもないと。……あなたは、わたしを愛していない」

「アニエス！」

アニエスにはっきり指摘され、アンブロワーズの顔が凍りつく。

「それは……」

言い訳の言葉を探すアンブロワーズに、アニエスは静かな声でたたみかけた。

「あなたは妹の……ロクサーヌの婚約者だった。わたしを抱いた後でも、婚約を解消するつもりはないとおっしゃった」

「ロクサーヌとの婚約は、ギュネ派を炙り出すための囮だ。……あの時点ではまだ、婚約を解消できなかった。そなたには酷な言い方だったとは思うが、あれは――」

アニエスは微笑んで、緩く首を振った。

「それはもう、いいのです。……恨んでも仕方のないことですし、二度も、ギュネ侯爵たちから助けてくださった。……それに……」

アニエスの白い指が、首筋の火傷の痕に触れる。それに気づいたアンブロワーズが動揺して、アニエスの手を上から押さえた。

「……気味が悪いか？　……なるべく、人の目に触れぬようにしていたが」

火傷の痕を気にするアンブロワーズに、アニエスが慌てて首を振った。

「いえ……まさか。昔、同じ傷を見たことがあったから。……六年前に、修道院の庭で、もっと髪も短くて剃髪（トンスラ）もあって――」

アンブロワーズの青い瞳が大きく見開かれ、息を呑んだ。

「アニエス？　憶えていたのか？」

アンブロワーズの問いに、アニエスが儚い笑みを浮かべた。

「忘れるわけありません。たとえたった一度の出会いでも、わたしにとっては永遠の時間でした」

アニエスは目を伏せた。

アニエスは決意を込めて目を上げ、まっすぐにアンブロワーズを見つめた。

生涯、純潔を守り、神に仕えて生きていくはずだったアニエスの、ただ一度の恋――

「アンブロワーズ様。わたしは神への誓いを破り純潔を失った。でも、心までは穢されたくないと思っています。今までは逃げることもできませんでしたが……わたしを少しでも憐れだと思うなら、もう解放してください」

「アニエス……？」

初めて、言い切るように言葉を紡いだアニエスに、アンブロワーズが絶句する。

首筋に触れたアニエスの手を握るアンブロワーズの手に、力が籠った。

「私に、これ以上、抱かれたくないと言うのか？」

「あなたは、他に婚約者がいるのに、わたしを抱いた。婚約者の、姉だったわたしを——」

アニエスは精一杯背筋を伸ばし、アンブロワーズに相対する。

「アンブロワーズ様。わたしは修道院でお会いした時からずっと、あなたに恋していた。だからこそ、神様の許さない関係はいやなのです。わたしを解放して、セレンティアに行かせてください」

「嫌だ！」

アンブロワーズが反射的に叫び、アニエスの手をギュッと握る。

「私に恋をしただと？　六年前から？　一度会っただけの修道士を？　ならばなおさら——」

アンブロワーズはアニエスが座るソファの前に膝をついた。そしてアニエスの手を両手で握りしめ、縋るように言う。

「私を捨ててセレンティアに行くなんて言わないでくれ。側にいてくれるだけでいい！」

必死に懇願するアンブロワーズに、アニエスが若草色の瞳を瞠る。

「捨てるなんて……むしろ、あなたがわたしを捨てるのでしょう？」

その言葉にアンブロワーズが訝しげな表情を作る。アニエスは少し目を伏せてから言った。

「……聞いてしまったのです。わたしを、王妃にするつもりはない、と」

アニエスの告白に、アンブロワーズがギクリと身を固くする。

「アニエス……それは……」

「わたしは隣国の女公爵ですし、何より、王妃に向いていない。もっと相応しい方をお迎えになるべきだと思います。でも……」

アニエスはアンブロワーズをまっすぐに見上げて、はっきりと告げた。

「でも、他の方を王妃に迎えるつもりなら、わたしはあなたのそばにいられません」

「アニエス！　他に王妃を迎えるのは、そなたのためだ！　王妃なんかになってもロクなことはないから、だから――」

アンブロワーズの発言に、アニエスは驚愕の眼差しを向けた。

「は？　どういうことです？」

「だからその――私は、そなたを母上のようにしたくなくて――」

その言葉に、アニエスはハッとした。

「あ……塔の、上の――」

「母上を、知っていたのか」

アニエスは頷いた。石造りの塔の上で、〈アンブロワーズ〉と言う名の人形を抱いていた女性。

あの人が王妃だとしたら――

「……母上は、火事やもろもろの衝撃で、精神(こころ)を病んでしまわれた……十年前――」

アンブロワーズはアニエスの前に膝をついたまま、目を伏せる。

「父は、男女問わず媚薬を飲ませて、複数で凌辱するのを見て楽しみ、時には自ら手を下していた。あの日の獲物は私で……母上は、複数人に凌辱される私の姿を見せられ、私を助けようと父上に火のついた松明を投げつけた。火はアッという間に燃え広がって……」

壮絶すぎる火事の原因に、アニエスは言葉もない。

「では……十年前の火事と言うのは……」

アニエスが金髪に隠された首筋の火傷に触れると、アンブロワーズが頷く。その青い瞳は涙で潤んでいた。

「六年前、兄が死んで王宮に呼び戻される途中、聖マルガリータ修道院に母上を見舞った。王宮で火事を起こした母は、表向き死んだことにされていたから、それが最後の機会だと言われて――だが、母上の時は止まっていた。母上にとって愛しい息子は人形のアンブロワーズだけで、私は見知らぬ見習い修道士に過ぎなかった」

真珠のような涙のしずくが、アンブロワーズの頬を流れ落ちる。――あの日の、修道士のように。

アニエスは慌てて、アンブロワーズの頬を包み込むように触れた。

「母上は、私を愛してくれた。……私を愛したからこそ、命懸けで私を救おうとして、壊れてしまった。あの塔の上で、人形に歌いかける母上は穏やかで、幸せそうだった。王妃であったために、理不尽な苦しみを味わって、大切なものを奪われた。……だから、私は愛した人を王妃に据えることはすまいと――」

アニエスはアンブロワーズを抱きしめ、その長い金色の髪を撫でる。あの時も、修道院の庭で彼は声もなく泣いていた。

そして今も、彼の心は傷ついたままなのだ。

「アンブロワーズ様――」

「アニエス……あの時のこと、私も忘れていない。ハンカチもずっと大事にとってあるし、ロクサーヌに刺繍を頼んだのも、そなたが刺したものだとすぐにわかったからだ。ずっと、私の心にはそなた一人だった」

アンブロワーズもアニエスを抱きしめ、肩口に顔を寄せる。

「……そなたはあのまま、神の花嫁になるのだと、思い切るつもりだった。神の花嫁ならば耐えられると、そう思っていた。だが、ギュネ侯爵が……」

肺腑の底から搾りだすようなため息とともに、アンブロワーズが囁く。

「許せなかった。……他の男に汚されるくらいなら、いっそこの手で……」

「アンブロワーズ様……」

アンブロワーズの手のひらが、アニエスの存在を確かめるかのように、ゆっくりと背中を這っていく。

「そなたが私のことを覚えているなんて、思いもしなかった。力ずくで純潔を奪った私に、そなたの心を望む資格はないとも思っていた。ただ、子を産ませれば、身近に囲い込めるとそればかり考えていた。——アニエス」

アンブロワーズが肩口から顔を上げ、アニエスの額に額を合わせ、至近距離から見つめて尋ねる。

「どうしたらいい。どうしたら、側にいてくれる。どうしたら——」

思いもよらぬ告白に、アニエスは戸惑う。

「わ、わたしは、その……」

「王妃に、すればよいのか？　だが、それは、私が怖いのだ。母上の影がちらついて……セレンティアがどう出るかわからないし、そなたに重荷を背負わせたくない」

アニエスは考える。

（――わたしは、何を望んでいるの？　わたしは――どう、なりたいの？　わたしは、この人を愛している。でも――）

アニエスは深く息を吸い込み、アンブロワーズを正面から見た。

「わたしは、王妃になりたいわけではありません。愛人という立場が嫌というより、他に正式な方がいらっしゃるのに、中途半端な形であなたの側に居続けるのは辛く、神様に顔向けできません。だから……」

アニエスの言葉にじっと耳を傾けていたアンブロワーズが、言った。

「では、こうしよう。私たちのことを神に誓おう。……私はまだ弱くて、そなたを公の王妃にはできない。でも、妻はそなた一人だと誓う。王妃は他に迎えない」

「……それは……つまり？」

「国王に、必ず王妃がいなければならないということはない。しばらく、王妃は空席にしておく」

「はあ……」

「セレンティアも、そなたを王妃にしなければ、文句は言うまい。領地のことはなんとでもなる」

政治的なことはよくわからないアニエスは、アンブロワーズの言葉に困惑してしまう。

アンブロワーズは、いったんアニエスから離れ、ソファの前に片膝をついて姿勢を正すと、その手の甲に恭しく口づけた。

「アニエス、まずはこれまでの非道を詫びる。すまなかった。もし許してくれるなら、いや、許してくれとは言えないが、私の側にいてほしい。神の御前に誓おう。生涯、そなた一人を愛すると」

「えっと……」

神に生涯を誓うが王妃にはしない、と言われても、アニエスには意味がわからない。

「は、はあ……」

はかばかしい返事もできないアニエスに、アンブロワーズがさらに訴える。

「アニエス……私は、そなたとの未来はずっと諦めていた。神の庭で生きるそなたのことを、遠くから思って生きるつもりだった。だが、一度そなたに触れたらもう、そなたなしでは生きられない。アニエス……お願いだから側にいてくれ」

「アン、ブロワーズ……さま……」

必死に縋ってくるアンブロワーズの手を振りほどくなんて、アニエスにできなかった。

アンブロワーズの秀麗な顔が近づき、キスが落とされる。今までの奪うような口づけではなく、希うように降ってくる唇を受け入れ、アニエスは気づけばアンブロワーズの首筋に両腕を回して抱き着いていた。唇と唇が合わされ、舌が絡められる。

アンブロワーズの手がアニエスの身体をまさぐり、夜着を剥ぎ取ろうとしたところで、アニエスがハッとしてその肩を押す。

「だ、だめです！　お医者様が……！」

「優しくする」

「そういう問題では……お腹の子供が……」

妊娠を理由に拒まれ、アンブロワーズの凛々しい眉が顰められる。

「アニエス、冷静に考えてみよう。それは昨日できた子ってわけじゃないんだ」

「はあ」

「今日、たまたま妊娠が発覚しただけで、それは以前からもう宿っていた。今日発覚していなければ、気にせずいつも通りにしたはずだ。医者も無理をさせるなと言っただけだ」

その言葉に絶句すると、アンブロワーズは縋るようにアニエスを見上げた。

「お願いだ。そなたは私のものだと、確かめさせてくれ――」

そこまで縋られれば、アニエスにはそれ以上拒めない。

アンブロワーズはアニエスを抱き上げてベッドに移動し、優しく抱きおろした後、自分でクラヴァットを外し、ジュストコールとジレを脱いだ。

いつも通りのシャツ姿に、アニエスがふと声を上げる。

「……シャツも、脱いでください。……いつもわたしだけ裸で、不公平です」

するとアンブロワーズは目を瞠り、それからレースの襟を緩めた。

「火傷の痕をそなたに見せたくなかったのだ……すまない」

そう、言いながらアンブロワーズは絹のシャツと脚衣を脱ぎ、裸になる。細身ながら、鍛えた無駄のない身体の、うなじから左肩、左上腕にかけて、赤い地図のような火傷の痕が広がっていた。

「修道院では誰も気にしなかったが、王宮に戻ったばかりの頃に、目を背けられて」

それからアンブロワーズが不安そうにアニエスに尋ねる。

「恐ろしくはないか？」

「いいえ、全然。……熱くて、痛かったのでは……」

「痕は残ったが、膏薬がよかった。……そなたの修道院で作られたと聞いた」

「……シスター・リリーが……」

懐かしい名を呟き、アニエスはそっと、傷に触れる。彼からの、心の隔ての象徴のように思えていた絹のシャツも、実はアンブロワーズの気遣いの一つだった。儚く、傷つきやすく、繊細な優しい人であるのは、六年前と変わっていなかった。

——ただ、あまりに言葉が足りないだけで——

アンブロワーズはアニエスを抱き上げ、膝をまたがらせるように座らせた。

「腹をつぶさぬように、今宵はそなたが上だ。口づけても？」

「え……でも……ン……」

今まで許可など得てこなかったアンブロワーズに尋ねられて、アニエスが戸惑ううちに、アンブロワーズの唇で唇が塞がれた。熱い舌がアニエスの口内に割り入ってくる。アンブロワーズの大きな手ががっちりとうなじを支え、舌と舌を絡め合い、歯列の裏をたどり、口蓋の裏を舐め上げられる。

「っ、ふ、アンブロワーズさま……っ」

アニエスはゾクゾクした感覚に震えながら、必死にアンブロワーズの肩に縋り、深まる口づけに応える。

今までの、征服するような口づけとはまるで違う。

アニエスは両手で、アンブロワーズの裸の肩に両腕を回した。初めて触れる筋肉質の肌の感触。手のひらに直接体温を感じると、そのぬくもりをもっと味わいたくて、アニエスはアンブロワーズにぎゅっと身体を寄せる。その隙に、アンブロワーズは器用にアニエスの夜着を脱がせ、二人、生まれたままの姿で抱き合った。

「アニエス……温かい」

これまで知らなかった安心感に包まれて、アニエスはホッと息をつく。そのアニエスの顔中から首筋へと、アンブロワーズはいくつもキスを落とし、胸の谷間に顔をうずめ、ため息を吐いた。

「辛くなったらすぐに言え。無茶を強いるつもりはない」

「は、はい……」

「今は辛くないな？」

アニエスに確認を取ってから、アンブロワーズは大きな手で柔らかな乳房を揉みしだき、立ち上がってきた頂点を軽く摘まんだ。

「あっ……」

腰をくねらせたアニエスを見て、アンブロワーズが目を細めた。

「可愛いな……アニエス……」

アンブロワーズの唇が、アニエスの首筋を這う。両手で優しく胸を揉みこまれて、頂点の尖りと指先が幾度も掠め、そのたびに背筋を甘い刺激が走り抜けて、アニエスの息が荒くなる。

壊れ物に触れるような繊細な愛撫が続くと、まるで遠火で焙られるようで、アニエスは焦れてアンブロワーズに縋る腕に力を込めた。

「アンブロワーズ、さま……それ……もっと……」

「ふふふ……物足りないのか？」

「ちがっ……」

首筋に、アンブロワーズが笑ったらしい熱い息を感じる。脳が沸騰して身体が疼いてしまう。

アンブロワーズの唇が、白い胸の尖りを含み、吸い上げる。

大きな掌が痩せて浮き出た背骨を辿り、ほっそりした腰をとおって、滑らかな尻のまろみを愛おしむように撫でる。

双丘の隙間から長い指を伸ばし、露をたたえた秘められた花弁を分け入り、しっとりと潤った花びらの内側を撫で、ずぷりと蜜口に侵入する。

「はあっ……だめっ……」

アニエスがびくりと白い身体を反らし、甘い吐息を漏らす。

「すっかり、濡れている……」

アニエスの耳にも水音が響いて、羞恥でたまらなくなってぎゅっと目を閉じる。下腹部の疼きがどんどん強くなり、指先の届かない隘路の奥がせつなさにキュンキュンした。そんな様子を見つめめていたアンブロワーズが愛おしそうに眼を細め、アニエスの目尻に口づける。

じゅぷ、じゅぷ……二本の指が蜜洞を出入りし、内部をかき回す。いやらしい水音が響いてアニエスの耳を犯した。

「はっ……ああっ……」

無意識にその指を締め付けながら、アニエスは恥ずかしさで首を振った。

「アニエス、気持ちいい？」

「んっ……あっ……だって……」

薄目を開けるとアニエスを覗き込む、青い瞳と目が合う。アンブロワーズはもう一つの手でアニエスの赤く尖った乳首を摘まんで、きゅっとねじり上げた。

「ああっ……」

愛撫に反応してアニエスの白い身体がビクンと跳ね、白い喉をさらす。

「可愛い、アニエス。もっと食べたい。全部食べ尽くしたくなる……」

アンブロワーズが首筋から鎖骨へとキスを落としながら唇を這わせて、白く柔らかな胸に痕をつける。赤く色づき、ピンと尖った乳首を強く吸い上げられてアニエスは背を反らせて啼いた。

「はっ……んんっ……ああっ……」

舌で先端を押し潰すように執拗に舐めしゃぶられ、同時に指で蜜口をかき回されるとたまらない。

アニエスは与えられた刺激に腰をよじり、甘い声をあげる。アンブロワーズの指が内部の敏感な場所を探り当て、ひっかくように愛撫すれば、アニエスはせりあがる官能に耐え切れず、やがて極限まで膨らんだ快感が弾け、白い胸を仰け反らせて達した。

「あっ……ああああっ……」

びくびくと魚のように身を震わせるアニエスを、優しく抱きとめてアンブロワーズが問いかける。

「イったか……身体は辛くないな？」

「はあっ…はあっ……」

労わるようなアンブロワーズの声を聞きながら、アニエスは弛緩した身体を彼の胸に預け、荒い息を吐く。

「本心はもっと骨までしゃぶり尽くしたいが、無理をさせるべきでないから……」

そうしてアニエスの耳元で囁く。

「アニエス、挿れてもいいか？」

今まで許可も取らずに好き勝手にしてきた男に、突然、いちいち許可を求められて、かえって恥ずかしくてたまらない。

「は、はい……その……どうぞ……」

「そうか、じゃあ……」

アニエスの答えに、アンブロワーズがにっこり笑って、アニエスの小ぶりな尻を持ち上げ、すでにそそり立つ雄茎を蜜口にあてがう。固く尖った先端が花びらを分け入る感覚に、アニエスがぎゅっと目を閉じた。

先端が擦り付けられ、蜂蜜を練るような音がする。すぐに熱いものに貫かれるかと思ったのに、肉竿が花びらを行き来し、すぐ上の花芽を擦られて、アニエスの身体がびくんと跳ねる。アニエスの蜜がしとどに溢れて、アンブロワーズの膝を濡らしていく。

「アンブロワーズ、さま……？」

いっこうに入ってこない男に焦れて、アニエスがアンブロワーズを見れば、微笑みながらアニエスを見つめているのと目が合う。

「……欲しい？」

美麗な唇が弧を描き、アニエスを試すように問いかける。アニエスは羞恥で頭がカッとなって、慌てて首を振る。

「そんな……」

「私は早く一つになりたい。アニエスは、違うのか？」

「それは……だって、恥ずかしい……」

ゆるゆるとした動きに焦らされて、アニエスは身体の奥が切なくて、目尻に涙が浮かぶ。

——やっぱり、この人は意地悪だ。

涙目でアンブロワーズを睨みつければ、アンブロワーズが口角を上げる。

「アニエス、待ちきれない……挿れても……？」

「はい……ああっ……お願いっ、早くっ……」

とうとうアニエスから言質を引き出して、アンブロワーズが微笑み、片手で支えるようにして、先端を蜜口に含ませる。

「アニエス……そっと、腰を落として……そう」

ゆっくりと隘路を分け入るように剛直が食まれていく。まとわりつき、搾りとるように蠢く内部の感触に、アンブロワーズがぐっと眉を寄せる。

「くっ……そうだ、アニエス……いい……」

「あっ……ああっ……」

——ああ、一つになる……入ってくる楔の熱さに、アニエスの身体が灼かれて溶けてしまいそうだった。何度も犯されたはずなのに、この夜初めて、繋がる歓びがアニエスの心に沸き起こる。何度も抱かれて、彼の形も覚えているはずなのに。身体はすっかりこの男に陥落し、淫楽の淵に幾度も堕とされたのに。

「アニエス……愛してる——」

刹那、アニエスの全身を歓喜の波が襲う。愛してる。愛されている——

「アンブロワーズ、さま……ああ、わたしもっ……あああっ……」

アンブロワーズの両腕がアニエスの背中に回され、胸と胸を合わせるようにぎゅっと抱きしめられる。彼の硬い胸にアニエスの柔らかい胸が潰され、汗ばんだ肌と肌が密着する。

男が腰を突き上げ、もっとも深い場所まで一気に貫かれる。快楽のあまり視界が白く染まり、目尻から涙が溢れる。鍛えた背中に両手で縋り、アニエスは白い喉をそらして喘いだ。

「ああっ……ああ——っ」

「はあっ……奥まで……入ったっ……ううっ……アニエスッ……」

アンブロワーズが白く細い喉笛に唇を這わせる。

「アニエス、愛してる……食いちぎってしまいたいくらい……」

男の青い瞳に宿る狂暴な光は、今までのアニエスには恐怖でしかなかった。だが、今夜のアンブロワーズからは、焦がれるような情愛を感じられる。

「愛している」この一つの言葉だけで、すべてが浄化されるような、すべてを許せるような気持ちになる。

(――そう、ずっと聞きたかった。たとえ嘘でも、ただ愛の言葉さえあれば、耐えられる……)

アニエスが背中に抱き着くと、アンブロワーズの動きが激しくなる。アニエスの腰も無意識に揺れ、切っ先がさらに深い場所を抉る。奥を突かれるたびに、アニエスの思考が快楽に溶けていく。

唇から零れるかすかな喘ぎ声と、二人の荒い呼吸が続く。寝台の軋む音に、蜂蜜を練るような淫靡な水音が絡み合う。アニエスの白い身体が興奮で薄桃色に染まり、そらした細い首筋の傷跡が、うっすら赤く浮き出て見えた。

「ううっ……綺麗だ……アニエス……」

アンブロワーズは首筋の傷に唇を這わせ、両手で柔らかな尻を揉んだ。荒い息の合間に口づけを落とし、耳朶を食む。耳孔に舌を這わされて、アニエスの脳が蕩けそうになる。

「ああっそれっ……」

「ずっと、言えなかった……口に出したらだめだと……愛してる、愛してる……」

熱に浮かされたように繰り返される愛の言葉に、アニエスは夢見心地でアンブロワーズに縋りついた。

「ああっ……幸せ……ああっ……」

男に揺さぶられるますべてを委ねれば、やがて大きな波のような快楽が押し寄せて、アニエスは高みへとさらわれる。

「あっ……あああっ……」

ほぼ同時にアンブロワーズも絶頂を迎えて、アニエスの中で果てた。


目を覚ました時、アンブロワーズの腕が身体に絡みついていて、アニエスはぎょっとする。今まで、アンブロワーズはアニエスが目を覚ます前に出て行ってしまうのが常だったから。

——今朝に限って寝坊したの……？

アニエスの身じろぎに、アンブロワーズがうっすらと目を開け、青い瞳がまぶしそうに眇められる。

「……ん……もう朝か……」

アンブロワーズが長い金髪をかきあげ、身を起こす。明るい中でアンブロワーズの素肌を目にするのは初めてで、アニエスは恥ずかしくて目を逸らした。

その様子を目の端で見て、アンブロワーズが笑う。

「今さら、なんだ」

「……だって……」

アンブロワーズは枕元の鈴を鳴らし、すぐにメイドのゾエがお茶を二杯持って顔を出す。

「おはようございます。朝食はこちらで？」

「ああ」

当然のようにアンブロワーズが頷き、アニエスはアンブロワーズの顔をまじまじと見た。

――今まで、二人きりで食事を摂ったことさえないのに。

「……よろしいのですか？」

いったいどういう心境の変化かとアニエスが問えば、アンブロワーズが気まずそうに眉間に皺を寄せる。

「その……今までの態度が悪すぎたと、ジルベールにも責められた。……そなたが、子供だけが目当てだと勘違いするのも当然だと……」

アンブロワーズが、お茶を啜りながら言う。

「おばあ様からも説教されると思うが、これからはちゃんと大切にする。……だから、セレンティアに行くなんて、言わないでほしい」

アニエスはすでにアンブロワーズの謝罪は受け入れていたし、リシャールと名目的な結婚をするつもりはもう、なくなっていた。だからと言って、アンブロワーズと公然と夫婦のように過ごすのは、さすがにまずいのでは、と思う。

やがて、ゾエと数人のメイドが、アンブロワーズとアニエスの衣類を運んできて着替えを手伝い、同時に、丸テーブルに白いクロスをかけ、朝食の皿を並べていく。

アンブロワーズは絹のシャツに脚衣（ブリーチズ）だけのラフな服装で、アニエスはモスリンのシュミーズドレスの上にガウンを羽織って、二人で朝食の席に着く。

クロワッサンにミルクたっぷりのカフェオーレ、ベーコンと卵、コールドチキン、果物。食欲のないアニエスはカフェオーレと果物だけを何とか流し込んだ。中性的な外見に似合わず、アンブロワーズはアニエスが呆れるくらい、朝からよく食べた。

「よく召し上がりますね……」

「運動したからな」

アニエスが真っ赤になって顔を背ける。食事が終わったところで、昨夜アンブロワーズが泊まったと聞いた王太后から、早速呼び出しがかかった。

◆

きちんと身支度を整えてから、二人が連れだって王太后の待つサロンに現れると、周囲の侍女たちがざわりと揺れた。

それも当然だろう。絶対にアニエスの部屋に朝までは居つかなかったアンブロワーズが、アニエスとともに現れたのだから。

「アンブロワーズ、そなた、どうした風の吹き回しか？」

王太后が寝椅子（カウチ）の脇の二人掛けソファを扇で示せば、アンブロワーズはアニエスの手を取って、並んで腰を下ろす。

周囲の侍女たちを遠ざけ、ただ女官長とジョアナだけを残し、アンブロワーズが言った。

「子ができたと聞きましたので……子のためにも、アニエスの立場を守らなければと、これまでの行いを反省したのです」

「今頃ようやく、か。遅いわ」

「はあ……若いうちの過ち(あやま)は、誰でもあることです」

王太后に窘められ、アンブロワーズがわざとらしく肩をすくめる。

「それでどうするのじゃ。リシャールはアニエスを、セレンティアに連れて帰る気でおるぞえ？」

「自分で言う者があるか」

「却下です。そんなことは許さない」

アンブロワーズが断言する。

「とはいえ、どうするのじゃ。……王妃にするのはロベール王が許すまい」

アンブロワーズが少しだけ、眉を寄せて考え、ちらりとアニエスを見た。

「……別に、王妃にしなければいいのでは……」

「王妃にせぬというのは……つまり、結婚は諦めるのか？」

アニエスが困惑して、上目遣いにアンブロワーズを見る。ジョアナや女官長の視線も心なし冷たい。アンブロワーズが、周囲の圧を気にしながら、恐る恐る言う。

「……結婚はしますが、王妃にはしなくても、いいんじゃないかと……」

「はあ？　どういう意味じゃ」

「ですから……子供を私生児にしないよう、結婚はしますが、それは内密にして、王妃にはしないでおく。……つまりその、秘密結婚という形で。教会の書類だけ作っておけば、子供は嫡出子です。ですからルエーヴルの跡継ぎとなりますので、ロベール王と交渉して……」

女官長とジョアナが固まった。

この上、秘密結婚とは、この男、往生際が悪すぎないか。周囲の冷たい視線に、アンブロワーズの声がだんだんと小さくなる。

「どういうことじゃ！　そんなことでロベール王を誤魔化せると思うてか！　この痴れ者が！」

王太后に怒鳴りつけられ、アンブロワーズが言い訳のように早口で説明した。

「隣国はルエーヴル領がアニエスの持参金にされてしまうのを恐れています。アニエスを王妃にすると言えば、絶対に難癖をつけるでしょう」

「そうであろうな」

王太后が頷く。

「私は今、父の喪中で、合法的に一年は結婚を先延ばしにできる。今、アニエスとの結婚をゴリ押しして隣国と揉めても、何もいいことはない」

アンブロワーズが王太后らを説得するように、慎重に言葉を選んで話を続ける。

「セレンティア王家がこだわっているのは、アニエス自身ではなく、アニエスの血筋です。ですから、アニエスが生んだ次代のルエーヴル公爵をセレンティア王家に差し出せば、それでセレンティア王家の懸念は解消されるはずです」

その言葉に、王太后が目を丸くする。

「アニエス自身の化粧料として、我が国に隣接する領地の部分を分け、それ以外は新ルエーヴル公のものとし、新公爵ごとセレンティアに戻せば、セレンティア王家にとってはむしろ好都合のはず」

「……つまり、産まれた子供に早々に爵位を譲ると申すのか？」

「アニエスがルエーヴル女公爵である間は王妃にはしない。アニエスの産んだ子にルエーヴル公爵を譲ってからならば、王妃にしても問題はないはず――」

アンブロワーズの発言に、その場の一同、絶句する。

「たとえば、ロベール王の子との結婚を持ちかければ、あちらはルエーヴル公爵家だけでなく、わがヴェロワ王家の血も入る子との縁談なわけです。どうせなら、ヴェロワ王家の王妃の子の方がいいと、掌を返すに違いない。アニエスを王妃に据えるのはそれからでも遅くない」

「……姑息な……」

ジョアナが零すと、アンブロワーズがにやりと笑った。

「国内的にも、子まで産んでいるのに王妃にしないことで、おそらく貴族たちは、アニエスは王妃にしないと思い込み、娘を王妃に押し込みたい野心家が殺到するでしょう。最初の一年は喪中で誤魔化せるし、その後、私の意向を読み違えて王妃に固執する者がいれば、こちらとしては貴族の選別もできて一石二鳥……」

心なしか得意気に自説を開陳するアンブロワーズに、王太后が呆れてため息をつく。

「……どうしてそう、おぬしは歪んだ策を弄したがるのじゃ、素直に生きればよいものを」

「この宮廷では素直に生きたら殺されていました。……問題はリシャールが納得するかどうかと、傍目にはアニエスがしばらく愛人扱いされてしまうことなのですが――」

アンブロワーズがアニエスを見つめ、アニエスが尋ねる。

「本当に、他の方を王妃に迎えるおつもりはないのですか?」

「それは誓う。……私も目が醒めた。自分や周囲を騙せても、神を冒涜することはできない」

アンブロワーズが断言すれば、アニエスが微笑む。

「でしたら。……リシャール卿は義侠心から、わたしに求婚なさっただけですから、わたしがこちらに残ると言えば、無理強いはなさらないでしょう」

だがアンブロワーズが凛々しい眉を顰める。

「アニエス、甘すぎだ。男なんて、外向きの言葉と内心と、真逆な場合がほとんどだぞ?」

それはアンブロワーズだけだと、その場の全員が心の中で突っ込んだ。

エピローグ

その年の冬、アニエスは女児を出産した。

ひ孫の誕生に、太王太后が舞い上がってしまい、暇さえあれば手元に置いて慈しんでいる。国王アンブロワーズは正式には何も告げていないが、誰がどう見ても国王の第一子なので、祝いの品を届けにくる貴族たちが引きも切らない。

リシャールもまた、ロベール王からの祝いの使者として、再びヴェロワの王宮を訪れていた。

「このたびはご無事のご出産、まことにおめでとうございます……」

「ありがとう、ロベール陛下の心遣い、極めて感謝していると伝えてほしい」

神妙に、国王からの祝いの品を差し出すリシャールに、アンブロワーズがいつもの穏やかな表情で礼を言う。――ただし、その目は笑っていない。

月の精のような人離れした美貌と裏腹に、この男の中身が狡猾で腹黒なのは間違いない。リシャールは隣で赤子を抱いて微笑むアニエスと見比べ、不当な扱いを受けていないか観察した。

王太后と国王からは、十分な愛情を受けていると感じられるのだろう、アニエスは落ちついているように見えた。

その後、場所を移してアンブロワーズから内密の相談を持ち掛けられた。

「……ブランシュ公女とエミール王子の婚約？」

リシャールが琥珀色の目を見開いた。

セレンティアのエミール王子は今、四歳。

――来月には立太子の儀を控えている、ロベール王の息子だ。

「年回りはちょうどいいし、ロベール王が希望すれば、幼いうちからそちらの宮廷で育ててもらっても構わない。王太子の婚約者ということなら、不自然ではない」

「つまり――公女の婚約を理由に、ルエーヴル領の行政をセレンティア王家に委ねる……ということですかな？」

アンブロワーズが頷く。

「そう。……アニエスはしょせん、我が国育ちでセレンティアに身寄りもない。現在も結局のところ、所領の経営は王家の預かりになっているし、正直、アニエスにルエーヴルの経営は無理だ。その点、ブランシュは生まれながらの公爵家の跡取りだから、教育も早くから取り掛かって、先を見据えて家臣団を育てることも可能だろう」

立て板に水の説明に、リシャールは反論の余地も与えられず、ただ耳を傾けた。

「そして、ブランシュがある程度成長したところで、ルエーヴル公爵位を譲るのが穏当だろう。そのうえで、次期ルエーヴル女公爵としてセレンティアの王家に嫁ぐならば、我が国がルエーヴルに対して野心を持っていないことを理解してもらえるはずだ」

アンブロワーズの提案は、セレンティア王家としては断る理由のないもの。一番の問題はルエーヴル女公爵がヴェロワの王宮に留められたままになることだが、国王アンブロワーズがアニエスに執心なのだから、しょうがないと言えば、しょうがない。

「婚姻のことは私の一存では。本国に持ち帰り、王の裁定を仰ぎたいと思います」

「ああ、そうしてくれ。……あとこれは一応……」

アンブロワーズは懐から一枚の証明書を出して、リシャールに示した。

「……これは……」

「私とアニエスの結婚証書だ。公にはしていないが、ブランシュは私生児ではなく、私の嫡出子なので、継承に問題はない。……ただし、今のところは内密に」

リシャールは赤銅色の眉を顰め、アンブロワーズに尋ねる。

「なぜ秘密にする必要があるのです？」

「結婚を公にすると、アニエスに王妃の重圧がかかる。いろいろ面倒なことを言う者もいるし……」

「……アンブロワーズ王の王妃の座は、現在、選定中と聞きましたが……」

「未婚の貴族令嬢を呼んで茶話会は開いているがね。勝手に王妃を選定すると思い込んでいるだけだ。私はその中から王妃を選ぶなんて、一言も言ってない」

長い脚を組んでうそぶく姿に、リシャールは瞬間的に殺意を覚えるが、必死に呑み込む。

「……そういうことでしたら、ロベール王にはお伝えいたします……」


さて、公女ブランシュが生まれて三か月ほどした春の盛り、アニエスは本宮の奥の、かつての後宮の跡地に完成した離宮に居を移すことになった。

王太后宮は本宮から遠く、アンブロワーズが通うのに不便という理由である。

国王の居室の隣の、王妃の間でないことで、アンブロワーズはアニエスを王妃にするつもりはないのだと、貴族たちは噂しあった。

「王妃の間など、重臣たちの干渉が激しく、厄介なだけだ。一挙手一投足を監視される。……私の母上のように」

アンブロワーズはアニエスの手を取り、真新しい離宮を案内しながら言った。

「その点、ここならゆっくり過ごせる。内装もすべて、私が指図して決めた」

豪華で重厚で、やたらキラキラしている本宮と異なり、離宮は繊細な造りだった。豪華で派手な王宮におののいていたアニエスが自然と微笑んでしまうほどに。

「美しい宮殿ですね……」

だが、アニエスの声がうっすらと沈んでいることに気が付き、アンブロワーズが眉尻を下げる。

「やはり、王妃の間の方がよかったか？」

不安そうに尋ねられて、アニエスが慌てて首を振った。

「そんなことは……」

「ブランシュがもう少し大きくなって、公爵位を継いだらその時は――」

「でも、その時は隣国にやらねばならないのでしょう？」

隣国との取り決めで、ブランシュはいずれ、セレンティアの宮廷に預けられることになっている。

「領地が隣国にある以上、仕方のないこととは思いますが……」

「子はいずれ、親の元を離れる。――私が、そなたを手放せないから――」

目を伏せたアニエスを覗き込むように、アンブロワーズがアニエスの腰に腕を回せば、アニエスが顔を上げ、視線を合わせる。

「ブランシュは隣国の王妃となり、隣国はルエーヴル領を確保する。これが政治的取引というものだ。そこは諦めてくれ」

アンブロワーズは眉尻を下げ、見上げるアニエスの顔に顔を近づけ、耳元で囁く。

「私は打算的で執着心が強いから、そなただけは諦められない」

アニエスが若草色の目を見開けば、アンブロワーズが庭に続く扉を開く。

「内装も凝ったが、一番大事なのは、庭だ。――一度見ただけの庭を再現できているか……」

こんもりとした木立の間の、小道の先に小さな生垣と扉があり、それを抜けた先には――

「ここは……」

アニエスが息を止める。

小さな噴水と、花壇。アーモンドの花が満開で白い花びらが散り、黄色い金雀枝（エニシダ）の枝が風に揺れる。少し先には薬草園が作られて、さわやかな香りが漂う。

植えられた樹々も、花も、二人が出会った修道院の庭と同じ――

「そなたは庭いじりが好きだったのだろう？　薬草も、知識があるのにもったいないと思っていた。ここの庭なら、少しは許してやれる」

アニエスは呆然と庭を見回し、噴水の脇の花壇をめぐり、薬草園の小屋の前で立ち尽くす。

「小屋まで！」

「さすがに作業小屋は庭師に止められたので、半分は温室にしてある」

中に入ると、ベンチとテーブル、それから隅に小さな炉が切ってあった。その奥、正面から見えない裏側は、ガラス張りの温室。

「庭師は出入りするが、それ以外は立ち入らないから、二人だけで過ごせる」

信じられないという表情のアニエスと並んでベンチに腰を下ろし、アンブロワーズが言った。

「……こんなやり方ではなく、堂々と王妃にするべきかもしれない。だが私はまだ、母上の呪縛から逃れられない。愛人のような扱いが、そなたを傷つけているのはわかっているが……」

アニエスはそこまで聞いて勢いよく首を振った。

それからアンブロワーズの手を取り、小さく微笑む。

「アンブロワーズ様……この庭、覚えていてくださったんですね。……一度、見ただけなのに……」

アンブロワーズが照れ笑いした。

「何度も思い出していたからな……アニエス……」

アニエスの唇にアンブロワーズの唇が重なり、抱きしめられる。しばらく唇を合わせてから、アンブロワーズが唇を離し、耳元で囁く。

「白い薔薇と、クローバーも植えた。……二人で、四つ葉を探そう。愛してる、アニエス」

アンブロワーズの愛の言葉に、アニエスははにかんで、小さく頷いた。

この作品に対する皆様のご意見・ご感想をお待ちしております。

おハガキ・お手紙は以下の宛先にお送りください。

【宛先】

〒150-6008 東京都渋谷区恵比寿 4-20-3 恵比寿ｶﾞｰﾃﾞﾝﾌﾟﾚｲｽﾀﾜｰ 8F
（株）アルファポリス　書籍感想係

メールフォームでのご意見・ご感想は右のＱＲコードから、
あるいは以下のワードで検索をかけてください。

ご感想はこちらから

本書は、Webサイト「アルファポリス」（https://www.alphapolis.co.jp/）に掲載されていたものを、改題、改稿、加筆のうえ、書籍化したものです。

白薔薇の花嫁は王太子の執愛に堕ちる

無憂（むゆう）

2023年 9月 25日初版発行

編集－古屋日菜子・森 順子
編集長－倉持真理
発行者－梶本雄介
発行所－株式会社アルファポリス
〒150-6008 東京都渋谷区恵比寿4-20-3 恵比寿ｶﾞｰﾃﾞﾝﾌﾟﾚｲｽﾀﾜｰ8F
TEL 03-6277-1601（営業） 03-6277-1602（編集）
URL https://www.alphapolis.co.jp/
発売元－株式会社星雲社（共同出版社・流通責任出版社）
〒112-0005 東京都文京区水道1-3-30
TEL 03-3868-3275
装丁イラストー緋いろ
装丁デザインーAFTERGLOW
（レーベルフォーマットデザイン―團 夢見（imagejack））
印刷－中央精版印刷株式会社

価格はカバーに表示されてあります。

落丁乱丁の場合はアルファポリスまでご連絡ください。

送料は小社負担でお取り替えします。


ISBN978-4-434-32625-7 C0093